雨花忠魂

雨花英烈系列纪实文学

犹有花枝俏

白丁香烈士传

孙骏毅 著

江苏凤凰文艺出版社
JIANGSU PHOENIX LITERATURE AND ART PUBLISHING

图书在版编目（CIP）数据

犹有花枝俏：白丁香烈士传 / 孙骏毅著 . -- 南京：
江苏凤凰文艺出版社，2020.11
（雨花忠魂 . 雨花英烈系列纪实文学）
ISBN 978-7-5594-5097-5

Ⅰ . ①犹… Ⅱ . ①孙… Ⅲ . ①纪实文学 – 中国 – 当代
Ⅳ . ① I25

中国版本图书馆 CIP 数据核字 (2020) 第 153695 号

犹有花枝俏：白丁香烈士传

孙骏毅 著

出 版 人	张在健
责任编辑	傅一岑
助理编辑	张　婷
封面设计	马海云
责任印制	刘　巍
出版发行	江苏凤凰文艺出版社
	南京市中央路 165 号，邮编：210009
网　　址	http://www.jswenyi.com
印　　刷	三河市华东印刷有限公司
开　　本	880 毫米 ×1230 毫米　1/32
印　　张	9
字　　数	238 千字
版　　次	2020 年 11 月第 1 版
印　　次	2021 年 4 月第 2 次印刷
书　　号	ISBN 978-7-5594-5097-5
定　　价	36.00 元

“雨花忠魂·雨花英烈系列纪实文学”丛书编委会名单

万里长空且为忠魂舞

中共江苏省委书记　娄勤俭

天地英雄气，千秋尚凛然。雨花台，这片深深浸染着英烈鲜血的山岗，曾见证了几代仁人志士信仰至上、慨然担当的英雄壮举，也铭记着无数革命先烈舍身为民、矢志兴邦的不朽事迹。在这里，彪炳日月、名垂青史的革命烈士就有1519人；也是在这里，还有更多鲜为人知的英烈故事，无法铭刻于碑文，没有见诸史册，像一粒粒晶莹的雨花石，深埋在雨花台殷红的泥土里。理想之光不灭，信念之光不灭。英烈们的背影虽然早已远逝，但他们的集体“影像”已定格在永恒的瞬间，那就是义无反顾、慷慨赴死，前赴后继、为国捐躯，用热血和生命铸就了信仰丰碑，在血与火的洗礼中撑起了民族脊梁，谱写出一部又一部壮怀激烈、气吞山河的“英雄交响曲”。

英雄是旗帜，革命英雄是民族的共同记忆。习近平总书记指出：“对中华民族的英雄，要心怀崇敬，浓墨重彩记录英雄、塑造英雄，让英雄在文艺作品中得到传扬，引导人民树立正确的历史观、民族观、国家观、文化观。”为缅怀英烈伟绩、弘扬崇高风范，培育和践行社会主义核心价值观，培养爱国主义、集体主义精神和社会主义道德风尚，江苏省委宣传部、江苏省作家协会组织创作了《雨花忠魂 · 雨花英烈系列纪实文学》丛书，以文字、文学、文化的形式，讲述英烈的感人故事，表现英烈的高尚情操，诠释英烈的不朽精神。 这一个个闪亮耀眼的名字，如同一座座高耸入云的丰碑，始终矗立在一代代共产党人的灵魂深处。 这套丛书，为更好地传承弘扬“雨花英烈精神”提供了生动教材，也为教育党员干部走进历史、追寻英烈，激励党员干部不忘初心、牢记使命，永葆革命本色提供了精神之“钙”。

英烈风骨犹存、感召后人；历史启迪心灵、照亮未来。牺牲在雨花台的我党早期领导人恽代英曾说：“我们吃尽苦中苦，而我们的后一代则可以享到福中福。 为了最崇高的理想——共产主义，我们是舍得付出一切代价的。”可以告慰雨花英烈的是，经过七十余年的不懈奋斗，近代以后久经磨难的中华民族，迎来了从站起来、富起来到强起来的伟大飞跃，一幅国家富强、人民幸福、民族复兴的壮美图景正在祖国大地上全面展开。

与伟大祖国历史进程同步伐，江苏发展站到了新的起点上。 深入贯彻习近平新时代中国特色社会主义思想，努力把习近平总书记为我们描绘的“强富美高”新江苏蓝图化为美好现实，推动高质量发展走在前列，迫切需要我们传承红色基因，用好红色资源，学习雨花英烈的崇高理想信念、高尚道德情操和为民牺牲的大无畏精神，不忘初心，砥砺前行。 我们缅怀革命先烈，就要从前辈先贤身上汲取养分和力量，让他们曾经的牺牲和付出，成为今天前进的动力源泉，砥砺我们以永不懈怠的精神状态推进改革再深入、实践再创新、工作再抓实；我们讴歌革命先烈，就要用“雨花英烈精神”，激励全省人民更加主动担当新使命，意气风发创造新未来，不断开辟新时代中国特色社会主义在江苏实践的新境界。这，正是我们对革命先烈最好的礼敬与告慰。

沧海横流，英雄显本色；落花如雨，正气贯长虹。“万里长空且为忠魂舞”，“雨花英烈精神”必将长留在时光的长河和人民的记忆中。

是为序。

目 录

001 第一章 童年
014 第二章 觉醒
024 第三章 星光
047 第四章 惊雷
059 第五章 风波
067 第六章 火种
090 第七章 苦斗
115 第八章 萌芽
128 第九章 启蒙
153 第十章 征途
169 第十一章 历练
186 第十二章 淬火
201 第十三章 婚誓
211 第十四章 使命
225 第十五章 秋寒
239 第十六章 炼狱
261 第十七章 花魂
273 后记
276 参考文献

第一章
童年

1910 年的春天似乎来得特别迟，“雨水”过了，河岸边的柳丝还是没有一点绿意。

位于姑苏城东边的望星河缓缓流淌，不宽的水面上漂浮着枯枝败叶。

未经修整的河坡藤葛缠绕，灰褐色的泥土下星星点点冒出一些不甘示弱的马兰草。

睡眼惺忪的路灯在寒风中摇摇晃晃，弹石路面泛出几个不规则的昏黄光斑。

大饼油条店里的小伙计摸黑起了个大早，生炉子、热油锅，风箱拉得“呼啦呼啦”响。

河边的豆腐作坊里冒出丝丝热气，灯影里有人在搅和煮沸的浆锅，飘出一股浓烈的豆香。

铅灰色的屋檐下，停了一辆罩着深蓝色篷布的黄包车，车夫屈膝坐在车杠上，裹了一件黑色的棉背心，缩紧了脖子蜷成一团，嘴里叼了一根烟，烟星儿在暗处一灭一亮。

几个乞丐蜷缩在墙角里，无望地等待天亮，庆幸自己又熬过了凄寒的一夜。

天色混沌，似明未明，东方欲晓前的黑，沉沉如墨涂一般，泛出一抹淡淡的鱼肚白。

被称为“首堂”的基督教堂（1915 年起改称“圣约翰堂”），这时还没有完全醒来，尖顶房子就像一只巨大的怪物蹲在那里，十字架则像一把血色的钥匙挂在教堂尖顶上。

这座位于古城东面的基督教堂占地面积约两千五百平方米，其所在的这片土地被称为“天赐庄”。南宋诗人范成大在《吴郡志》中称其为“东圃”；元末明初，荒废的园圃经修整后复名“东庄”；清代同治年间修《苏州府志》更名为“天赐庄”。

1881 年，美国监理会宣教士蓝柏、潘慎文博士在城东购得一块土地建造教堂，起名“首堂”（即为圣约翰堂的前身），可容纳四百人同时聚会，美国蓝柏牧师主持首堂的全部教务。

1878 年蓝柏的儿子蓝华德在天赐庄租三间民房开设西医院，即博习医院（今苏大附属第一医院的前身）。1882 年 5 月，蓝柏的女婿柏乐文来到博习医院行医兼在首堂传道。

1915 年，因信徒倍增，监理会拆除首堂，扩建了一座建筑面积一千八百五十五平方米，可容纳八百多人同时礼拜的气势恢宏的教堂，这就是圣约翰堂，当时是苏州十大建筑之一。同一图纸、同一结构的圣约翰堂全世界还有两所，一所在美国，一所在日本。

诺贝尔物理学奖得主李政道博士的祖父李仲覃牧师（1870—

1936）于 1915 年起首任圣约翰堂美籍华人教区长，现圣约翰堂内还有李仲覃牧师的纪念碑。

乍暖还寒，春意料峭。这时，首堂底层一扇窗户的灯光扑闪了一下，清洁工顾老太打了个哈欠，照例拎一把扫帚，懒洋洋地走下门前的台阶。她在教堂里做佣有十来年了，几乎每天都是这样，清早起来打扫门庭。她从这头扫到那头，忽然发现台阶下的一个背风角落里有一坨黑乎乎的东西，走近一看，吃惊得“哇”一声大叫起来。

黑乎乎的东西是一只江南农妇挑担卖菜常用的网眼担篮，担篮里垫了几层稻草和一条破棉絮，棉絮裹着一个蓝布碎花的包袱，包袱里露出一张圆圆的婴儿脸。这弃婴也奇怪，刚才还一声不响的，一见顾老太竟“哇哇”地大哭起来。

顾老太一时慌得手足无措，转过身大声喊道：“来人啊！来人啊！”

几个做早祈祷的修女闻声慌慌张张地跑了出来，一看之后都大惊失色。

走在前面的修女身材高挑、体形偏瘦，中文名字叫白美丽，美籍传教士。

白美丽 1883 年 2 月生于美国俄亥俄州的一个小镇上。父亲是杂货商，死于车祸，母亲一手把她拉扯大。白美丽从当地教会中学毕业后，跟随做生意的大伯来到中国，进入上海圣约翰大学学习汉语和神学。大学毕业后被上海基督教总会派往苏州首堂做宣教士（神学教师）。因为幼时贫困且多灾多难的出身背景，她同情穷苦人，拥有一颗特别善良的心。

修女们一见弃婴，纷纷闭上眼睛，匆忙在胸口画十字，嘴里不停地说：“罪过，罪过。”

白美丽俯身把弃婴抱起来，亲了她一下。婴儿脸色冻得苍白，嘴唇发紫，小身子还在微微颤抖。白美丽从婴儿的包袱里发现一张半尺长的黄表纸，上面写着弃婴的姓名和出生年月：

丁贞，宣统二年(1910年)庚戌二月十五日午时生。

“仁慈的主啊，你把这个罪人送到我的面前……”白美丽表情极为痛苦，抱着婴儿的手在微微颤抖，几乎毫不犹豫地说，“我要拯救她的灵魂。”

修女们看着白美丽，都为她的举动惊讶不已。

白美丽执拗地说：“我要收养这个孩子，孩子都是上帝的孩子，上帝把幸福赐予每一个人，我要收养她，哪怕她只是一棵野草。”

“上帝把幸福赐予每一个人。”这是白美丽常说的一句话。她轻轻掀开包袱，看到婴儿圆圆的脸，圆圆的眼睛，虽然脸色冻得有点苍白，但看得出这是一个漂亮的女婴，她满心欢喜：“这是上帝赐予我的最好的礼物，上帝是最仁慈的。”

白美丽收养弃婴的事让教区长李仲覃牧师知道了，他急忙把白美丽找去，微笑着对她说：“你的行为高尚无比，主肯定是会倍加赞赏的。不过教会里没有收养弃婴的先例，你可以把她送到苦儿院（孤儿院）去。”

白美丽不忍心把自己抱来的女婴送到苦儿院，执意要自己把她抚养长大。她要用她的仁爱去温暖这个弃婴的心。

李牧师无奈地两手一摊，耸耸肩膀苦笑了一下，他无法说服眼前这个善良而性格倔强的姑娘。

白美丽给女婴起了个好听的名字：白丁香。

“白丁香，最美丽的花，天使之花。我的家乡就种植丁香花，我希望我的丁香就像白丁香花一样纯洁、美丽、芬芳永远。”

四十五年后，年逾七旬的白美丽在美国《基督教科学箴言报》发表的回忆文章《我的中国养女白丁香》中写道：“我的女儿丁香真的越长越可爱。她是一个给大家带来无比快乐的天使，到首堂来做礼拜的教友都喜欢去抱抱她。”

首堂神职人员的宿舍在教堂后面一排砖木结构的红房子里，白美丽住在楼上东面第二间。她买来婴儿吃的奶糕、米粉，还买来一只椭圆形的木制睡桶，垫上被褥，把婴儿放在睡桶里。白天她就让管宿舍的阿姨帮着照看婴儿，晚上则抱上婴儿跟自己睡。

丁香好像比一般孩子乖巧得多，很少哭闹，就是这样，白美丽也很不放心，白天去教堂做事也显得心神不定。

李牧师看到白美丽这么操心，很有些不忍，多次劝她放弃，但就是无法说服她。有几次，白美丽甚至打算辞去宣教士一职，立刻抱上丁香回美国去。

“白美丽很固执，她对这个弃婴简直视同己出。对她的固执，我无可奈何，但是她的善良还是感动了我，我尽量替她瞒着上海圣约翰的执事。孩子是无罪的，世界对每一个人都是平等的。上帝给每一个人的都是温暖。所以，我能理解白美丽的想法，尽管在当时看来是极为荒唐的。”（李仲覃《中国：我的回忆》）

1912 年 11 月，上海总教会指派白美丽去欧洲梵蒂冈学习进修一年。白美丽不得不将身边的女婴托付给出身贫苦的教友吴师母收养。所有费用由白美丽承担，每月给抚养费十五块银圆，相当于当时大老板严裕棠创办的苏纶纱厂挡纱女工一个半月的工资。

吴师母抱走小丁香的那天夜里，白美丽大哭了一场，她实在舍不得与女儿分离。她抱起丁香亲了又亲，泪水滴落在孩子稚嫩的脸上。

吴师母是吴县光福人，有说是光福山前村人，也有说是塘村人。数年前，笔者在采访白丁香烈士的事迹时，曾问过山前村几个八十多岁的老人，其中有一个吴姓老人说：“小辰光（时候）记得伲（我们）村里是有个长得蛮胖的女人，脑后盘一个油黑的发髻，慈眉善目，待人客客气气，在苏州城里做“走做”（相当于现在的钟点工）。伲爷（我爹）去城里找过她，她那时替人家抚养一个女小囡，长得蛮漂亮的。那个女小囡，可能就是你们说的丁香吧。”

那就是女婴丁香，白美丽认吴师母做女儿的“寄娘”。

娘儿俩就租住在城东一条小巷里。大约是前世有缘、今生再聚吧，那条小巷的名字居然与丁香的名字相同，就叫“丁香巷”。窄窄的巷子，斑驳的粉墙，半掩的木窗，飞翘的屋脊，碧绿的藤蔓纠缠在这条东西走向的小巷里，椭圆形的藤叶闪着油绿的光斑。

吴师母租住了小巷末尾一户丁姓人家的轿房。所谓“轿房”，就是过去的大户人家用来给轿夫歇脚用的房子，一般在进门右侧。轿房不大，放下一张大床、一张方桌、几只箱子后，所剩空间就不多了，但母女俩住得却很温馨，“咯咯咯”的笑声不断。

吴师母小时候读过几年私塾，识得一些字。她与白美丽一样心地善良。她的丈夫前年生病死了，膝下无儿无女，就把小丁香当成了自己的亲生女儿。

丁香牙牙学语后，管吴师母叫“寄娘”，管白美丽叫“嬷嬷”。

寄娘教她识字“人、丁、天、地、水”，读《三字经》“人之初，性本善；性相近，习相远”，给她讲《三字经》里的故事，像孟母三迁、窦燕山教子、孔融让梨、黄香温席等。

夏天，屋里闷热得像钻进蒸笼里，吴师母就拎来一桶井水，把屋檐下泼潮了，母女俩就搬个竹榻坐在屋檐下乘凉。寄娘指着天上的星星给小丁香讲牛郎织女的故事和《二十四孝图》里的故事，要小丁香长大后孝敬嬷嬷。夜深了，露凉了，丁香困倦了，吴师母就把她抱进屋里，一边给她打扇子，一边哼哼乡下的小曲哄她睡。

丁香喜欢听故事，听着听着就有一肚子问号：“牛郎是凡人，织女是下凡的仙女，神仙肯定很有本事，那她为什么不敢反抗天庭啊？”

寄娘笑了：“傻孩子，天庭怎么可以反得的？龟有龟命，蛇有蛇命，这都是命中注定的呀。”

丁香奇怪：“命就抗不得了吗？”

寄娘笑她傻：“命怎么可以抗得的呢，老话说生死有命，富贵在天。”

聪明伶俐的丁香从小就懂得很多，似乎比同龄人更为早熟。她可以把隔夜听来的故事复述给小伙伴们听，而且辅之以肢体动作，常常逗得吴师母和邻居们笑个不停。

首堂的教友们都很喜欢小丁香，夸她是从主身边来的小天使，那种长着翅膀会飞翔的小天使。教友们拿糖果给她吃，她都会留下两颗，一颗给嬷嬷，一颗给寄娘。白美丽从梵蒂冈学成归来，丁香已经在糖罐里积了满满一罐糖果，说是给嬷嬷留着的。

嬷嬷剥了一颗糖果含在嘴里，抱着丁香转圈儿，激动得眼泪汪汪，连连说："我的女儿是主的恩赐，是幸福的小天使啊。"

丁香从小喜欢看书，嬷嬷很高兴，就给她找来《福音》《受难始末》《圣母行实》(图文本，1901年照相版)，但她对这些书好像兴趣不大。嬷嬷不勉强她，自己也不喜欢做别人勉强自己的事。丁香爱看"五四"以后出版的白话文新书，像从邻居家借来的图画书《平妖传》《岳武穆》等，看得入迷了，连饭都懒得去吃。

丁香看上去长得文静秀气，却是小巷里出了名的"假小子"，性格活泼，敢说敢做。巷口有一棵很高的香樟树，夏天逮知了，知了躲在树杈上，搬个凳子伸手也够不到。她把鞋子一脱，"索索索"就要爬树，爬了几次都滑下来。

寄娘看见后急忙赶过来，第一次也是最后一次在她屁股上狠狠地打了几下，丁香疼得哇哇直哭，连连讨饶："我不敢了，我不敢了。"

丁香看书时却安静得像一只乖巧的猫，一双美丽的大眼睛凝视着远处，而且总是充满了"为什么"，好像那儿有更多的秘密需要她去探询。

寄娘教她念晚唐诗人李绅的《悯农》："春种一粒粟，秋收万颗子。四海无闲田，农夫犹饿死。"念完了，就教她用毛笔字一笔一画地写在带有"田"字格的毛边纸上。

丁香忽闪着大眼睛，奇怪地问："为什么四海无闲田，农夫还会饿死呢？"

寄娘想了一会儿说："田是农夫种的，可是田不是农夫的呀。"

丁香更奇怪："为什么种田的农夫没有田可以种呢？"

寄娘笑道："因为东家有田，农夫没田。"

丁香还是一脸的奇怪："为什么东家有田，农夫没田？"

寄娘叹了一口气："东家的命好，农夫的命不好。"

丁香追根究底："为什么只有东家的命好，农夫的命就不好呢？"

寄娘笑笑，无话可说。

丁香追问："东家的田为什么不可以分给农夫种呢？"

寄娘笑了："你这鬼丫头就是喜欢打破砂锅纹（问）到底，寄娘也不知道为什么了。"

活泼的小丁香就是带着对这个迷茫世界的无数问号长大的。

嬷嬷知道很多故事，安徒生的《丑小鸭》《夜莺》《皇帝的新装》，格林兄弟的《小红帽》，王尔德的《快乐王子》等。中国的神话"精卫填海""夸父追日""女娲补天"都是丁香最爱听的故事。嬷嬷来看她，她就会缠住嬷嬷讲故事。她知道的故事很多，丁香巷里的小伙伴也就围着丁香，听她讲故事。

丁香眨巴着大眼睛问嬷嬷："夜莺为什么不愿意在皇宫里住呢？那儿有金碧辉煌的宫殿、花园和树林，皇帝又特别喜欢听它唱歌，夜莺为什么要飞走呢？"

嬷嬷笑了，捏了一下丁香的鼻子说："因为夜莺喜欢唱歌给穷人听，穷人听到夜莺的歌声就会很开心。"

丁香拍拍小手说："我也要做夜莺，唱歌给穷人听。"

嬷嬷高兴地抱着她转了个圈："我的丁香最善良了，这是上帝赐予我的最美的礼物啊。"

丁香六岁生日一过，嬷嬷就把她送进景海女子师范附属小学部去读书了。

景海附小（今沧浪实小前身），由美国基督教监理公会女传教士海淑德创办，位于天赐庄的东端。"景海"即为景仰海淑德办义学之举。学校开设国文、英文、算学、理化等科目，还设有钢琴科，培养了一批新知识女性，如 1924 年出任北京女子师大校长的杨荫榆、振华女中校长王季玉、南京金陵女子文理学院院长吴贻芳、翻译家赵琪瑛等。

丁香被送入景海附小读书时，学校已办学十四年，在古城里声名鹊起，许多教友的孩子和富家子弟纷纷前往就读。景海附小从旧式私塾脱胎而来，应用的是欧式教材和教法，对于小丁香来说这一切都是新鲜而有趣的。

景海附小使用的国文课本是用白话文编写的，内容精短，充满童趣。

如课文《龟与兔竞走》：

兔行速，中道而眠，
龟行迟，努力不息。
及兔醒，则龟已先至矣。

又如课文《请问尊姓》：

永儿的爸爸对永儿说："如果有客人来，先要问他尊姓。"
明天，对门的徐先生来看永儿的爸爸，永儿说："徐先生，请问尊姓？"
徐先生哈哈大笑。

丁香熟读课文，记忆力特强，读上几遍就能背诵了。老师常常安排她晨课领读，还让她担任室长（相当于现在的班长）。有几个调皮的孩子在教室里吵闹，只要丁香一瞪眼、一跺脚，就吓得吐吐舌头溜回自己的座位上去了。

每次国文考试，丁香的成绩都是"甲"或"甲十"。

据居住在孔副司巷的八十九岁老人袁媛 2003 年回忆，她就读的也是景海附小，教国文的老师姓陈，她经常在班上以学姐白丁香为例，鼓励大家要勤奋读书。白丁香这个名字留给她非常深刻的印象。学校搞圣诞晚会时见过她：扎两条粗黑的短辫，穿宽袖的天青色斜襟衫，下面是绣工考究的黑呢短裙。她能唱能跳，活泼得就像一只百灵鸟，特别受学生的追捧。

景海附小在圣诞前夜安排过丁香的钢琴独奏会，丁香弹的是自己最喜爱的贝多芬的《命运》。她跟嬷嬷学钢琴已有五年，技法相当娴熟，不仅如此，她的心早已沉浸在《命运》中。她那如葱般的纤长手指在黑白琴键上灵活地移动、翻飞、跳跃，乐曲忽疾忽舒，忽重忽轻，如冬日的早晨洒下一缕阳光，蓊郁的林间淌过一泓清流……

嬷嬷告诉她，《命运》是在贝多芬完全失聪的困境中创作的，由四个乐章组成。《命运》中的“命运”是无形的魔鬼，来无踪，去无影，纠缠着人的一生。命运的魔鬼邪恶而不可一世，气势汹汹，但贝多芬就敢对着命运呐喊：“我要扼住命运的咽喉！”贝多芬是上帝的音乐宠儿，上帝站在他这一边，双方展开了一场惊心动魄的战斗。上帝的意志、上帝的力量、上帝的关爱，像无与伦比的太阳突然冲破乌云喷薄而出，黑暗必将被战胜，光明和胜利是不可抗拒的。

嬷嬷说：“我要扼住命运的咽喉，这就是上帝的力量。”

丁香没有记住“上帝”，却记住了“我要扼住命运的咽喉”。

那场钢琴独奏会，引起全校轰动。袁媛老人在回忆中一直说，在我们眼中，丁香简直就是一个聪明伶俐的神童，一个多才多艺的琴童，一个堪称榜样的学童。

一天，算学老师提问一个坐在后排的瘦弱女孩：“5 个 3 相加乘以 5 的得数是多少？”

穿一身补丁衣服的女孩怯怯地站起来回答：“50。”

算学老师扫了台下一眼，扶了下玳瑁边眼镜，在黑板上列出算式，再问她得数是多少。

女孩愣了一会儿，低声说：“大概……大概是 55。”

算学老师愤怒了，用教鞭使劲敲着讲台：“朽木不可雕也！这么简单的算术题，我都讲过三遍了，你还记不住！”

女孩无言以对，眼里含着泪水。

算学老师用教鞭一指女孩："我不知道你那个开大饼油条店的父亲平时管不管你功课的，怎么就这样愚不可及呢！"

女孩羞得满脸通红，眼泪一下子涌了出来。她是班里仅有的"贫困生"，因为她的母亲是多年的教友，基督教会才特许一个学额让她在景海附小读书。

算学老师余怒未息，继续挖苦道："穷人家的孩子读什么书啊，猫捕鼠，犬守门，各司其事，我看你将来也就是开大饼店的命！"

女孩被"损"得无地自容，怯怯地坐下，两手捂住脸，卑微得就像路边的一根小草。

这时，"野"性未泯的丁香气不过，"霍"地一下站起来，一反常态地两眼直盯着算学老师："不许侮辱人！"

全班同学都惊呆了，一齐把目光投向丁香。

算学老师斜了白丁香一眼，摆摆手："没你的事。"

丁香不依不饶："她算错了可以重新再算，但不许你侮辱人！"

算学老师气得脸色刷白，眼镜后面的目光极为严厉，盯着丁香说："你怎么能这样对老师说话！"

"我就是看不惯别人受欺负！"丁香指指瘦弱女孩，斩钉截铁地说，"老师，你要向她道歉！"

"反了，简直反了！"算学老师气得一甩袖子，"通通通"走出了教室。

事后，算学老师跑到圣约翰堂找白美丽告了一状，说白丁香看着挺温文尔雅的，怎么连最起码的"师道尊严"都不懂，居然当面顶撞老师！那天，放学后，丁香就被嬷嬷叫到礼拜堂，在耶稣像前罚跪到半夜。嬷嬷要她忏悔自己的过错。丁香实在不明白自己有什么过错，更不明白为什么大人与小孩、富人与穷人、老师与学生就不能一视同仁？

她的眼里充满了困惑和迷茫的泪水。

吴师母心疼丁香，让白美丽原谅她这一回，就不要罚跪到深夜了。

白美丽不准，说丁香不忏悔就只能跪到深夜，别无选择。

丁香宁愿跪着，就是不肯承认“我错了”。

吴师母在一旁看着伤心，一直等到白美丽允许带走小丁香，这才挽着她的手姗姗地回到小巷里来。

到家后，吴师母一边心疼地揉着丁香跪肿的膝盖，一边噙着泪水对她说：“嬷嬷罚你跪也是为你好，她是希望你长大后有出息。你怎么就不肯开口讨饶呢？学堂里的老师是尊者，不可以随便顶撞的。古人说，‘一日为师，终身为父’，天地君亲师，老师是不可以顶撞的呀。”

丁香嘴上不说，心里恨透了那个上门告状的算学老师。

谁知道一波未平，一波又起，第二天，算学老师还是不肯放过那个瘦弱女孩，找到校方，坚持要求把她除名。这下可把好打抱不平的几个学生都激怒了，其中就有丁香，联名写下一张纸向校方请愿，敦请校方“主持公道，还我公理”。当天全班罢课，都把书堆在讲台上，一个个在教室里默坐。这件事连圣约翰堂都被震惊了，要求校方做好学生劝导工作，不致事态进一步扩大。

校长安排其他老师到教室里上课，可同学们都不愿拿起书本上课，一直默坐着。

僵持到傍晚，校长来教室里宣布，算学老师换人，同学们这才发出“嗷嗷嗷”的欢呼声。算学老师迫不得已提出辞呈，自己卷铺盖走人了。

丁香很为这次“胜利”得意，对同学说，独木不成林，只要我们团结起来，就没有谁可以欺负我们了。丁香得意了没两天，白美丽就把她叫到圣约翰堂，这次不是罚跪，而是拿出一叠纸，让她把《新约·哥林多前书》中的一段话抄上三遍，一个字也不准错：

爱是恒久忍耐，又有恩慈；爱是不嫉妒，爱是不自夸，不张狂，不做害羞的事，不求自己的益处，不轻易发怒，不计算人的恶，不喜欢不义，只喜欢真理；凡事包容，凡事相信，凡事盼望，凡事忍耐；爱是永不止息。

那次，嬷嬷真的非常恼火，自己的女儿怎么可以去参加什么请愿、罢课！她应该安安静静地坐在琴房里，弹莫扎特、舒伯特、李斯特！仁慈的主，让我们去爱每一个人，宽恕每一个人，女儿丁香怎么就不听自己的话呢！

有一种内在的礼貌，它是同爱联系在一起的，它会在行为的外表上产生出最令人愉快的礼貌。嬷嬷怒不可遏，她绝对不能允许自己的女儿变成一个没有礼貌、没有教养的人。她要丁香在主的面前忏悔，灵魂哪怕只有一点点污垢，也需要忏悔。

可是，丁香偏偏脾气很倔，就是死不认错！

嬷嬷叹了一口气，无奈地说："我真不知道你中了什么邪！"

丁香抄完三遍后，扬起脸看着嬷嬷，眼神里透出少有的刚强，就是不肯认错。

寒凝大地，野草倔强地生长着。

白美丽不得不摇摇头。随后，她把丁香带去琴房，让她把圣桑的《天鹅》再弹上几遍。也许音乐，无与伦比的美妙音乐，可以改变她那"野"的性格？

丁香的琴声忽急忽缓，忽高忽低，隐隐透出一股哀怨和愤懑之气。

第二章 觉醒

一颗火星可能改变一座森林的现状。

一次意外的打击也可能促使人觉醒甚至改变一个人的性格乃至命运。

那是 1920 年的早春二月，傍晚的风还很冷，冷得像针一样扎在脸上。

路上行人稀少，卖糖粥的老头挑着骆驼担，一边“笃笃笃”敲着竹梆，一边吆喝“赤豆糖粥、桂花酒酿圆子”，疲惫地从小巷里走过。

那天，是丁香十岁生日。吴师

母准备了一桌丰盛的晚餐，还特地跑到葑门外横街上买来她最爱吃的“喜蛋”（未孵出的蛋，用茴香、八角、桂皮、酱汁、姜糖等煮熟）、桂花糖藕。嬷嬷托教友在稻香村带回来一盒裱花生日蛋糕，就等丁香放学回家后一起热热闹闹地过生日。

黄昏时邮差送来一只包裹，是“奥特兰”邮轮辗转数月从白美丽的家乡俄亥俄州寄来的，是丁香从未见过的外婆给买的生日礼物，有衣服、裙子，还有一串紫色的水晶项链、一支派克金笔。自从得知白美丽领养这个中国弃婴后，她的老母亲开心得不得了，一直来信催女儿把丁香带到美国去让她看看，可女儿一直没有时间回家乡。

见物如见人，白美丽捧着包裹，不由得百感交集，眼泪就流下来了。

天色擦黑了，丁香还没有回家。吴师母有些着急，就想着去学校找她。白美丽说可能学校里有事会晚一点回来，也可能去圣约翰堂的琴房里练琴了，再等等吧。

吴师母左等右等，不时看看窗外，夜色如黑幕一样落了下来，丁香还是没有回来。

吴师母急了，白美丽也急了，赶紧出门去找，循着小巷一路向东找过去。

前面就是圣约翰堂，晚祈祷的教友都散去了，只剩下几盏昏黄的灯留给暗夜。

透过朦胧的夜色，白美丽忽然发现自己的女儿居然就坐在教堂前的台阶上，一动不动地托着圆脸，看着星空，像大户人家门口蹲着的一只石狮子。

丁香已经在台阶上坐了很久，看着没有月亮而星子特别繁密的天空发呆，脸上挂满泪水。

下午，丁香和同学在知书堂（阅览室）看书，忽然走进来一拨高年级女生，为首的就是人称“督府千金”的胖女孩，平时说话指手画脚，语气又挺横，丁香很不喜欢她。每天上学放学，胖女孩都是由督军府那辆黑色“奥斯汀”轿车接送，这在景海附小是唯一的。

胖女孩斜了丁香一眼，挥挥手：“出去，今天我包场了。”

丁香扭过头看看她，不服气地说：“知书堂是大家看书的地方，你有什么权利来包场！”

“我们几个要在这里商量点事，”胖女孩知道丁香“野”，不好惹，就缓和语调说，“我请你出去。”

丁香不理她，眼睛都不转过去，自顾看书。

“你以为你是谁！ 能弹个《命运》《小夜曲》有什么了不起！”胖女孩觉得自己好没面子，有点气急败坏，“你就是一个被父母扔掉的弃儿，野种！”

“你，你胡说！”丁香忍无可忍，“霍”地跳起来，直视胖女孩，眼神里透出愤怒的火焰，那神情就像一头暴怒的小豹子。

胖女孩指着丁香，肆无忌惮地大笑起来：“野种！ 野种！”

丁香怒不可遏，本想扑过去撕咬她，被同学拉住了，气得大声哭起来。

胖女孩不依不饶：“你去问问圣约翰堂的牧师，谁不知道你就是个弃儿！”

丁香攥紧了拳头，在桌子上“砰”地捶了一下，咬住嘴唇，抹了把眼泪，一转身跑出知书堂，跑出校门，一直跑到圣约翰堂。 她没有找到牧师，就在台阶上坐了下来，一坐就是几个时辰。

墨色的天空，星星闪着诡异的光亮。

它们看着丁香，丁香也看着它们。

苍天啊，我问你，我真的是一个弃儿吗？

不，我不是弃儿，我有嬷嬷，还有寄娘，我不是野种！

我果真是弃儿吗？ 我的父母在哪里？ 你们为什么要抛弃我？

这可恨的世界为什么要抛弃我？

我来到这可恨的世界，难道连生的权利都没有吗？

上帝啊，嬷嬷说你是爱每一个人的，为什么你偏偏不爱我！

“丁香！ 我的孩子，你怎么坐在这里！”丁香被嬷嬷亲切的叫唤声唤醒了。

丁香揉揉惺忪的眼睛，突然挣脱嬷嬷的手，两眼凶狠地盯着她，好一会儿才冷不丁冒出一句话：“我……我是你捡来的吗？”

吴师母闻言一惊：“啥人瞎嚼舌头根呢，我们丁香怎么会是捡来的呢。”

“骗人！”丁香悲愤交加，眼角挂着泪水，盯着白美丽，“同学说我是被丢弃在教堂门口的，嬷嬷，这是真的吗？”

白美丽本来想等孩子再长大一些再把真相告诉她，孩子是有权知道真相的，但孩子毕竟还小啊。 现在孩子既然已经知道了，那就没有必要再隐瞒下去了。 白美丽默不作声地带着女儿回到家里，叫吴师母把包裹弃婴的蓝底碎花的包袱布从箱子里翻出来，展开在丁香面前，把当时抱走她的前后经过详细说了一遍：“是的，是我把你抱回家的。”

丁香起先怎么也不敢相信自己是弃儿，但看嬷嬷的眼睛一点没有说谎的意思。 这才哭着问嬷嬷：“我的生母是谁？ 她为什么要抛弃我？ 为什么？ 这都是为什么呀！”

“哪个做娘的愿意抛弃自己的孩子，”吴师母叹了一口气，揉揉眼睛说，“总是因为日子实在过不下去了。 唉，这都是命啊。”

嬷嬷帮女儿擦干眼泪，劝慰女儿说：“你不要怨恨你的父母，也许这就是上帝的安排，他让你来到我的身边，你要感谢主的仁慈。”

丁香不愿相信这是现实，但现实毕竟是现实，她痛苦地咬着嘴唇，憋不住就“哇”地一声大哭起来：你这罪恶的世界，为什么你总是逼得穷人无路可走！

人世中，欢乐与忧愁，机遇与不幸，疑虑与危险，以及绝望与悔恨总是混杂在一起的。 那个生日，十岁的丁香突然长大了，她好像明白了很多事情。

她“扑通”一声跪在白美丽面前，第一次撕心裂肺地喊道：“嬷嬷，我的好嬷嬷！”

嬷嬷紧紧搂住女儿，眼泪“哗哗”地流在她秀气而稚嫩的圆脸上。

从那天起，丁香好像变了个人似的，她不再是校园里那个蹦蹦跳跳的野丫头，也不再喜欢跟别人争长论短，一有空闲，她就会跑到琴房里去练琴，让不快的情绪沉浸在琴音里，或者一个人坐在知书堂的角落里，一坐就是半天，看那些很少有人去看的哲学书。她的眼神里充满了问号，也总是留在未知而遥远的地方，那地方貌似一团死水却暗流涌动。

在熟悉丁香的老师们看来，这孩子似乎是过早地成熟了。

一天，她和同学去护龙街（今人民路）的旧书铺里买书，偶然发现一本纸色泛黄的《新青年》，翻了几页，感觉特别新鲜，花两个铜板买下来，一回家就看得津津有味。

改朝换代的辛亥革命轰轰烈烈，皇帝的龙椅被掀翻了，随之兴起了一场新文化运动。1915 年 9 月，陈独秀在上海创办《青年》杂志，一年后更名为《新青年》，其主要撰稿人有陈独秀、李大钊、鲁迅、胡适、钱玄同、刘半农、周作人等，提出民主、科学两大口号。

新文化运动初期的主张仍是资产阶级的新文化反对封建主义的旧文化。

十月革命一声炮响，给中国送来了马克思主义，最早的传播者是李大钊。1918 年 7 月，他在《新青年》发表《法俄革命之比较观》；同年 11 月，又发表《庶民的胜利》《布尔什维主义的胜利》两篇重要文章，进一步热情歌颂十月革命。这时，新文化运动的领袖、《新青年》杂志的主编陈独秀，在十月革命和工人运动的推动下，也接受和宣传马克思主义的科学社会主义。《新青年》成为宣传马克思主义的重要阵地。

丁香为《新青年》上的文章而激动，好几天都在激动着，“庶民”“革命”“布尔什维克”，这些新鲜的字眼像一道道闪电，掠过沉闷而灼热的夜空，给丁香的思想带去一股清新的风。她把《新青年》藏在枕头底下，过了几天却怎么也找不到了，急得上火。她心里清楚那一定是被嬷嬷收走了。

嬷嬷不想让她看这种书，说这类书有一种非常危险的思想，是带刺的仙人掌。

嬷嬷拿着《新青年》百思不得其解，她奇怪自己的孩子怎么会去看那种思想激进的书，尤其是在人心浮动、世风日下的时候！

丁香真的长大了，有点儿“逆反”了，景海附小的老师却担心这孩子的思想过早成熟，有时成熟得连老师都惊讶。

“窃以为白居易的《卖炭翁》和《观刈麦》表现了穷人和富人、劳力者和劳心者的尖锐对立。‘吏禄三百石，岁晏有余粮’的当政者怎么能真切体会到‘家田输税尽，拾此充饥肠’的种田人的辛酸；‘半匹红绡一丈绫，系向牛头充炭直’的黄衣使者又怎么会去同情‘满面尘灰烟火色，两鬓苍苍十指黑’的卖炭老翁？”这是丁香写在作文里的话。老师用朱笔在旁边批了一个大大的“？”。

一次，景海、乐益两所女校联合举行毕业联欢会，丁香结识了在乐益女校教书的一个姓梅的大姐姐，她蓄着过耳短发，鸭蛋形的脸上有一双泉水般明澈的大眼睛，平时喜欢穿一身深蓝色带碎花儿的“革新旗袍”，那种经过改制的新式旗袍，是当时青年女子的流行款式。梅姐叫梅盛兰，父亲在上海滩经营房地产业，在她还幼小时就生病死了。梅姐是她父亲的第二个老婆生养的，住在城内东百花巷的一座深宅大院里，靠出租几间老房子度日。

丁香崇拜梅姐，不仅因为她能说会道，还因为她有一颗特别干净的心。

有一个外号“小胖子”的女生在景海读书，丁香和她熟悉，但不是一个班的。有一年冬天，飘开了棉絮般的大雪，小胖子却只穿着一双布鞋来上学。丁香说天这么冷，你怎么只穿单鞋呢？小胖子眼含苦意地说她的脚生了冻疮，她也晓得冷，可父亲生重病在家，家里实在拿不出钱来买棉鞋了呀。丁香立刻脱下自己的棉鞋让小胖子穿，鞋子尺码小，小胖子的脚怎么也伸不进去。放学后，梅姐来找丁香，知道小胖子的难处后，二话没说，立马把身上所带的钱全都掏出来塞给小胖子，叮嘱她马上去宫巷的鞋铺里买一双棉鞋，剩下的钱拿去给父亲买药。

小胖子感动得眼泪含在眼眶里，一句话也说不出来。

丁香替小胖子感谢梅姐，梅姐笑笑说："谢啥呀，钱就是用来帮助穷苦人的嘛，拿你嬷嬷的话来说，算是上帝的旨意吧。"

丁香"咯咯咯"地笑了，对梅姐更添了几分敬意，心想自己要像梅姐一样，竭尽全力去帮助穷苦人。爱别人，就是爱那些使我们自己幸福的手段，就是要求他们生存、他们幸福，因为我们发现我们的幸福总是和大多数人的幸福联系在一起。

在校园的紫藤架下，梅姐给她讲刚刚在京城里发生的"五四"运动，风云激荡，全国震动。

丁香一时弄不清楚"德先生""赛先生"指的到底是什么，也弄不清楚社会主义与空想社会主义、国家主义与无政府主义、唯物主义与唯心主义到底有什么区别，但她已经从成百上千的学生游行示威中预感到这个世界一定出了什么差错。

读着梅姐借给她的一本《呐喊》，是一个笔名"鲁迅"的作者写的。她看《狂人日记》看了一夜，惊出一身冷汗：千百年来中国历史上原来写着的就是"吃人"二字！

"吃人"的现象，即便是在被称为人间天堂的苏州城里，不也比比皆是吗？

观前街上的老字号酒楼天天灯红酒绿，杯盘狼藉，门前停着的轿子、黄包车排成长串，距此不远的背街小巷的角落里不定哪天就有被饿死、冻死的老人和弃儿；

环城河上划过装饰豪华的花船，灯火闪耀，琵琶叮咚，娇声柔语，纤道上的纤夫拉着花船弯腰曲背艰难前行，纤绳深深勒进胳膊勒出了血；

深宅大院里，灯红酒绿，夜夜笙歌，人间哪得几回闻；城墙脚下的滚地龙里，长夜难眠，哭声凄惨，刚出生的婴儿因病夭折了；

有钱人坐花轿娶三妻四妾，穷人家插草标卖儿卖女；

太监弄里的乞丐饿得只剩下皮包骨头，黄包车上坐着的大亨酒足饭饱后跷起二郎腿，悠然自得地叼根雪茄烟。

丁香在一篇题为《为什么》的作文里写道："为什么种出五谷杂粮的农人只能忍饥挨饿？ 为什么养蚕织绸的女人穿着破衣烂衫？ 为什么满清皇帝被推翻了，民国的主人却还像奴隶一样活着？ 为什么权贵可以杀人放火，百姓不能点亮一盏自己的油灯……我愿奔突的地火快快燃烧，烧毁世间所有的不平和丑恶……"

"激进，太激进了！ 危险啊！"国文教员看过丁香的作文忍不住摇头。 她在一次家访中不无忧虑地告知白美丽："白丁香同学的成绩在班里无疑是名列前茅的，她的文笔也相当不错，远远超过同龄人，这是我深感欣慰的。 但是她的思想太偏激了，我真的很担心啊。"

"上帝创造了这个世界；上帝把福音带给我们所有人；上帝要我们做一个平和而仁爱的人。"嬷嬷总是这样开导女儿，希望能扭转她的偏激思想。

"可我就是想不明白上帝既然把福音带给所有人，那为什么只有小部分人得到福音了生活无忧无虑，而大部分人得不到福音？生活贫困，雪上加霜？"

"富裕或者贫困，都是上帝的恩赐啊。"

"恩赐？"觉醒的丁香脑子里画满问号，而嬷嬷对女儿的"怀疑"产生了更深的怀疑。

嬷嬷引用《旧约・以赛亚书》中一段话告诫丁香："草必枯干，花必凋残，因为耶和华的气吹在其上；百姓诚然是草，草必枯干，花必凋残；唯有我们上帝的话，必永远立定！"

丁香扭过头看看嬷嬷："社会每天都在吃人，一些人吃另一些人。"

嬷嬷痛苦地摇摇头："吃人？ 简直太可怕，太不可思议了！ 你怎么会有这样的想法！"

嬷嬷希望女儿沉浸在《春之歌》《致爱丽丝》《小夜曲》的美妙乐曲里，远离那些"吃人"的东西，可是琴房里有好几天没有听到丁香的琴声了。 她觉得对女儿劝说和告诫的效果好像都不大，她真的不明白女儿中了什么邪：仁慈的主啊，您能告诉我吗？

丁香默不作声。 她不想与嬷嬷争执，因为她一旦说个"不"字，嬷嬷又会给她讲上一大段《圣经》里怎么说的话，她对这些东西真的不感兴趣，她觉得嬷嬷说的那些话好像怎么也对不上她所见到的、听到的真实生活。

丁香在想梅姐跟她讲过的话：社会的一切黑暗终究是要被撕破的。 撕破黑暗的暴风雨快要来了，真的快要来了，它将撕破一切的伪善、虚假、凶险、丑恶，撕破这个可憎恨的世道！

狂风吼叫……雷声轰响……

一堆堆乌云，像青色的火焰，在无底的大海上燃烧。大海抓住闪电的箭光，把它们熄灭在自己的深渊里。这些闪电的影子，活像一条条火蛇，在大海里蜿蜒游动，一晃就消失了。

——暴风雨！暴风雨就要来啦！

这是勇敢的海燕，在怒吼的大海上，在闪电中间，高傲地飞翔；这是胜利的预言家在叫喊：

——让暴风雨来得更猛烈些吧！

这是丁香和梅姐在联欢会上一起激情朗诵过的俄国作家高尔基的《海燕》。

海燕，坚贞而无畏的海燕，傲然于暴风雨中奋力前飞的海燕，正是这两个交谈甚欢的女友共同仰慕的奋飞者的形象。

丁香说我要学会作曲，写一曲《海燕》的钢琴曲，让无畏的海燕挟着闪电般的音符高高飞翔。

梅姐说你应该去写《海燕》，弹我们的《海燕》，这个时代太需要《海燕》了。

丁香瞒着嬷嬷和寄娘常常去找梅姐，她感觉和梅姐在一起很快乐，什么都谈得来。这正是白美丽最为担心的。她见过这个梅姓女孩，有时穿天青色的学生装，有时穿花点儿的蓝旗袍，看上去秀气文静，怎么性格一点不像大家闺秀，说出来的话有时能让人捏一把汗。可是丁香偏偏被她迷住了，有空就偷着去乐益女校，那个乐益女校听说就有一些激进分子发表过激进言论……

那个夜晚，丁香很郁闷，觉醒也是一个痛苦的历程。她跑到琴房里，“哗啦”一声掀开琴盖，狂弹一通《命运》。

嬷嬷做完晚祈祷，路过琴房，听出了琴音中的愤懑、不屈、激昂，不由得深深叹了一口气。

第三章 星光

“惊蛰”已过，晚风依然抖落着料峭寒意，乐益女校的学生们却热血沸腾。

丁香不是乐益的学生，也说不出更多道理，她只是一个旁听生，就站在梅姐身边安静听讲，安静得像个幼稚园小女生。

思想是不可以压抑也压抑不住的，各种思潮的撞击是20世纪初期的学界最显著的特征。

下午的“社会课”上，以“中国的前途和我们的责任”为主题的辩论，唇枪舌剑，意犹未尽，学生会决定晚上继续舌战。

占地二十亩的乐益女校建成才两年，在苏州城里已经颇有名声了。它位于古城中心（今体育场路 4 号），进门有一个椭圆形的花圃，花圃里的迎春花、夜来香、含羞草已经冒出了嫩黄的芽苞，丁香枝垂下一串串花蕾，层层叠叠，蓬蓬勃勃。花圃的背后是几棵原来就有的银杏树，据说还是清代康熙年间栽下的。银杏树下有宽敞的操场和供学生课间休息的凉亭，亭子周围遍植黄梅和绿蕉。

舌战的地点选在凉亭里，坐十几个人并不显得拥挤。众人或坐或站，或低声细语或慷慨陈词，或引经据典或说事喻理，每个人都想成为辩论的主角，都急于亮出自己的观点。这样的辩论会、演讲会、讨论会，在乐益女校并不鲜见，也是青年们最乐于接受的表达观点的方式，但对丁香来说却像花瓣上的露滴一样新鲜。

丁香喜欢乐益女校这种活跃的、无拘无束的教学气氛。

乐益女校是开明绅士张冀牖（1889—1938）创办的。他的祖父是曾任江苏巡抚、两广总督的清代淮军将领张树声。他生性善良，自幼酷爱读书。“五四”运动后，开始接受新思想，深知教育尤其是女子教育的重要，乃于 1921 年变卖部分家产独资创办乐益女校，声称自己的办学目的是“以适应社会之需要，而为求高等教育之阶梯”。

半个世纪后，儿子张寰和回忆父亲办乐益女校的初衷时说：“家族里认为他是个怪人，有钱自己不用，用在别人身上。亲友们有人称他‘张疯子’。我父亲一生专事教育，有两个原因：一是在辛亥革命以前，看到在家乡我们住的圩子里（清末淮军将领建造的庄园称“圩子”），人们基本上都是吃喝嫖赌娶姨太太，一事无成。他逐步接受了‘五四’新思想，感觉不对。所以他后来创办乐益就觉得要在外面比较好，在家乡那种环境下不行。第二，他认为中国妇女受压迫，没有办法翻身，他要提倡女权，所以要办女学。起初创办乐益女校是在 1921 年，办在憩桥巷里。那时我们住在寿宁弄老家。1922 年房子造好就搬到这里来了。这块地（指皇废基，后来是乐益女校的所在地）本来是母亲准备用来种桑养蚕的，后来父亲决意办学，找不到地方盖校舍，就将母亲的这块地用上了。”

张冀牖家里的报纸和藏书列苏州缙绅之冠，单单报纸就有三十多种，《申报》《新闻报》《时事新报》《时报》《明报》《吴县日报》《晶报》……直到晚年，他依然对这些报名如数家珍。他的这个习惯早在上海就形成了，就连那些不知名的小报小刊他都要看，有时到上海办事住酒店，如果三天不搬走，房间就堆积了很多报刊，再想挪窝就费事了。

张冀牖买书堪称传奇，他到上海买书，身边跟着佣人帮忙拎书，到后来实在拎不动了，就一一寄存，全部买好后，再雇车一家家去收取。在苏州购书，观前街上两家大书店——小说林、振新书店，老板都认识“张大主顾”，只要他来了，老板、伙计都跟在他身后，陪着他选书。他买书多是记账，逢年过节才结算。凡是店里有新进的书，不要言语，直接成捆送到张家府上，然后让张府管账的付钱。

这些书中，最多的要数“五四”以来的文艺作家的作品。这是一个出版鼎盛期，也是新思潮翻滚的时代。已进入而立之年的张冀牖思想已臻成熟，他认真阅读每一篇观点新颖的作品，例如鲁迅的书，他一本不落，创造社、狂飙社的作品，包括戏剧新著，他都通读。

1919年的“五四”运动，对于张冀牖绝对是个思想冲击，也是个转折。在乐益女校的校刊上，张冀牖发表过一首题为《跑出黑屋子》的新诗，诗中写道：“一间黑屋子/这里面，伸手不见五指/一直关闭了几千年/在懵懵懂懂中，生生死死/前面渐渐光明起来/原来门渐渐开了/齐心！协力/大家跑出这黑屋子/不要怕门开得窄/这光明已透进黑屋里/离开黑暗/向前去吧/决心要走到光明里。”

校长张冀牖思想开明的教学理念带来了学风纯正、教学空气特别活跃的氛围。他不止一次在校董事会上说，我们乐益的学生不但要“一心专读圣贤书”，而且要“两耳亦闻窗外事”。明末东林党人有一副对联：“风声雨声读书声，声声入耳；家事国事天下事，事事关心”，当为我乐益师生谨记之，自勉之。

他为乐益女校写了这样的校训贴在墙上:“勤勉求知，敬师助学，乐观进取，裨益社会。”

他还为乐益女校写了校歌:“乐土是吴中，开化早，文明隆。泰伯虞仲，孝友仁让，化俗久成风。宅校斯土，讲肄弦咏，多士乐融融。愿吾同校，益人益己，与世近大同。”

凉亭里的舌战，只是放飞思想、自由争辩的开放式校风的一个缩影。

丁香看着凉亭里坐着的这些少女，或穿着天青色斜襟宽袖上衣、黑裙子的学生装，或一袭碎花旗袍，或穿着当时最时髦的“洋装”，无论是梳短辫的还是蓄短发、留长发的，这会儿都没了淑女的样儿，一个个都急于表达自己的观点，谁也不肯让着谁。

——我泱泱中华之所以贫穷，是因为我们没有自己的工业，18世纪的英国蒸汽机革命，我们没有赶上，所以，中国落后了。当务之急要办工业、兴实业，唯有实业救国才是根本出路，别无选择。

——“实业救国”的药方灵验吗? 满清王朝重用的李鸿章、张之洞、盛宣怀都搞过实业救国，结果帝国主义的洋枪洋炮照样轰开了中国的大门。再看上海滩近期崛起了工业，苏州城南的苏经丝厂、苏纶纱厂、鸿生火柴厂也都建起来了，工业不可谓不兴旺，到头来不还是处处饱受洋人的欺负吗?

——我认为我们急需引进西方的“德先生”和“赛先生”(科学和民主)，唯有科学才能救国，唯有民主才能救国。这个历史重任就落在中国知识分子肩上，中国的知识分子才是救国的中坚力量，因为他们担负了教化民众的历史重任。

——我举双手赞成教育救国，国人太愚昧了，文化程度太低了，我们要把教育办到民众中去，民众有了知识才能觉醒;觉醒的民众才会更加尊重知识。知识就是力量，教育的力量强大无比。

——我认为民众太受欺压了，要救国就要唤起民众，用暴力推翻欺压他们的一切，一切的一切，所有的所有。我举双手赞成无政府主义，我们不需要一个欺压民众的政府。我们需要自治。给民众彻底的自由吧，自由万岁！

丁香听到这里，忍不住插了一句："民众现在更需要的是吃饱饭啊。"

"庸俗！"那个高谈阔论"自由"的长发少女横了丁香一眼，问左右，"她是谁啊？"

丁香脸一红，不敢吱声。

梅姐把丁香拉到自己身边，对长发少女说："她是我的朋友，我们乐益的旁听生。她说得对，民以食为天，民众需要温饱。"

"太庸俗了！"长发少女摇摇头，把长发一甩，坐下了，"道不同，不相为谋！"

辩论继续进行。

——用什么救国的话题太大了，太沉重了，我还是赞成胡适之先生的主张，"多研究些问题，少谈些主义"。

丁香悄悄问梅姐："胡适之是谁？"

梅姐说："北大教授，办过《新青年》的。"

——不谈"主义"行吗？我表姐寄给我一份复旦大学的《启明》杂志，其中转载了鲁迅的一篇小说《狂人日记》，诸位，我读一段给大家听："凡事总须研究，才会明白。古来时常吃人，我也还记得，可是不甚清楚。我翻开历史一查，这历史没有年代，歪歪斜斜的每叶（页）上都写着'仁义道德'几个字。我横竖睡不着，仔细看了半夜，才从字缝里看出字来，满本都写着两个字'吃人'！"

丁香不由得"霍"地站起来，为这个朗读者鼓掌。她也看过《狂人日记》，深为"吃人"二字震撼。

——太恐怖了，太血腥了，太言过其实了！我认为前辈康有为、梁启超、谭嗣同太生不逢时了，他们给中国指出了一条改良主义的路其实是完全走得通的呀。几千年来，中国的改朝换代都离不开官逼民反，刀光剑影，血流成河，我们为什么不能走一条温和的改良主义的道路呢?

——你们都太激进了，太不罗曼蒂克了！ 我们既需要“大江东去，浪淘尽，千古风流人物”，我们也需要“杨柳岸，晓风残月”；我们的民众更需要文学的熏陶。 文学的灵魂是美丽的，拥有美丽灵魂的人才是更美丽的。 所以，我认为唯有文学才能从精神上救国。

——中国需要商人，跟洋人做生意，商人赚钱了，就能给国家创造财富。 老祖宗早就说过:“仓廪实而知礼节，衣食足而知荣辱。 礼生于有而废于无。 故君子富，好行其德；小人富，以适其力。”(《史记·货殖列传》) 我赞成商业救国，给商人以应有的地位。

丁香终究还是忍不住插话，她不想仅仅当一个旁观者，她要表达自己的观点:“那‘为富不仁’怎么说呢?”

对方无言以对，尴尬地笑笑:“人之初，性本善，哪有那么多为富不仁的。”

丁香不依不饶:“煤炭大王哪里会知道拣煤渣的老婆子所受的辛酸，酒楼老板哪里顾得上后门口饿死冻死的乞丐，金融大亨肯舍给苦儿院的孩子一个铜板吗?”

对方盯了丁香一眼:“你对富人怎么会有这么多成见?”

丁香毫不客气:“不是成见，是蔑视。”

对方挥了下手:“不可理喻！”

凉亭里的辩论总是没有结果，思想的交锋绝不会终止，因为青年的思想总是最活跃的。

这时，穿着英国呢长衫的张冀牖经过凉亭，停下脚步，看看凉亭里坐成一圈的学生，其中也有自己的两个宝贝女儿，侧耳听了一会儿，扶了下眼镜，摇摇头，不置可否地笑了。 在他看来学校不仅是教书育人的地方，也应该是育心育德的地方。 自由的空气最适宜禾苗的生长，而这些就是他作为校长所努力倡导的办学主张。

丁香对所有人的发言都感觉新鲜，有些她是赞同的，有些则不能赞同甚至极为反感。

梅姐说你不是一个旁观者，有权发表自己的观点，别怕，你可以跟他们辩论的。

“我哪敢跟学姐们辩论啊。”丁香笑道，“我还要多读点书，才有资本参与辩论呢。”

梅姐笑着点点头：“我相信有一天她们会辩不过你的。”

“我不怕。我会尽力的。”这是丁香的口头禅，她自信地握了下拳头，笑了。

丁香经梅姐介绍，在声援“五四”的学生集会上认识了“省一师”（今苏州中学前身）的活跃分子汪伯乐。

汪伯乐（1900—1926），瘦高个，穿一身灰色长袍，外罩黑色马褂，戴一顶蓝色铜盆帽和一副玳瑁边眼镜，看上去像个文质彬彬的书生。他为人仗义，性格开朗，说话特别具有鼓动性。

那天的集会有东吴大学、省一师、乐益、景海、慧灵等十二所学校的三千多名学生参加，集会先在体育场进行，后游行至北局青年会，经观前街、景德路至阊门。队伍浩浩荡荡，口号此起彼落。

丁香随着队伍一路行进，手臂不时挥动，嗓子都快要喊哑了：

“拒绝巴黎和约！”

“废除‘二十一条’卖国条约！”

“还我主权，还我民权！”

“严惩卖国贼！”

丁香还是第一次参加这样的大型集会，看到这么多热血青年，自己也变得热血沸腾，就像在沉沉暗夜里看见无数的星光闪耀。游行队伍在经过西百花巷总商会时，省一师学生跑步入内，递交致商会的公函：

苏州总商会：

敬启者，外交危急，民意未伸，同人切盼贵会表示意愿，并一致提倡国货，以为外交后盾。迫不择言，伏希见谅。

敬颂

台安！

江苏省立第一师范学校全体师生

5月15日，总商会召开紧急会议，决定顺应潮流，于当天在观前、阊门等繁华商市罢市，声援学生，并致电北京农商部，抗议巴黎和会之不平等条约。

南门外的苏纶纱厂、苏经丝厂的上千工人一下班都赶到观前来参加游行，与学生站在一起。一份名为《觉醒》的油印小报在声援人群中悄悄传递，第一次公开提出口号："中国人不当列强的奴隶！打倒帝国主义！自由民主万岁！"

这份《觉醒》为复旦大学"觉醒文学社"编印的进步刊物，是省一师的学生散发的。

汪伯乐在阊门集会上挥动手臂大声疾呼："我煌煌中华已到了危急关头，一伙蠹虫、卖国贼要出卖国家利益，出卖民众利益，我们能答应吗？不，我们决不答应！我们要向卖国贼提出最强烈、最坚决的抗议！我们要向卖国贼显示民众强大的力量！我们要向卖国贼发出我们最后的呼声：拒绝巴黎和会！拒绝强加给我们的不平等条约！拒绝！拒绝！拒绝！"

丁香远远看着这个登高一呼、慷慨陈词的穿长衫青年，心里充满了崇敬。

梅姐告诉她那个穿长衫的青年就是省一师赫赫有名的汪伯乐，大家都喊他"乐哥"。

乐哥是省一师读书会的召集人，梅姐也是读书会的成员。读书会每周日晚上聚会，地点就在省一师校园后面的一间屋子里，乐哥管它叫"无名书屋"。

丁香有些羞涩地问梅姐："我能参加你们的读书会吗？"

"当然可以。"梅姐欣喜地说，"这样你就可以见到乐哥了。"

梅姐说乐哥的身世很苦，从小就死了父母，是个孤儿，在苦儿院里长大的。十五岁考进省一师，今年刚毕业，在纯一小学教国文，他还借住在省一师的学生宿舍里。

丁香忽然有一种“同是天涯沦落人，相逢何必曾相识”的亲近感，几乎相同的身世、相同的命运，使得她迫切希望能见到乐哥。所以，梅姐说明天是周日去省一师读书会，晚上8时乐哥在校门口等我们，丁香激动得半宿没睡好。

第二天傍晚，她特地换了件咖啡色的薄呢上装，领口处还别了一枚桃叶形别针，满心欢喜地出门去了。临行前，她告诉寄娘自己要去朋友那里做客，晚一点回来，让寄娘自己先睡。她要了一辆黄包车，先去乐益女校接梅姐，然后同去省一师。

黄包车拉着两个姑娘在弹石路上颠簸着，一路上说说笑笑。

梅姐今晚好像也显得特别兴奋，说自己有一个最好最好的消息要告诉丁香，只告诉丁香一个人听。丁香问是什么好消息。梅姐轻轻一笑，卖个关子就是不说，要等回来的时候才告诉她，把丁香急得在她的手背上拍了一下。

正是晚秋时节，满城桂花香，好像随便抓一把空气闻闻都带着有甜味儿的桂香。半个月亮钩住树梢，深情地看着缓缓前行的黄包车，远处有星光闪烁。

丁香好像还是第一次欣赏到古城的秋夜，竟然美得令人心动。

古城的夜是属于那些富人和乞丐的。大红灯笼高高挂，一路上的新昌福、福兴园、太鸿楼、万福楼酒家灯火辉煌，猜拳喝令热闹非凡，门口顺排停靠的黄包车像鱼摊上的带鱼一条条排列着，车夫们聚在一起啃着馒头，等主顾们酒足饭饱后下楼来。

昏黄的街灯下，有十几个乞丐翘首看着酒楼的后门口，等酒楼伙计出来倒剩菜剩饭时便一拥而上，拿破边的洋碗（搪瓷碗）去舀里面的吃食，一边饥不择食地喝着散发出酒酸气的汤食，一边还在往里挤，挤进去舀第二碗。

一个瘦老头敲着竹梆擦身而过，一边走一边喊："平安无事啰！小心火烛啰……平安无事啰！ 小心火烛啰……"

风显然有些凉意了，梅姐把自己的丝巾取下来给丁香围上，丁香顿时感觉到姐妹般的暖意，像热流涌遍全身，她紧紧握住了梅姐的手。

汪伯乐早在校门口等候多时了，看见梅姐就笑道："终于把大小姐等来了，你身边的这位……"

"白丁香，"梅姐介绍道，"一个进步青年，哦，不不，还算少年吧。"

汪伯乐握了握丁香的手，丁香不好意思地说："我是来向汪老师学习的。"

汪伯乐摇摇手笑了，说不敢当不敢当，就叫我乐哥吧。 他说，我们省一师门卫挺严的，校长每天晚上都会出现在门房里，问看门的老魏学生宿舍的灯熄了没有，有没有外人进来，得到肯定答复后才走，临走还不忘叮嘱老魏现在外面很乱，夜里要警醒点。

老魏四方脸，络腮胡，两只眼睛一瞪露出凶相，学生们都惧他几分。 汪伯乐是"夜猫子"，尤其是周日晚上的读书会更会聚集一些人来，但他与老魏的祖籍同是皖南古镇上的，老乡帮老乡，老魏也就睁一眼闭一眼了，但再三叮嘱汪伯乐只有周日晚上，千万不能让校长知道。

汪伯乐满心欢喜，周日晚上于是就成了读书会的欢乐时刻。

汪伯乐给读书会活动的这间小仓库起了个好听的名字"无名书屋"，意思是姑苏城里唯独一家既可借书、读书，又可组织讨论，却师出无名的书屋。 因为这里所读的书刊有一半是当局禁止的，像《新青年》《觉悟》《星光》《南方》等。 地方是小了点，摆上两张课桌几条长凳后，连转身都困难了。

汪伯乐不这么看，他笑侃刘禹锡的《陋室铭》，用来形容无名书屋：

书不在多，革命则名。理不在深，有用则灵。斯是书屋，惟我德馨。蛛网墙角挂，桌上油灯明。谈笑非鸿儒，往来有白丁。可以读新书，发新论。无尘俗之乱耳，无课业之劳形。北有李（李大钊）与陈（陈独秀），南有孙先生。学子云：革命必成！

今天夜里，夜息钟敲过后，无名书屋里就亮起了两盏马灯。灯光烁烁，映着十几张年轻而兴奋的脸。汪伯乐要大家讨论创办“大苏平民学校”的事。汪伯乐、王芝九等几个革命青年借用位于宫巷的基督教堂乐群社开办平民学校，规模不小，可是来报名读夜校的人并不多，只有观前街几家老字号里的青年店员来报读，为此汪伯乐也很头疼。

“我们应该多写些招生广告，贴到南门外的几家大厂门口去。”丁香小心翼翼地提议道，笑着看看大家，脸涨得通红。她虽是第一次走进无名书屋，却一点也不觉得陌生，大家也没把这个小妹妹当局外人看。

“这是个好办法啊。”一青年附和道，对丁香竖了下拇指。

梅姐握了下丁香的手，站起来说：“民众可能对夜校教什么内容还不熟悉，觉得放工后还要出来读书，对改变自己的处境没有多大关系。所以，我们要多做宣传。酒好也怕巷子深啊。”

“你这句话说得好，‘酒好也怕巷子深’。”汪伯乐拍了下手掌，连连点头说，“我们应该到民众中去宣传。民众现在需要文化，文化是他们认清自己，也认清这个世界的工具。”

“我赞成！”丁香说，“我们要多抄几份招生广告贴到工厂去。”

梅姐笑道：“丁香的仿宋字写得特别工整，她可以帮着抄几份呢。”

汪伯乐笑着问丁香：“劳您大驾，您愿意吗？”

“我愿意，我会尽力的。”丁香兴奋地说。

汪伯乐从书架上抽出几份油印的其他地方的工人夜校招生广告，

有安源路矿俱乐部夜校招生广告、湖南长沙工人夜校招生广告、平汉铁路工人夜校招生广告，他跟大家一起逐字逐句讨论修改了大苏平民学校的招生启事。

梅姐负责记录整理成文，抄出一份交给丁香去抄写。

汪伯乐指指丁香，对大家说："这位小妹妹是景海附小的，人小志气大，她想参加我们的读书会，大家欢迎吗？"

大家都鼓起掌来："欢迎小妹妹！"

梅姐笑道："丁香以后就是我们中最年轻的会员啦！"

丁香兴奋得满脸通红，她第一次参加了乐哥组织的读书会并成为其中一员，她还接受了读书会交给她的任务，她可以为劳苦大众做点什么了，她一直渴望着能为劳苦大众做点什么。

汪伯乐组织的这个读书会在1922年8月成为中国社会主义青年团在苏州的第一个基层组织的孵化器，1925年3月更名为中国共产主义青年团苏州支部。

汪伯乐摆摆手，让大家安静下来："同学们，我们的读书会以读书为主，但我们绝不是死读书，读死书，我们读书是为了拯救我们的国家，承担青年的责任。"他转过脸，笑着问梅姐："梅老师，你说是不是这样？"

"理所当然啰。"梅姐笑着说，"明代东林党人就有这样的觉悟了。"

"对呀，风声雨声读书声，声声入耳；家事国事天下事，事事关心。"汪伯乐爽朗地笑了，"我们的读书会师出有名了，可不是无名书屋了。"

丁香在读书会借了两卷《觉悟》杂志。

临走时，汪伯乐握住丁香的手说："希望你以后每周日都来。"

"一定，我一定会来的。"丁香毫不犹豫地说，她觉得与这些人在一起是一件很有价值、很有意义的事情。

回去的路上，黄包车拉着她俩先到乐益女校，梅姐关照黄包车在门口等上一会。她拉着丁香到女校宿舍里，把门关上，轻声然后极为兴奋地对丁香说："现在我要把一个最好的消息告诉你。"

丁香早就按捺不住，急于想知道梅姐要告诉她的好消息是什么。

梅姐靠近丁香，附着她的耳朵说："建党了！我们建党了！"

丁香诧异："什么建党？"

"轻点。"梅姐压低声音，"三个月前共产党在上海成立了！"

"中国有了共产党？"

"我们劳苦大众的党，我们自己的CP（中国共产党的英语缩写）！"

丁香现在还不能完全理解中国共产党的成立是中国近代史上开天辟地的大事件，但从梅姐兴奋得像一朵花的脸上，她读出了这个消息的意义肯定非同一般。她好像在沉沉暗夜里突然看见了一星火光，火光在奔突、扩散、蔓延，随之星火燎原……

回到家里，她无法让心情平静下来，索性不睡了，磨墨、掭笔，开抄《大苏平民夜校招生启事》：

列位听我道来：

列位最不便益的是什么？就是讲了写不得，写了认不得，有数算不得，给列位生活带来诸多不便。所以，大家要求一点知识，写得几个字，认得几个字，算得几笔数，方才是便益的。

列位是做工的人，做生意的人，又要劳动，又无人教授，怎么办呀？不要着急，现今有个最好的法子，就是我们在宫巷里办了一个平民夜校。这个夜校是专为列位开办的，从礼拜一起至礼拜五止，每夜上课两点钟。教的是识字、写信、算账，都是列位每天都用得上的。讲义归我们发给，并不要钱。夜间上课又于列位工作并无妨碍。若是要求入学的，请赶快于下个礼拜晚上到宫巷基督教堂的号房来报名。

列位想想，我们为甚要如此做？无非是念列位生活之不便和不识字的苦楚，想列位都能识得、写得、算得。所以快快来报名吧。上学以后，每人发听讲牌一块，遇有军警查问，说是大苏平民夜校学生就无妨了。若有为难之处，我们替你担保。

速速报名，莫再耽搁！

这张启事抄录后，分别在鸿生火柴厂、苏纶纱厂、枣市桥的沈余昌冶坊、玄妙观东脚门等处张贴，引来不少人围观，有不少工人、店员前来报读。大苏平民夜校终于热热闹闹开学了。最多时有学员一百多人。汪伯乐自任校长，王芝九兼任教员，所招学员主要是工人、店员，夜校为革命培养了一批骨干力量。

丁香来鸿生火柴厂张贴招生启事时，认识了一个叫张阿春（1901—1932）的青年工人，他是第一个报读夜校的鸿生厂工人。他于1931年加入中国共产党并着手建立了第一个党的工厂基层组织；在开办鸿生厂工人夜校时，也是他请丁香来教课的，此是后话。

丁香这几天一直处于情绪亢奋中。她终于出色地完成了乐哥交给她的任务，她觉得自己也像梅姐一样过着有意义的生活。

平民夜校开学了。青年工人从四面八方赶来听课，汪伯乐兼国文课，教识字，也讲生活的道理。他讲的课通俗易懂，特别风趣，很受学员欢迎，因此吸引了更多人来报读，教室里都挤不下了。

平民夜校聚众讲学，不能不引起当局的注意。20世纪初期的苏州处于军阀孙传芳的统治下，革命活动无法公开进行。办平民夜校虽然是当局默许的，但人员越聚越多还是引起当局的不安。据《民国档案·1921年卷》记载，军阀孙传芳从上海坐车来苏州视察时，就对苏州督军说过："你们这里办了不少民众夜校，这是好事，我不会反对。不过近期形势诡谲，南方乱党已成气候，要警惕乱党煽风点火。"

未入初冬，霜色已现，风里带有丝丝寒意。警署派出的便衣、密探行动诡秘，时常在夜校门外徘徊。一天夜里，终于发生流氓寻衅滋事的事。汪伯乐正在教《工人的世界》，丁香也坐在教室后面听课，忽然有几个戴鸭舌帽的家伙冲进教室，一边挥舞拳头，一边高喊："姓汪的欺骗我们，我们不读了！”

汪伯乐趋前一步，厉声责问他们：“你们什么时候注册本校的？”

那几个人支支吾吾地答不上来，态度却非常蛮横：“别管我们什么时候注册的，反正你们教的都是一些骗人的东西。”

丁香站起来，责问那伙人：“夜校教工人识字，何错之有？”

那伙人横了丁香一眼：“多管闲事，小黄毛丫头。”

“不许捣乱！”丁香鄙视地横了他们一眼，厉声喝道。

课堂里的同学再也按捺不住一腔怒火，有几个来自枣市桥冶坊的铁匠师傅，站起来就像一座铁塔，袖子一捋，亮出碗口大的拳头，冲几个流氓晃了晃：“谁再来捣乱，老子就不客气了！”

那几个家伙见众怒难犯，赶紧拔脚开溜。事后才知道那几个家伙是与警署有关系的保安队的人。之后，平民夜校尽管也还有人来捣乱过，也被警署传唤过，但终因江浙军阀开战，忙得焦头烂额而无暇顾及，夜校一直延续到1926年初冬汪伯乐被捕为止。这时，丁香已经以优异的成绩考入东吴大学法学院读书了。

丁香越是觉得自己长大了成熟了，嬷嬷白美丽却越是为她担忧。

嬷嬷看着把短发扎成两根粗黑辫子的女儿，觉得她就像一头已经长出了尖角的不安分的驯鹿，越来越不像自己想象中的娴静而文雅的姑娘，更像一个风风火火的“野”丫头。她实在闹不明白当下中国的青年怎么越来越不安分守己，美丽的古城怎么就放不下一张安静的书桌、一架油漆光亮的琴桌？

嬷嬷是美国人，思想还是比较开通的，并不完全反对丁香去参加读书会，女孩子多结交一些朋友，多读一点书总是好的，也不完全反对她帮着夜校去做事，乐于助人也是主的旨意，但她绝对不能赞成女儿的激进思想。

母女俩的争执是不可避免的，站在一旁的寄娘吴师母劝都劝不住。

毫无疑问的是，无论是嬷嬷还是丁香都隐隐感觉到窗外的风都在躁动不安，越来越多地嗅到了暴风雨来临前躁动的气息。

天莫非真的要变了吗?

1922年的夏天突降暴雨，数月不晴。苏北里下河、高邮湖地区沟满河平，洪水泛滥，形成特大水灾。据当年水文资料记载，里下河水位高达5.18米，高邮湖水位高达6.12米，白马湖水位高达5.30米，远远超过警戒线。扬州城、泰州城、兴化城的大街小巷普遍积水，最深处达1.8米。大水几乎淹没了这些地区所有农田、村舍、围堰。

大批灾民流离失所，或乘船或走旱路，携家带口从口岸过江逃难到江南来。那一年，逃到苏州来的灾民绝对数为3.56万。灾民大都居住在阊门、葑门、胥门、盘门的城门洞里，不少桥洞里也挤满灾民。

胥门外横跨胥江的泰爙桥始建于1906年修筑大马路时，为石礅木梁结构，有三个桥洞，中间桥洞下走船，两边的旱桥洞里就成了灾民的“栈房”。因为饥饿、疾病，每天都有人死。最多的一个月里，商会组织的“收尸队”能收尸二十多具，就抬到平门附近的“义冢”掩埋。

“死人栈房”，这个曾经令人恐惧的名词，使一向风平浪静的古城陷于极度恐惧中。市民们谈“房”色变，连走夜路都要绕过那几座被称为“死人栈房”的桥。

坐船逃难过来的灾民移船为屋，把船底朝天翻过来，用几根圆木一支，挂上布帘子就成了一间房子；从旱路逃难过来的灾民就砍些毛竹和茅草、芦苇，和上城墙泥搭起“滚地龙”以遮风挡雨；比“滚地龙”略胜一筹的是草棚子，以竹木扎成屋架，从屋顶到四壁全用稻草披盖，造房前先将稻草杀青，扎成草扇逐层披盖，不留丝毫缝隙。

在苏州落地生根的苏北灾民一般从事的都是粗活（如码头搬运工、粪行里的掏粪工）、苦活（如缫丝工、纺织工）、恶活（如殡葬工）。拥挤在葑门、盘门城墙脚下的灾民大多被招进建在南门外青旸地一带的苏纶纱厂、鸿生火柴厂、苏经丝厂，成为苏州第一代真正意义上的产业工人，为建党和党的活动奠定了雄厚的阶级基础。

以蒸汽机和电动机为标志的工业化大生产不仅造就了一批兴办实业的资产者，也造就了大批他们的掘墓人。仅以苏纶纱厂为例，拥有纱锭两万枚，年产棉纱三万多件、棉布十一万匹，年获利四十万银两。1879 年开工之初仅有工人一千两百人，到 1921 年已达到三千两百人。苏州务工家庭中每十家就有一个是苏纶厂的工人。

居住在贫民窟、"滚地龙"里的工人生存状态十分悲惨，每天起早摸黑，从鸟叫做到鬼叫，出卖苦力仅仅换得温饱，一旦生病就只有等死。《葑溪贾客》(苏州大学出版社 2009 年出版）就记录了几位老工人自诉当年在苏纶纱厂、鸿生火柴厂做工的苦难生活。

八十二岁的老工人许英珍回忆说：

那年头，我们工人下班出厂门都要搜身的。我的一个小姐妹"经期"来了，下身鲜血淋漓，就在车间里拿点纱头用，出厂门时被搜身搜出来后，不仅罚款，还被开除出厂了。严老板看起来笑眯眯的，可对我们工人凶着呢。我记得他说过这样的话，"在苏州城里要找一百条狗不太容易，要找一百个工人也就是一顿饭的工夫"。有一次，我们力织车间有个姓顾的女工，一天十二个钟头做生活，实在吃不消了，一头晕倒在织机旁。严老板路过车间门口，明明听到车间里出了事情，他却当没听见。我们几个小姐妹把病人扶出车间，扶到外面树荫下歇息，忙着给她去找仁丹、十滴水。严老板巡视一圈回来后，看见我们在树荫下，立刻指令当班工长："叫她们都回车间上班，否则就扣工钿！"他根本不把工人的死活放在眼里。那时我们从早上 6 时做起，要做到晚上 6 时。大热天，一身臭汗回家去，路人闻见都要避开，背地里骂我们"臭苦力"。

鸿生火柴厂的老工人王阿大回忆说：

我家上有老下有小，全家七口人，就靠我一个人的工资过活，那年头养不活一家人啊。家里的米缸有半个月是空的，就是顿顿吃粥也难以维持。没办法，每天晚上就到太监弄的大饭店后门口去等饭店里倒出来的泔脚水，捞里面的剩菜剩饭。那时候来捞泔脚水的穷人真多，一桶泔脚水提出来，就有十多个人一哄而上，有用碗舀的，也有用脸盆捞的。就是这样，日子也很难过下去。鸿生厂由于原材料供应不上，三天两头停工，老板只肯发一点补贴，只能买几副大饼油条。我被逼得走投无路，就把最小的女儿送给人家了。送走的时候才两岁，小囡好像懂事一样，抓住她娘的衣襟不肯松手，那个凄惨的情景，我现在想起来还要落泪。

压迫愈深，反抗愈烈，如同地火在地下猛烈地燃烧，随时寻找突破口。

"资产阶级的统治建立以后，由于自己的处境而觉醒起来的工人，也会取得具有极端重要意义的进步；从这时起，起来反对现存制度的就不是单个工人，或者顶多几百几千个工人，而是他们全体——一个有着自己特殊利益和原则的统一的阶级，他们团结一致地按照总的计划行动，同自己最后一个最凶恶的敌人——资产阶级做斗争。"（恩格斯《保护关税制度还是自由贸易制度》）

1924 年 8 月 21 日发生在苏州的丝绸行业万人大罢工，千年古城第一次真正见证了工人阶级的群体力量。这次大罢工的导火线是由天孙绸厂工人徐巧生失手打碎一只菜碗就遭开除而引燃的。资本家视工人为草芥的行为引起公愤，众怒难犯，一呼百应，三十六家丝绸厂全部关机停工。

工人们陆续涌出厂门，涌到大街上，一齐高呼口号：

"劳工不可侮！"

"争取工人的权利！"

"增加工资！"

"不能随便开除工人！"

"劳工团结起来！"

资本家串通警署，花银子买通一些地痞流氓，串通一气，威胁罢工工人复工，但遭到了拒绝。

警署署长赵锦臣恼羞成怒，将工人请愿代表张春生等七人拘押。

一石激起千层浪。设在万寿宫内的罢工指挥部拉出两千多名工人把警署团团围住，静坐示威，要求警署立即无条件释放被捕工人代表。示威者拉出白色横幅，上面用墨汁写上“释放工人代表”几个大字。

大罢工第二天，梅姐率领乐益的几名女生赶到静坐现场，给静坐工人送饭送水。丁香闻讯也赶来帮忙。那正是“秋老虎”肆虐的当口，毒日当头，丁香满脸是汗，捧着一只搪瓷锅，煮了一锅麦粒茶，给静坐的工人倒茶喝。她捋了一下汗湿的头发，对工人说：“别怕，再坚持一下，我们一定会胜利的。”

工人们感激地点点头。看到这样的小姑娘都跑来帮忙，静坐工人都很感动。指挥部担心学生有危险，就让汪伯乐出面劝学生返校，但梅姐和丁香坚决不从：“民国是民权的天下，工人的行为是正义的，我们不能袖手旁观。”

丁香一甩短发，执拗地说：“我可以帮助散发传单，号召商人罢市、学生罢课，支持罢工工人。”

指挥部的人笑着问丁香：“上街游行示威，你真不怕啊？”

丁香头一扬：“我不怕。我会尽力的。”

对方看看这个一脸纯真而态度坚决的姑娘，无奈地笑笑说：“你俩就帮着去观前街散发传单吧，无论怎样都要注意自身安全啊。”

指挥部的罢工总指挥舒正基（1895—？，河南商丘人，后为中共党员、市总工会负责人）去恒丰绸厂发表《劳苦工人团结起来》的演讲。梅姐、丁香随同一起前往。她俩在千人会场里散发刚油印出来的《告工友书》。

舒正基好像天生是一个演说家，跳到一台机床上，挥舞着手臂，慷慨陈词，激情澎湃：“我们工人当牛做马，食不果腹，衣不蔽体，资本家无缘无故克扣我们可怜的工资，我们能答应吗？”

“不能！”会场爆发出一片吼声。

“我们辛辛苦苦为资本家创造利润，到头来我们却被无故赶出厂门，这世道还有公平没有！罢工是我们的神圣权利，工人兄弟们团结起来，把罢工进行到底！资本家不答应我们的条件，我们决不复工！”

“决不复工！”又是一片震天动地的浪潮翻卷而起。

“我们的工人代表被警署抓走了，我们要求无条件释放他们！”

“还我工人代表！”怒吼声此起彼伏。

丁香人矮，就站在一张方凳上，透过密密麻麻的人群，她第一次看到团结起来的工人力量，像八月的钱江大潮滚滚而来，惊天动地！

她跟着振臂高呼：“劳工不可侮！”

舒正基演讲到一半时，忽然听见厂门外传来警笛声、警哨声，人群顿时乱了。

丁香有些心慌，梅姐挽住她的手：“别怕！”

丁香镇定下来，攥了下拳头说：“我不怕！”

有几个神色紧张的黑衣人嘴里喊着“散开，都散开”，一边拿着警棍挤到机床边，要去拉舒正基。舒正基身板壮实，奋力一甩，把其中一个家伙摔倒在地。旁边的家伙想冲上去帮忙，脚一滑，反而摔倒了。

这时罢工纠察队举着铁棍从外面冲进来，把警车围得水泄不通。

一个络腮胡子的警官推开车窗，用短枪柄敲敲车窗，凶狠地说：“让开，都让开！”

人们怒视着警车，丝毫没有胆怯，厉声责问：“为什么不释放工人代表？”

警官看着愤怒的人们越聚越多，生怕惹出大乱子，无奈地挥挥手：“撤！”

舒正基冷冷地看着这些灰溜溜撤退的家伙，继续他的演讲：“从大罢工的第一天起，资本家要我的命，警署也要我的命，我舒正基的命就那么值钱吗？不，这是因为我们的背后站着一万多工人弟兄。我们工人要团结起来，成立我们自己的工会，行使我们工人的权利！”

罢工指挥部为防止有人捣乱，特地选出六十多个身强力壮的青年工人组成“纠察队”，负责维持罢工秩序，也谨防别有用心的人趁机破坏工厂的机器设备。

舒正基在这边继续他的演讲，那边，汪伯乐以国民党市党部的名义来万寿宫看望罢工指挥部的工友们，要大家坚持到底，资本家不答应增加工资的要求就决不复工，警署不释放工人代表就决不复工。

之前，中共上海地下党通过《申报》记者悄悄向舒正基传达了中共的意见，认为苏州工人觉醒了，总工会（筹）应该趁热打铁，尽快把各厂的工会组织建立起来，从可靠的骨干分子中发展党员，领导权要始终掌握在工人阶级手里。考虑到目前南方革命形势发展迅速，但江浙一带反革命力量还很强大，因此这次罢工只提经济诉求，不提政治诉求。

舒正基心领神会，趁着罢工大潮方兴未艾，暗地里物色可靠对象，着手筹建各厂工会。经过与总商会的数次协商，最后以答应“工会会员的三分之一由资方推荐”的条件，在条件具备的大厂陆续建立起工会。到1927年3月22日，成立了市总工会，舒正基被推举为总工会执委会委员长。

万人大罢工持续到第三天上午，警署迫于民众的压力遂释放了全部工人代表。

对于工人代表提出增加工资的要求，总商会出面协调各绸厂老板，但一再遭到拒绝，所以罢工一直拖了四十天，最后以资方答应全部条件才结束。

这一场取得完全胜利的罢工斗争被载入了苏州近代工运史。

丁香经历了罢工的初期阶段，那几天，她的情绪一直高涨，在观前街、阊门等商市区挨家挨户散发《告工友书》《告市民书》，号召各界市民支持工人的合理要求。可能是太劳累了，也可能是天黑回家没看清弹石路上一块松动而突出的石块，她不慎被石块绊了一跤，摔倒时用左手支撑触地，造成左小臂骨折，一时疼痛难忍。

梅姐马上叫来黄包车，送她去博习诊所疗伤。

丁香难过地说："你看我好没用哇，关键时刻我却摔伤了。"

梅姐安慰她："你很勇敢，指挥部的人都夸你不简单呢。好好养伤，你什么都不用操心了。"

医生给她的左小臂置夹板、绑绷带，斜吊在脖子里。丁香从对面墙上的镜子里看见了自己的狼狈样，苦苦一笑对梅姐说："大江东去，我却成了一只搁浅的船。"

"长风破浪会有时，"梅姐引用李白的诗句对丁香说，"直挂云帆济沧海！"

丁香会意地笑了。梅姐送丁香回家。

丁香这样子可把寄娘吓了一跳："你……你怎么会弄成这样……"

梅姐说丁香是不小心摔伤了，医生说并无大碍，养几天就会好的。

"伤筋动骨一百天，"寄娘心疼地问丁香，"痛不痛？"

丁香故作轻松地笑笑："不痛。"

寄娘埋怨道："你就是不肯听嬷嬷的话，到处疯跑，你让我怎么向嬷嬷交代呵。"

"自作自受，寄娘，怪不着您。"丁香调皮地笑道，"谁让我脚下不留神呢。"

这时，白美丽闻讯赶回来了，一脸的焦急，看见梅姐，不满地朝她斜了一眼。

梅姐尴尬地朝白美丽笑笑，对丁香摆摆手就悄悄地溜走了。

丁香知道这一阵暴风骤雨是避免不了的，无论嬷嬷怎么数落自己，她都准备承受一切。

嬷嬷轻轻地抚了下丁香缠满绷带的左小臂，心疼地问："还疼吗？"

丁香不安地看看嬷嬷，摇摇头，等着嬷嬷的数落。

"上帝保佑，"嬷嬷皱了下眉头，淡淡一笑，"幸亏摔伤的是左臂，要是右臂，你吃饭还要人喂吧。”

丁香“扑哧”一声笑了。

嬷嬷笑着戳了一下她的脑门：“羞，你还好意思笑啊。”

第四章 惊雷

1925 年的春天注定是一个更不寻常的春天。

“惊蛰”闻雷声，“哗啦啦”一声响雷惊天动地。

寄娘说，打雷了，蛇虫百脚（蜈蚣）就要爬出来了，天就要变了。

梅姐激昂地说，天变了，暴风雨要来了！

丁香仰望浓云翻腾的铅灰色天空，像难以撕开的一块黑幕笼罩大地，鸟儿惊惶地飞着，预感到了暴风雨来临前的不安、躁动、未知的气氛。

这场暴风雨的策源地在上海。5月7日，日商内外棉纱厂的工人因日方经理直接招收“拿摩温”（工头）、工人被无端克扣工资而发起罢工。罢工是由共产党和国民党这两个革命政党分别组织发起的。

共产党认为，工人阶级与买办资产阶级的矛盾是不可调和的阶级矛盾，民族矛盾归根到底也是阶级矛盾，主张工人阶级联合起来，建立代表工人阶级利益的工会，与买办资产阶级展开针锋相对的斗争。国民党则主张通过协商解决劳资双方的矛盾，维护双方利益，团结商会及各界市民与资方展开合法的谈判。

5月15日，内外棉纱厂一名工人被工厂警卫打死，激起全厂工人的冲天愤怒，群情沸腾，反日风潮迅速蔓延。3.5万名工人全部扔下手里的工作，参加到大罢工的行列里来。复旦、同济等大学地下党组织学生上街游行声援，国民党则通过上海商会组织商人罢市。一时间，法租界、公共租界、华界的店铺纷纷打烊，有不少店铺前挂出“罢市”的牌子。

5月30日，一队大学生在南京路上游行示威，突然遭到公共租界的英国巡警开枪镇压，十三人当场饮弹身亡，重伤十人，被捕一百五十余人，酿成震惊中外的“五卅”惨案。

惨案发生的第二天，上海市总工会号召全市总罢工，同时抵制日货运动也如火如荼地展开了。

左翼作家茅盾先生激愤难抑，于5月30日连夜伏案撰写文章《五月三十日的下午》，文中写道：

这还是一个闷热的黄昏，这使我满载着郁怒的心更加烦躁。风挟着细雨吹到我脸上，稍感着些凉快；但是随风送来的一种特别声浪忽地又使我的热血在颞颥部血管里乱跳；这是一阵歌吹声，竹牌声，哗笑声！他们离流血的地点不过百步，距流血的时间不过一小时，竟然歌吹作乐呵！我的心抖了，我开始诅咒这都市，这污秽无耻的都市，这虎狼在上面豕鹿在下的都市！我祈求热血来洗刷这一切的强横暴虐，同时也洗刷这卑鄙无耻呀！

无论是情绪激昂、瞬间遗忘还是心灵麻木，都不能阻挡这场暴风雨式的反帝运动迅速向全国扩展，如燎原之势蓬蓬勃勃。民族主义的诉求源于爱国主义的情感力量，这种情感让劳工界和民族工商界暂时彼此靠近。6月4日，上海工商学联合会成立，使“蜜月”更具实质内容。联合会由共产党人李立三主持，起草了“十三项要求”，包括要求严惩凶手，赔偿受难者，承认工人罢工的权利，收回公共租界的公审公廨等。代表上海民族资本家的总商会虽然没有直接参加联合会，但为罢工者发放巨额救济金，为联合会提供了资金上的支持。

上海的革命风暴迅猛地席卷了苏城。5月31日，苏州各校代表八十多人在北局青年会召开会议，决定立即罢课示威，唤起民众，开展声援活动。6月3日，三千名学生举行游行示威。丁香在游行队伍中一边领呼口号，一边散发有关“五卅”血案的传单。

传单雪片一样飞向聚集起来的民众中间，更加激起民众的愤怒情绪。

之前的4月4日，这样大规模的集会已经预演过一次。各界民众三千余人在公共体育场集会，举行孙中山先生追悼大会。兼具两党身份的国民党上海执行部代表恽代英专程从上海坐车赶到苏州在集会上发表激情演讲。恽代英（1895—1931），原籍江苏省武进县，中共早期革命者。他的演讲像干柴烈火，给宁静的古城带来了蓬勃生机，丁香在之后的读书会上这样回忆这次集会：

“恽先生穿着深灰色的洋装，显得英姿勃勃。演讲时抑扬顿挫，很有鼓动力。我站在人群中，离主席台较远，麦克风（扩音器）时弱时强，但他的一些话我还是听清楚了。他说：‘南方革命风起云涌。虽然几经失败，但革命者从来没有胆怯过。我们要继承黄花岗革命志士的遗志，完成中山先生未竟的事业，革命决不可以停顿，革命也决不会终结！我们吃得苦中苦，而我们的后一代就可以享得福中福。

为了我们的后代能过上有尊严的生活，为了我们最崇高的理想，我们是舍得付出代价的，甚至生命的代价！’当他讲到这里时，全场的鼓掌声、欢呼声简直要把体育场都掀翻了。”

丁香对梅姐说：“那天，我真的太激动了，我十分敬佩恽先生那样的人。”

那些前仆后继的革命者举着火把，在漫漫长夜中摸索行走，其熠熠光芒照耀着后来者的路。

“五卅”运动期间，中共早期杰出的革命者萧楚女（1891—1927）也风尘仆仆地来到东吴大学发表演讲，同样受到了学生的狂热追捧：

同学们，你们想蜡烛不是能放光明吗？做人也要像蜡烛一样，在有限的一生中有一分热发一分光，给人以光明，给人以温暖。

人生应该如蜡烛一样，从顶燃到底，一直都是光明的。蜡烛最后燃尽了自身，但它的光明照亮了黑暗中的一切。

蜡烛是要燃烧的，燃烧自己，还要燃烧这个充满阶级矛盾和阶级斗争的社会。

青春的光辉，理想的钥匙，生命的意义，乃至人类的生存、发展，全包含在这两个字之中：奋斗！只有奋斗，才能治愈过去的创伤；只有奋斗，才是我们民族的希望和光明所在。

如果我们选择了最能为人类福利而劳动的职业，那么，重担就不能把我们压倒，因为这是为大家而献身；那时我们所感到的就不是可怜的、有限的、自私的乐趣，我们的幸福将属于千百万人，我们的事业将默默地、但是永恒发挥作用地存在下去，而面对我们的骨灰，高尚的人们将洒下热泪。

革命者的激情演讲，对丁香无疑是一次次思想启蒙和精神裂变。她对梅姐说，听到他们的演讲，我就像在沉沉黑暗中行走，忽然看见前面有星火闪耀，它指引着我一直往前走，不敢停顿，不会犹豫，不能懈怠。

萧楚女的演讲在东吴大学掀起了一股“追萧”潮，热了很久。

丁香连夜整理出萧楚女的讲稿要点，用仿宋体刻成一张传单油印出来，在东吴大学学生中悄悄散发。

诗人徐雉从萧楚女的那句“面对我们的骨灰，高尚的人们将洒下热泪”中受到启发，顿时灵感萌动，写了一首《战士的墓志铭》在《文学月报》上发表。

两年后，当丁香忽然听到萧楚女在南京雨花台被害的噩耗，她取出印有萧楚女讲话要点的传单看了又看，读了又读，忍不住泪如雨下。

夜空尽管尚黑，但星火毕竟前行，那耀眼的光芒照亮了丁香的心。

所以，在五卅游行示威中，丁香以榜样为力量，总是勇敢地站在最前列。

游行队伍浩浩荡荡，群情振奋，齐声喊着“抵制东洋，收回青旸”，呼喊声震天动地。很多苏州人终于吐出了久郁于心中的一口恶气。

苏州人最看不惯和痛恨日本人的趾高气昂。事出有因，光绪二十三年（1897年）3月，根据《马关条约》规定，苏州藩台衙门、海关道和日本驻沪总领事签订了《苏州日本租界章程》，将城南青旸地约四平方千米的土地租借给日本。日本人在租地上修路、盖房、开厂、办洋行、建学校，主干道两旁遍植樱花。暮春时节，富有日本风情的屋舍掩映在一片粉色的花海中。

更可气的是，在青旸地入口处，竖起一块花岗岩石碑，上面刻有“大日本租界”五个大字。苏州人进入租界，常常会遭遇日本人盘查。日本总领事馆还胁迫苏州总商会，商家销售洋布只准去日本洋行进购“富士牌”，洋火（火柴）销日本的“燧石牌”，连小小纽扣也要销桥本洋行的日本“樱花牌”。

日本人一手造成的“五卅”惨案，无疑激起了苏州市民的新仇旧恨。不少人涌向设在南门和阊门外的日本洋行里，把库存的洋布、洋火、洋油统统搬出来堆在空地上，点上一把火，火势越烧越旺，红遍了半个苏州城。民众围着火堆跳圈狂欢，大声喊“烧得好！”

燃烧吧，愤怒的火焰！燃烧吧，扬眉吐气的火焰！

丁香从游行队伍中挤出来，举着纸筒喇叭对市民们大声喊话：“中国人不可侮！同胞们，团结一心，向列强讨还血债！”

梅姐这时也挤过来，鼓励地握握丁香的手，接过喇叭喊道：“声援‘五卅’工人！血债要用血来偿！”

如果说，“五卅”游行集会对丁香是一次思想历练的话，那么，乐益女校叶天底、梅姐正在做的实实在在的声援工作，更让她激情澎湃。随后，苏州各界成立各种后援会，如工人“五卅惨案后援会”、学生“五卅支援会”等。后援会的宣传队穿街走巷，一边宣传，一边游行，并张贴和散发工人俱乐部秘密印好的四万份传单，其内容有“打倒英、日帝国主义！”“毋忘国耻”“还我河山”“收回租界”等。

6月6日起，苏州工人开始总罢工，首先行动的是富有光荣斗争传统的丝织工人，他们纷纷举行示威游行和宣传演讲，形成了大规模的反帝爱国运动。为了帮助上海工人克服罢工期间的生活困难，苏州丝织工人开展了募捐献款活动。东吴绸厂工人在《同胞注意》传单中提出“千方百计节约伙食费，捐款支援上海工人兄弟”的倡议书：“即日起将荤蔬菜一概除去，改吃咸菜，将省下的钱接济上海工人……这是敝同人微薄的能力，亦盼各厂同胞，吃用中节省下来的钱接济上海工人……”这一倡议立即得到全市三十六家绸厂工人的广泛响应，在半个多月里，他们每天吃酱油汤和萝卜干，捐出了节省下来的两千两百多元，连同社会各界的捐款两万多元汇寄到上海，支援上海工人罢工斗争。

苏州各界民众不断举行示威游行，组织了“中华爱国募金大会苏州募金后援分队”，召开了“沪汉惨案死难诸亡先烈追悼大会”和“五卅惨案半周年纪念会”，先后举行罢工、罢市、罢课。后来苏州捐款的部分款项被上海总工会退了回来。为悼念“五卅”惨案牺牲的烈士，永远记住帝国主义侵略者屠杀中国人民的罪行，经苏州铁机工人俱乐部讨论决定用退款修筑一条路，原计划造一条环城马路，称为“五卅纪念路”，后因款项不足，改在大公园旁（原皇废基），翻修从言桥至十梓街的路，命名为“五卅路”。

1985年，在纪念“五卅”运动60周年时，由苏州市政府在五卅路与民治路的交会处竖立了“五卅路纪念碑”，碑身高90厘米，长160厘米，厚25厘米；底座高45厘米，长200厘米，厚53厘米，并刻有海浪图案。正面镌刻的金字碑文为：

一九二五年五月三十日，帝国主义在上海制造了震惊中外的“五卅”惨案，并即引起了全国人民的公愤。在中国共产党的领导下，苏州人民迅速投入了大规模的反帝爱国运动，纷纷献款，支援斗争。值此“五卅”运动六十年之际，特镌此碑文，并将原界石竖于碑右，以志纪念。

在那些怒火燃烧的日子里，刚考入东吴大学的丁香，走在学生声援会游行队伍的前头。她把粗黑辫子剪了，蓄起齐耳短发，显得十分干练，英姿飒爽。

“同学们，让我们齐唱《国民革命歌》！”丁香挥动手臂，起头领唱。激越的歌声如汹涌波涛一浪高过一浪：“打倒列强，打倒列强，除军阀，除军阀。努力国民革命，努力国民革命，齐奋斗，齐奋斗。国民革命成功，国民革命成功，齐欢唱，齐欢唱。”

游行队伍浩浩荡荡从天赐庄出发，向体育场的集会地挺进。那儿已经是人山人海，各个声援团体都占据一角，向围观人群散发传单，发表演讲，呼吁万众一心，声援“五卅”遇难者。

东吴大学占了体育场东南一角，那儿里三层外三层围满了人。在几张方桌拼凑成的台子上，丁香激情洋溢地高声朗诵着高尔基的《海燕》，台下爆发出雷鸣般的掌声。

暴风雨来了，荡涤一切的暴风雨来得猛烈些，更猛烈些吧！

狂烈的地火燃烧吧，烧毁这个黑暗的旧世界！

丁香举着话筒，慷慨激昂地大声疾呼："日、英帝国主义向上海的工人兄弟举起了屠刀，向我们中国人举起了屠刀，我们决不会被任意宰割！我们要向刽子手讨还血债，让刽子手加倍偿还！同胞们，团结起来，把帝国主义赶出去！打倒列强！驱除军阀！"

人群中忽然响起尖厉的哨子声，一伙人冲散人群，狐假虎威地挥动拳头，冲着丁香吼道："小鬼丫头，滚下来！"

丁香愤怒地瞪了这伙人一眼，毫无畏惧："同胞们，现场有人来捣乱，我们能答应吗？"

"不能！"人们怒吼着，围住那伙捣乱者。正在这时，"灰狗子"（穿深灰衣服的警察）端着枪跑过来，让人群散开，这伙人趁机溜掉了。前来捣乱的人是一些地痞流氓，警署雇来冲击群众集会的。当时的江浙军阀刚刚结束战事，对南方风起云涌的革命既惧怕又无奈，表面上装出反对帝制、拥护共和的样子，暗地里却在破坏一切革命活动。"五卅"惨案发生后，苏州警署得到三条上级指令："密切监视乱党动向，尤其是共党的活动""阻止公众集会""严查罢工、罢市、罢课的组织者"。

"孩子，回去吧，"一个满头白发的老人靠近丁香，关切地说，"这里危险啊。"

"我会留意的，"从台上下来的丁香感激地对老人点点头，"我不怕。"

"丁香！"梅姐闻讯从乐益女校的队伍里跑了过来。刚才同学们在演活报剧，梅姐演的是灰头土脸的洋人，戴着纸糊的高帽子，趾高气昂而又滑稽可笑，逗得围观者哈哈大笑。梅姐得知有人来捣乱，特地跑过来问丁香："没事吧，你？"

丁香脸一扬，笑了笑说："没事，我才不怕他们呢。"

梅姐说："要当心，这一阵他们会很疯狂的。"

"我知道。"丁香握握梅姐的手，转身跟着东吴大学的队伍朝外走去。游行队伍要从观前街走到景德路，再从阊门转到西中市回到体育场。

在观前街一家绸布庄的二楼窗台上，有一个穿深蓝色学生装的小伙子把一条写有"讨还血债"的数尺宽白布标语从窗口挂下来，标语垂到底楼，显得特别醒目。

丁香激奋地领呼口号："讨还血债！"

小伙子从二楼下来也融入到东吴大学的游行队伍里，挥动手臂高喊："打倒列强！"

这时，有人把从洋行里搜出来的"洋布""洋袜""洋伞"堆在街心，点一把火烧掉。烈焰熊熊，人声鼎沸，口号声此起彼伏。

"丁香君，你好！"挂标语的小伙子走近丁香，热情地打招呼。

丁香看了他一眼，笑道："你怎么知道我叫丁香？"

"东吴大学的同学告诉我的。"小伙子抹了把额头的汗水，把手在衣摆上擦擦，伸向丁香，"我叫乐于泓，大家叫我阿乐，我也是苏州人，我们是老乡啊。"

乐于泓出身儒宦家庭，祖父做过晚清江宁府的"学训导"（掌管文庙的祭祀和学子的训导）。全家人住在南京夫子庙朝天宫的官宅里。1911年辛亥革命推翻了清王朝的统治，祖父赋闲，翌年举家迁返原籍太仓。1925年，乐于泓因成绩优异，由常熟教会学校诚一中学举荐，被半费保送到上海圣约翰大学读书。入校不久，"五卅"运动爆发，乐于泓参加罢课，抗议校方镇压学生运动，和广大师生一道拒绝返校，被校方以"违犯校规"劝退，随后转学到了苏州东吴大学生物系。

丁香握了下阿乐的手，笑道："我姓白，在东吴大学读书。"

阿乐从口袋里摸出一包贝母糖塞给丁香："刚才在采芝斋买的，嚼几颗保护嗓子。"

丁香感激地点点头，热情的阿乐给她留下了温暖的印象。

游行队伍像洪流一样继续向前奔涌。丁香与阿乐告别后就匆匆去追赶队伍了。

在阊门石路的开阔地带，省一师、乐益、东吴大学的队伍会合了。

开阔地上，乐益的同学在演活报剧，有的扮演洋鬼子，戴着纸糊的画有太阳、星条的纸帽子，怪模怪样的，有的扮演穿着工装的工人，大声呵斥洋鬼子。围观的民众被逗得哈哈大笑。乐益来了很多学生，是张冀牖校长默许的。他的两个女儿也在游行队伍里。

教美术的叶天底老师走在队伍最前列，一边散发传单，一边呼吁市民踊跃捐款资助“五卅”惨案的遇难者。

叶天底（1898—1928），出生于浙江上虞谢家桥镇，一个山清水秀民风淳朴的小镇。叶父是清光绪八年的秀才，家底殷实，是地方上的乡绅。少年叶天底以优异的成绩考上了浙江省一师，在那里结识了同乡、恩师陈望道。陈望道是著名教育家、语言学家。1920 年由他翻译出版的《共产党宣言》是最早的中译本。后来，他与陈独秀一起组建了上海共产主义小组。曾任《新青年》编辑、中共上海地委第一任书记。他引导叶天底思索救国救民的道理，并将自己翻译的《共产党宣言》签名后赠予叶天底。

1924 年 7 月，叶天底应聘到乐益女校担任美术教员和国文教员。在苏州期间，他以国民党员的身份参加各种社会活动，经常在《民国日报》上发表文章和绘画作品。他的美术功底相当好，曾与丰子恺同窗求学。在乐益女校，他参与创建了共产党在苏州的第一个基层组织——苏州独立支部，任支部书记兼组织委员。

“五卅”运动期间，叶天底是最积极的组织者。他在游行集会上发表的演讲既充满激情，又富有诗意：

列强张牙舞爪欺压我们，我们不要再忍受了！不要！
沉睡的东方雄狮觉醒了，我们不要当奴隶！不要！
朝着光明的中国行进，谁也不能阻挡我们！

列强也罢，军阀也罢，统统不能阻挡我们！
同胞们，大家团结起来，
团结的中国一定光明！

丁香为叶天底的演讲大声喝彩，游行人群中也爆发出阵阵叫好声。

丁香去乐益女校时见过叶天底一面。这是一张“国”字形的脸，脸色苍白，像一张纸，两道短黑的浓眉，鼓起的颧骨，看似不苟言笑，很有点“老师”的样子。她没想到叶老师的演讲会这么富有激情，这么扣人心弦——她想起自己前后认识的这些人都是貌不惊人，但一旦投身于革命就充满了火焰般的热情，这莫非就是信仰的力量?

为声援上海的工人运动，苏州一些学校连续罢课数天。对丁香来说，这都是些激情洋溢的日子。乐益女校搭台演戏三天进行募捐。活动中，叶天底与学生一起赶制布景、编排节目，可谓废寝忘食。京剧名角马连良，戏剧家于伶也从上海赶来参加义演。当时在苏州，女学生登台演戏是一件破天荒的大事，所以观者很多，轰动一时。

6 月 4 日那天，丁香跟着叶老师、梅姐，还有乐益的两个女生，一起乘车去无锡，去另一个城市为“五卅”义捐。她们各携带一只募捐竹筒，是组委会统一配发的，两头由竹节封死，上面开一小口，待募捐结束后统一交到组委会，当场砸开竹筒，清点入账。在车上，丁香手持写有“声援五卅”的黄色小旗，一边把传单散发给乘客。传单上写着:“自上海五月卅日之惨案发生后，我同胞死伤数百，沪上工人总罢工正在进行中。死伤者急宜抚恤，罢工者亦待救济。敬请爱国人士慷慨捐助，以救我同胞，以壮我志气，不胜盼切！”

在车厢里，丁香向乘客们宣讲“五卅”惨案的大致经过和苏州各界罢课、罢工、罢市支援上海工人的情况，呼吁大家踊跃捐款声援。乘客们听了她的演讲，纷纷把钱币塞进竹筒里去。

车到无锡后，叶天底先与无锡的罢工组织者取得联系，然后带领大家在崇安寺一带的闹市区进行募捐。无锡市民蜂拥而来，气氛极为热烈。尽管初夏天气已有些闷热，汗水湿透了衣服，丁香还是沙哑着嗓子，和梅姐一起站在商店的台阶上演讲。

据苏州《明报》记载："五卅组织募捐，以乐益为丰。其中有个东吴大学女生在募捐义款中乐此不疲，特别活跃。"这个"特别活跃"的女生指的就是丁香。

风起云涌的"五卅"运动最终在一系列妥协中得以解决，民族资产阶级是主要的获益者。8 月，上海工部局同意接纳租界华人代表，也接受将会审公廨归还中国。这时本来就摇摆不定的总商会与学联会的同盟开始瓦解。部分罢工企业因增加工资的要求得到满足而相继复工。据《上海民国档案 · 1925 年卷》记载，由共产党领导的总工会已发展到拥有二十万会员，那些借助工人运动抵制洋货而达到推销国货的民族资本家，看见工人团体的迅猛发展感到害怕。总商会于是抽回了对总工会的资金支持。沪上的帮会组织，如"青帮"，纠集地痞流氓，多次去总工会闹事。这场风暴持续十个月后就风平浪静了。

平静只是表象，灰烬中依然留有火种。"资产阶级的灭亡和无产阶级的胜利是同样不可避免的。共产党人为工人阶级的最近的目的和利益而斗争，但是他们在当前的运动中同时代表运动的未来。"（《共产党宣言》）而至关重要的是，中国工人阶级作为独立的力量登上了历史舞台，由这个阶级的先进分子组成的中国共产党作为马克思主义政党登上了历史舞台。

山雨欲来，风生水起，正是在这样大动荡、大分化、大变革的历史背景下，中共苏州"独支"呼之欲出，如同美丽的彩虹总是出现在暴风骤雨之后。

丁香记得梅姐说过，黑暗即将过去，天快要亮了，天肯定要亮的！

丁香掀开琴盖，弹起了门德尔松的《春之歌》。当灵活的手指在黑白键上弹跳的时候，她仿佛闻到了带有暖意的春天的风，风中摇曳着淡淡的丁香花香和蜂鸣，还有淙淙的泉溪从春晖里、从心上流过……

第五章
风波

风暴过后是短暂的平静，沉闷而难耐的平静。

一进伏天，太阳就烫手了，空气变得异常灼热，丁香和寄娘租住的轿房里热得像蒸笼，待上一会儿就浑身冒汗。巷口的香樟树上，知了叫个不停。

水缸边、门背后都在泛着潮气，寄娘说天这样闷热，可能要落雷阵雨了。

学校陆续放“麦假”（十天）、暑假，省一师的读书会也暂停了。

梅姐随母亲去浙江外婆家，临走时留下一包书给丁香保管，其中就有一本陈望道翻译的《共产党宣言》。

寄娘拎着一只腰鼓形的庙篮出去买菜了。

丁香刚从琴房回来，弹了肖邦、勃拉莫斯的几支练习曲，有点累了，就搬一张竹椅坐在天井里看书，旁边的方凳上搁了一碗在井水里凉过的绿豆汤。

墙根下的青苔潮乎乎的，有几丝藤越过青苔顺着墙壁往上爬，有一只绿皮螳螂虎视眈眈地举起了大刀，随时准备砍向无辜者。

平静的小巷其实也不平静，十几户人家聚居的里弄深宅断不了天天有事。

丁香巷是连接平江路和仓街的一条东西走向的小巷。巷口有一排屋，杉木小门，看似貌不惊人，可进门却是一条长长的备弄，前后连通两条巷子的宅院往往阔绰而气派。在《宋史·丁谓传》的记述中，曾经住在这条巷子里的丁谓是苏州历史上第一个官至宰相的高官，也是一个足智多谋的人物，几千字的文章，他读一遍便能背诵；官司案牍复杂繁多，一般官吏长久难以判断，而他一看案情，一言判决，众人都能释然而悟；听凭满座宾客各自陈述，他从容应接，随口能答，条分缕析，没人能够超出其意。而生活中的他又是个多才多艺的人，对于书画棋琴是无不通晓，让人叹服。

丁氏先祖是河北人，五代时迁居苏州。祖父与范仲淹曾祖范梦龄曾是吴越国节度使钱文奉的幕僚。苏州历史上著名的宋代平江图刻制时，丁谓谢世已近两百多年，然而却能在有限的版面上明确标示了丁晋公庙，可见丁谓在当时的社会地位。到清末民初，丁家仍是小巷里的大户人家。吴师母租住的轿房就是丁家的。

丁香正坐在天井里看书，忽然从备弄里传来一阵阵咒骂声和哭泣声。从压抑的断断续续的哭泣声中，她听出是阿菊的哭声。阿菊比丁香大几岁，九岁那年被爹娘以五个银圆的价格卖到了城里丁家。丁家有一个儿子，右眼歪斜，左腿残疾，走路一瘸一瘸的，脑子也有问题，长到十七岁还不能完整地说一句别人能听懂的话。丁家买阿菊是把她当童养媳养，想着等她长大后就给儿子圆房，能生个一儿半女的就续上丁家的香火了。

阿菊长到懂事的年纪后，死活不肯答应嫁给这个智障儿，好几次寻死觅活，把丁家老太气得跳脚破口大骂阿菊是“白眼狼”。

阿菊有自己的“青梅竹马”，同村的水根是阿菊的表哥，心地善良，对阿菊特别好。他到上海去打工后，还两次回苏州来偷偷地看过阿菊。阿菊的心里也有水根。

丁香放下书本，要出去看看，被刚买菜回家的寄娘一把拽住了：“别管丁家的闲事，丁家老太很凶的，你忘了上次吃不着羊肉沾一身羊膻气了？”

那次，丁家老太惩罚阿菊，罚她立在备弄里，饿她一顿。阿菊低着头立在备弄里，一边揉眼泪，一边向丁家老太讨饶。老太不依不饶，指着阿菊的鼻子骂，咒她早死。丁香实在看不过去，趁丁家老太回屋里去时，偷偷拿了几个菜馒头给阿菊吃。这事让丁家老太知道了，不但一句感激的话没有，还指桑骂槐地把丁香骂了一通，说她是没有管教的“野种”，狗捉老鼠多管闲事。吴师母还了几句嘴，结果连自己也一起被骂上了。吴师母忍气吞声，含泪而归，毕竟租住的是人家的房子，人在屋檐下，不能不低头啊。

丁家老太见吴师母人善好欺，越发蹬鼻子上脸。一次就为吴师母拎一桶井水在地上晃翻了一点，老太就大发脾气，在轿房外面指桑骂槐：“哼，坏良心，存心让我跌一跤啊。”

吴师母埋着头不响。

“敢做不敢说哇，你一个乡下人，什么东西！”丁家老太敲敲墙壁，放大嗓门说。

吴师母只当没听见。

这时，正好丁香回来，看见丁家老太无理搅三分的凶样，顿时火冒三丈：“你嘴巴放干净点！”

“野种！”丁家老太朝丁香挥挥手，“我就骂你，怎么啦！”说着，居然伸手推了丁香一下。

丁香忍无可忍，扬起手“啪”一个耳光扇了过去。

丁家老太没想到丁香会这么凶，一时竟傻掉了，愣了好一会儿才一屁股坐在地上，跷着两只脚，捂住半边脸哭喊道：“隔壁乡邻大家来看啊，野种打人啦！ 白丁香打人啦！”

吴师母赶紧出来挡住丁香，她怕丁香吃亏。

左邻右舍都赶过来，把情况问清楚后，没有人责怪丁香，反倒觉得这死老太婆嘴上太缺德，是该教训教训，扇一记耳光还是轻的。 于是，相互劝劝，事情就算过去了。

丁家老太碰上丁香也只能自认倒霉，鼻子一捏回屋里去了。

丁香最看不惯人欺人、人压人的恶行，更同情阿菊的不幸身世，她与自己有几分相似，一生下来就被父母抛弃了，被这个不平等的社会抛弃了。 她们都像石缝间的小草，险恶的环境随时可能扼杀幼弱的生命，唯一的出路就是不屈不挠，不惧风雨，努力让自己成长。

丁香同情阿菊，阿菊也把丁香当成自己的小妹妹。 在不长的丁香巷里，唯有丁香才能够很有耐心地听她的哭诉，也唯有丁香才敢当面与丁家老太论理。

那天，阿菊上街买菜，带回来一只小鸟，关在竹笼里。 小鸟长着鹅黄的羽色，蜡质的喙，“雀雀雀”叫着挺好听的。 阿菊说它叫黄雀，在玄妙观的鸟市上买的。 那时的玄妙观三清殿背后是一大片空地，那里有一个鸟市，画眉、鹦鹉、灰鸽，什么鸟都有。 黄雀是最寻常的鸟，又是最易驯养的鸟，用小米或粟子养上半个月，就能学着放飞了。调教得法的黄雀飞过河去，这边的主人只要把装粟子的铁盒摇上几摇，它就会迅速地飞回来，躲在主人肩膀上撒欢。

阿菊把黄雀送给丁香，丁香不肯收，她从小就不喜欢养小动物，她觉得小动物们，哪怕一只蟋蟀，都有它自己的家园，那家园不是在盆里、笼子里。 但阿菊说黄雀我买回来了，你不要，我又不能养，老太婆要骂我的。

丁香只能收下阿菊送给她的黄雀和半盒粟子。她把鸟笼挂在天井里的晾衣竹竿上，给它喂一点水和粟子。

吴师母挺喜欢这只小鸟，说听见它“雀雀雀”叫，屋子里也多了一点喜气。

阿菊出来进去，也会悄悄溜过来逗一逗黄雀。

过了几天，吴师母听不见鸟叫了，到天井里一看，鸟笼子也空了，转身问丁香：“鸟呢？”

丁香笑笑：“我放掉了，那黄雀关在鸟笼里太可怜了，鸟的翅膀在天上，寄娘你说对不对？”

“还是我们丁香心善，”寄娘笑道，“鸟原不是用来关在笼子里的。”

黄雀放掉了，天井里复又清静了。丁香习惯了安安静静地看书。

隔墙的备弄里刚刚消停了一会儿，外面忽然传来尖叫声：“不好啦，有人跳河啦！”

丁香夺门而出，左邻右舍也一齐跑出来。

丁香一眼就看见阿菊浑身水淋淋的被人扶回家来，路人说她是被船上人救起来的。

丁家老太闻讯颠着小脚从备弄里走出来，一脸凶相地出现在门口，指着哭哭啼啼的阿菊骂开了：“丢脸！丢我们丁家的脸！你想死没那么容易，我花了五个银圆把你买回家来，辛辛苦苦把你养这么大，你想一走了之没那么容易！”

邻居都劝丁家老太积点德，把阿菊带回家去换身干衣服，有啥事好商好量。

“小瘟货，”丁家老太满口粗话，手指戳了一下阿菊的脑门，“今晚你就给我在门口站着，不讨饶就别回家！”说罢，丁家老太怒气冲冲地一扭头进备弄回屋里去了。

阿菊满身水淋淋地蹲在屋檐下，发黄的头发披散在肩上，就像一只被主人遗弃的流浪猫。

丁香被寄娘一把拖进轿房里：“你就别去惹事了。”

丁香倔强地一扬脸："我不怕！"

寄娘抓住她的手不放，长长地叹了一口气。

"太缺德了！"丁香听着门外的声响，再也不能无动于衷，她挣脱寄娘的手，拿了一件干净衣衫，走到阿菊身边给她披上，劝慰说，"你犯不着为丁家去寻死，阿菊姐，你可以堂堂正正做人的呀，你以后的路还长着呀。"

"就因为打碎了一只碗，老太婆就拧我耳朵。"阿菊带着哭腔说，"我命苦，我无路可走啊。"

丁香说："你太软弱了，不能像路边的小草任人踩踏。"在丁香看来，人就像叶子一样，总是要从蜷缩中努力去舒展，享受生活的阳光，那才叫活着。

阿菊抹了下脸上的泪水，长长地叹了一口气。

老天似乎也不忍心看到这悲惨的一幕，愤怒了，开眼了，天擦黑时忽然乌云密布，狂风骤起，雷声隆隆，闪电似剑，瓢泼大雨劈头盖脸地浇下来。

可怜的阿菊站在屋檐下，淋成了一个水人儿，分不清是雨还是泪挂满一脸。

丁香撑一把纸伞陪她站在雨里："阿菊姐，我记得好像你跟我说过你有个叫水根的表哥？"

阿菊点点头："水根表哥前年过年时还偷着来找过我，他在上海大隆机器厂做工。"

丁香不假思索地说："天无绝人之路，你应该去找你表哥。"

一道蛇形般的闪电划破墨色的雨夜，跟着是一阵轰隆隆的雷声。

阿菊不安地说："老太婆手里有我的卖身契，我父母按过手印的……"

丁香劝慰她："别怕，那只是一张破纸，谁也挡不住你！"

阿菊犹豫不决："老太婆不会放我走的。"

丁香坚决地说："自己走，逃走！"

阿菊哭泣着说："我在丁家过的不是人过的日子，死老太婆逼着我与'戆大'圆房，我死活不会答应的，我早就想逃走了。"

丁香望了一眼墨色的雨天："你看死老太婆到现在也不出来叫你回去，她做得有多绝情，你没有什么好留恋的，要走今晚就走。"

阿菊撩起衣衫擦一把满脸的雨水、泪水，为难地摇摇头："我身无分文，怎么走啊？"

"你等着。"丁香把伞传给阿菊，跑进轿房里。

过了一会儿，她拿了一个包裹，里面有几件自己的衣衫，还有寄娘过年时给的压岁钱三个银圆，塞给阿菊，不容置疑地说："去找你表哥，不要回头！"

"白丁香！"备弄里传来丁家老太一声喊叫，天这么黑，她居然拎只灯笼走出来了，"你想拐卖丁家的人吗！"

丁香回头一看，糟了，丁家老太就站在备弄口，凶狠地盯着自己。

一不做，二不休，丁香鼓起勇气迎上去，把丁家老太堵在备弄里，扭头对阿菊大声说："走啊，快走啊，走得越远越好！"

丁家老太急得跳脚："丁香，你，你还想打人吗……"

丁香横了丁家老太一眼，左挡右拦就是不让她过去。

阿菊匆匆忙忙地举着伞跑进风雨里，从此就像断了线的风筝一样飞走了。

丁家老太要走出去拽阿菊，却被丁香死死挡住了，气得跳脚："你个臭丫头、野种，你等着，我要告到警署去！"她气急败坏，跑到轿房门口，使劲地拍着门说："姓吴的乡下女人听好了，给我赶紧滚蛋，房子我不租了！"

"一间破房子，有啥稀奇！"丁香站在门口，冷冷地扫了丁家老太一眼，心里却有说不出的痛快。

又一道闪电劈过，撕破了墨色的夜，雨渐渐变小了。

翌日一早，丁家老太真的把丁香告到了警署，说她拐骗良家妇女。 警署派员把丁香从家里带走了，吴师母急得上火，赶紧去找白美丽。白美丽又气又急，气的是丁香越大越不听话，总是惹事；急的是不知道警署会拿丁香怎么样。

丁家老太向警署出示了阿菊的卖身契，警署核对年龄后发现阿菊比丁香还大三岁，丁香未曾收受他人钱财，拐骗的理由站不住脚；邻居有去警署作证的，把那天发生的事情前后经过如实告知，警署最后认定是阿菊自愿出走。

丁香被嬷嬷带走了。一路上嬷嬷都生着气，板着脸，不跟她说一句话。

半月后，那一间轿房被丁家收回去了。

别了，我的童年我的巷！丁香依依不舍地离开了这条浸润了童年欢笑与眼泪的小巷。

嬷嬷帮她在东吴大学的女生宿舍找到了住处。

寄娘吴师母说自己老了，做不动了，执意要回光福乡下去。

临别时，寄娘悄悄塞给丁香一只锦盒，说这是我在恒孚银楼买的一只金镯头，买了好多年了，就想着留给丁香当嫁妆用的。

丁香实在舍不得寄娘走，伏在她的肩上痛哭起来。

丁香住进了东吴大学的女生宿舍，那是一排两层楼房，她住的是 203 房间。合住的一个女生因为生病休学了。203 宿舍成了丁香一个人的天地，她非常开心，因为她可以自由自在地看自己喜欢的书了。这里离圣约翰堂不远，去琴房弹琴也很方便。

宿舍楼下有几棵丁香树，暮春时节，绽放的花束层层叠叠，煞是好看。

梅姐来看过她，告诉丁香很多新鲜事，说乐益来了许多新老师，其中有一个教国文的老师叫张闻天，温文尔雅，很有才气，周末要在大礼堂开讲《红楼梦》，问丁香去不去听课。

“肯定去，当然要去，无论如何要去。”丁香俏皮地笑道。对于一切新鲜的事物，她总是最乐意接受的。她像一株成长中的小树，最需要的就是阳光、雨露和清新的空气。

第六章
火种

张闻天是党的早期领导者之一，一个坚定的革命家。但这时他站在乐益讲台上时，给丁香的感觉则是一个戴着金丝边眼镜、说话带点儿浦东口音的儒雅学者。他思路清晰，学问渊博，更令丁香仰慕的是张先生还是小说作家，他发表在《小说月报》第十五卷上的长篇小说《旅途》在许多同学中间传阅。

《旅途》通过钧凯与蕴青、安娜、玛格莱的恋爱故事，生动地反映了“五四”运动退潮时期青年知识分子从苦闷、彷徨中振作起来，继续为改造中国而英勇奋斗的历程，体现了“五四”新文化运动的革命精神，显示了强烈的社会批判力量。

学生们都很喜欢上张闻天的国文课，他那充满激情的手势、不紧不慢的语速、引古论今的表述风格给听者留下了深刻的印象。他讲《红楼梦》，不是在做什么考证，而是借“红”喻理，谈的是人生哲学，丁香听着特别新鲜：

“《红楼梦》的著者，他是人生的罪状的宣布者而同时又带着指导的意义在内。这一部书可以说是他对于人生的经验，对于人生的观察，和他所体味到的人生的意义的记述和描写。

其中精彩的地方，真是‘美不胜收’，但是最引起我的注意、怀疑和悲哀的所在，就是林黛玉之天真和薛宝钗之虚伪！现在我就在这一点上讲出一点来。”

张闻天拿起粉笔，转身在黑板上写下：“林黛玉为全人格而去爱。”

丁香第一次听到“全人格”这个新鲜的词，于是在本子上速记下来。

张闻天看了下台下，微微笑道：“黛玉常不自意地装出常人之所谓小狡猾，而因此愈足以见其天真。她的爱恋是从她的心坎中流露出来的，她拿出全人格交给她所爱恋的人而同时接受她所爱恋的人的全人格，她是为了自己的人格而爱了宝玉，这种爱就是她的生命；失了这种爱就失了她的生命。”

接着，他又在黑板上写下：“薛宝钗为爱而丧失全人格。”

“宝钗常常故意装出宽大和善的样子，而因此愈足以看出她的虚伪和恶毒。她所要得到的人（不能称为爱恋的人）是由她的虚荣心、名利心所虚构成的，并且就是她的假自我的支配，失了她的真情，失了人性。就是偶然有些流露，她也拼命地压制下去，她终究变了机械人了！这便是丧失了全人格。”

有同学传上来一张纸，问：“林黛玉与薛宝钗的全人格与所处家庭背景有关吗？”

张闻天看了一眼纸条：“这个问题提得好，林与薛的全人格无疑与她们家庭背景密不可分，尽管她俩都出身贵族，到大观园里来住也都是寄人篱下，但林黛玉出身没落的官僚家庭，薛宝钗则是出身‘丰年好大雪，珍珠如土金如铁’的薛家，瘦死的骆驼比马大，所以薛在各方面都表现出比林有更多的优越性，对于世故人情比起黛玉来要了解得多。她因为要适应这种机械的、无情的社会，就不能不丧失了她的天真，丧失了她自己的一个真我。她的虚伪是她拿了她的‘全人格’换来的。诸君，这代价大不大呢？”

有同学插话：“丧失全人格的代价太大了。”

张闻天开讲座有个习惯，总会留下一刻钟的思考时间，让学生自由提问，可以举手发言，可以递个条子，还允许听讲者中间插话，气氛非常活跃。

丁香犹豫了一会儿，终于举手示意，鼓起勇气站起来问：“张先生，当代青年是做林黛玉还是薛宝钗？”

张闻天笑着看看丁香，反问道：“你喜欢做哪一种人？”

丁香一时语塞，尴尬地涨红了脸。

张闻天摆了下手让丁香坐下，笑了笑说：“当代青年既不要做林黛玉，也不要做薛宝钗，要做‘真我’的自己，改变世界要靠我们自己，拯救自己也要靠我们自己！”

丁香复又站起来问：“‘真我’是不是意味着要具有‘全人格’呢？那么‘全人格’又是什么？”

“好一个‘问题学生’哟，请坐下。”张闻天笑道，“‘全人格’当然是‘真我’的率性体现，反过来说，一个具有‘真我’性格的人也必定是‘全人格’的人。何谓‘全人格’？我的理解就是有自己的理想、信仰，不惜为之去奋斗，矢志不渝，而通常不会去计较个人得失。所谓‘君子坦荡荡，小人常戚戚’吧。”

张闻天的话音刚落，满场就响起了热烈如夏雨倾泻般的掌声。

丁香匆匆地记着张闻天的讲课要点，就像早春刚萌发的草芽拼命吮吸雨露一样。

乐益的老师总是能够给学生带来雨露般的精神滋养。

1925 年的秋天是乐益女校收获最丰盛的季节：

中共教员都在乐益有演讲主题，其中国文教员张闻天讲的是《帝国主义与辛丑条约》，美术教员叶天底讲的是《国耻与五卅》，徐诚美讲的是《反帝国主义运动》，这些演讲都在学生中引起了强烈反响；

中共苏州“独支”在秘密酝酿中，乐益是其摇篮；

乐益女校办起了好几个学生文学社，像“醒悟”“狂飙”“号角”“女神”等；

东吴大学的青年诗人徐雉给文学社所作《诗与革命》的讲座，给文学社吹去了一股清新的风。

经梅姐介绍，丁香结识了青年诗人徐雉。

徐雉（1899—1947），与叶天底是同乡，文学研究会成员。1924 年 8 月在天津中国印书馆出版了第一本诗集《雉的心》，叶圣陶为其作序称：“徐君却有好些近百行的长诗，材料的丰富和组织的经心，可以想见了。”之后，他又出版过诗集《酸果》，小说集《毁去的序文》。徐雉是第一个把毛泽东作为正面现象写进小说的人，那篇小说名叫《嫌疑》。著名文学家唐弢对此评价说：“《嫌疑》一篇，从侧面写了毛泽东同志的形象，落笔不多，却颇有一点动人的地方，是极富于时代气氛的作品。”（《晦庵书话》）

苏州“独支”成立后，徐雉是东吴大学第一个加入共产党的革命青年。

有一天，丁香到乐益来找梅姐，梅姐不在，却欣喜地看见张闻天在校园的小操场上踱步，好像在思考什么。她壮起胆子走过去：“张先生，您好！”

张闻天回头一看，似曾相识，但记不起她叫什么了。

“我叫白丁香，东吴大学法学院的。”丁香自报家门，俏皮地笑笑，“我可以问您一个问题吗，张先生？”

张闻天笑了：“我想起来了，你就是上次我讲课时问问题的那位同学，呵呵，你可是个‘问题学生’哦。学贵有疑，疑贵有问，随便问，我有问必答。”

“我不是‘问题学生’，是提问题的学生。”丁香笑笑，想了一下说，“工人和资本家，到底谁养活谁？有同学说是资本家养活工人，也有同学说是工人养活资本家，我们法学院的同学争论多次，也没有一个能说服人的结论。”

“谁养活谁？你这个问题提得好。‘遍体罗绮者，不是养蚕人。’你会觉得这很正常啊，东家花钱让你养蚕，结成茧丝织成绫罗给东家，没有东家，你就养不了蚕，就养不活一家人，所以是东家养活了你。”张闻天思索了一下，尽量挑选面前这个女生能懂的道理来说，“其实不然。东家或者资本家所雇用的每一个工人都在做两种劳动。他的工作时间一部分是用来偿还资本家所预付给他的工资，这一部分劳动，可以称之为必要劳动。但在此之后，他必须继续工作，而在这段时间内，他就为东家和资本家生产剩余价值了。换句话说，一个养蚕人所付出的艰辛劳动远远超过了东家所给他的报酬，他创造的财富绝大部分交给了东家，这就是剥削。”

丁香的追问总是锲而不舍：“那么，剥削和被剥削阶级是不可调和的矛盾？”

张闻天肯定地说：“是的，不可调和，甚至是尖锐对立的。”

丁香继续问：“有什么办法解决吗？”

张闻天若有所思：“要么资本家做出让步，所谓‘改良’，缓和矛盾；要么革命，推翻剥削阶级，剩余价值归全体劳动者所有。”

“我懂了，谢谢张先生！”丁香非常开心，一个困惑自己很久的问题，被张先生通俗易懂地讲清楚了，真是“听君一席话，胜读十年书”啊。自此后，她对乐益女校的精英们越来越崇拜了。

这么多时代精英集聚乐益女校，教学气氛乃至政治气氛是不可能不活跃的。“五卅”风波过去半年貌似平静如水的气氛，终究是要被搅动起来的。

话还得从1924年初说起。当时，江浙军阀混战，在嘉兴、余杭一带打得硝云弹雨，古城的大街小巷里人心惶惶。乐益女校被迫迁至上海宝山路宝通里上课。上海松江的景贤女中也临时迁到同一地点办学。景贤女中里有个年轻的教务主任，思想新潮，办事干练，教学水平和组织能力都很强，给张冀牖留下了深刻印象。次年，乐益女校迁回苏州，张冀牖求贤若渴，专程赴上海诚请这位年轻人来乐益女校任教。

这个身材偏瘦、目光似剑的年轻人就是共产党员侯绍裘。

侯绍裘（1896—1927），上海松江人。在“五四”运动中，他作为南洋公学的高材生积极参加声援北京学生的活动并担任上海学联教育科书记。为宣传革命，他参与主编《问题周刊》《松江评论》，在社会上产生了很大影响。他来到苏州任教后，接受上海地下党组织的委派，着手在苏州建立起第一个中共基层组织——苏州独立支部，直属上海区委领导，联络点就秘密设在乐益女校的一间堆放劳动工具的仓库里。

那是1925年9月初的一天傍晚，丁香到乐益来还书，在梅姐这里吃了两个菜肉包子，两人出来散步，到凉亭里坐坐。梅姐暑假离开苏州一段时间，丁香觉得那段日子特别漫长，她有很多话要对梅姐说，也很想听梅姐说说外面的事，知己总有说不完的话。

月朗星稀，斑驳的花影摇曳着霜一样的月光，晚风挟着一丝凉意吹来。有些早桂花已经散发出淡淡的桂香。草丛里，有一只早起的蟋蟀弹起了秋天的琴音。柔曼的琵琶声伴着苏州评弹的甜美曲调从墙外隐约飘来，让人感觉到这座千年古城的安逸和恬静。

梅姐说起去外婆家所见到的“抢米潮”，对丁香来说那真是闻所未闻，但在梅姐心里还是有挥之不去的阴影。梅姐的外婆家在浙东山区的一个古镇上。古镇不大，浅浅的一条石板街，街两边挤满了店铺，有米行、柴行、豆腐行、桐油行、小猪行、盐铺、当铺、竹木铁器铺。

梅姐的舅舅开了一家米行，在街东首，是镇上最大的米行，店号“盛源”。

“田家少闲月，五月人倍忙。”正是新麦登场时，农民要缴租钿，缴完租钿，米囤就空了，“荒春三、苦八月”，一直要到十月里早稻收割后才有吃的。农民就靠田里这点出产，还不能赶上兵荒马乱、天旱水淹的，所以这七八月间是最难熬的。偏偏今年逢上大旱，连续三个多月没下一场透雨，连黄梅天也是“干梅”，麦子歉收，地里的其他出产也跟着遭殃。就在这生活煎熬的当口，米行忽然集体涨价了。镇商会出面解释是囤货不足，不得已而为之。

梅姐说，“囤货不足”纯粹是借口，不是这样子的，她明明看见舅家的一个库房里堆满了白花花的大米，还有一个库房里的麦粉都长霉虫蛀了。

舅舅是把“铁算盘”，趁着酒兴不无得意地说：“年初放出去的‘粒半头’该收账了，有三十多家，我可以大赚一笔了。”

当地一些放高利贷的人在隔年秋冬时就与缺衣少食的农户签下了各种放贷合约，有“卖青苗”“捉麦账”“粒半头”等形式。所谓“卖青苗”，就是在夏熟或秋熟前，借债人向债主预卖一定数目的青苗，至收割时全部收获归债主所有，如果碰上灾年，还会利滚利翻倍欠债；“捉麦账”，即借米还麦，农民在麦收前向高利贷者借米一石，折算麦两石五斗，至麦收后偿还；“粒半头”就是在青黄不接时农民向米商借米度日，至当年秋熟登场时偿还，借米一石还一石五斗，换言之，就是借一粒米还一粒半米。

无论哪一种高利贷形式，对于无可奈何的农民来说都像一根无形的绳索套在他们的脖子里，而且越勒越紧。为确保所放出的高利贷不会“坏账”，放贷人往往与当地乡绅、黑社会势力、县民团武装有着千丝万缕的联系，暴力索债是司空见惯的事。

对于放贷人来说，手里的资本是幸福的发酵剂；对于举债度日的农民来说，则无异于一剂毒药。越是灾年，放贷人越是趁火打劫乐此不疲。正如马克思在《资本论》中所说：“资本如果有百分之五十的利润，它就会铤而走险；如果有百分之百的利润，它就敢践踏人间一切法律；如果有百分之三百的利润，它就敢犯下任何罪行，甚至冒着被绞死的危险。”

走投无路的农民被高利贷这块沉重的石头压得透不过气来，变卖田产、房产，乃至卖儿卖女来还债的现象并不鲜见。那天，镇西的虞家村一户虞姓农民被“粒半头”压得腰背都弯曲了，一大早就跪在米行门口，跪了一上午，只求东家能行行好宽限一年。

梅姐看见舅舅满脸怒气地站在台阶上，指着虞姓农民说：“穷鬼，我已经宽限你半年了，你没有钱来还账，就拿田产来抵！”

虞姓农民苦苦哀求说：“我那一亩多地是老祖宗留下来的命根子地啊。”

舅舅不耐烦地挥挥手：“少说废话！”说罢，转身就往屋里走。

可怜那个虞姓农民又急又气，神思恍惚，跌跌撞撞回家去，走到半路竟掉进河里淹死了。

消息传到虞家村，一些青壮年农民怒不可遏，当天夜里就结伴举着火把赶到镇上，敲开米行的塞板门，找东家评理。

梅姐被嘈杂的脚步声、吼叫声吵醒了，翻身下床，透过窗户一看，院墙外密密匝匝站满了人，星星点点的火把汇聚成了熊熊烈火，照亮了半边天。

“反了！反了！”舅舅走到堂屋里，看着墙外的人群，吓得两脚颤抖，手里的水烟筒都捏不住了。他躲在屋里不敢出去，两眼怒视着屋外，却又无可奈何。他恐惧极了，因为他听说过外乡有把土豪劣绅绑起来游村的。

僵持了片刻，愤怒的农民群情激奋，忍无可忍，一拥而入。当饥饿的人们看到库房里堆满白花花的大米时，都发疯似的扑了过去，有拖了条麻袋来装米的，也有找账房去理论的。

小小的庭院里挤满了四乡八村的农民，吼叫声此起彼伏。

“反了！反了！”舅舅急得指天恨地，在屋里转来转去，一脸苦相，无计可施。

梅姐说像这样的抢米潮，在当地很多小镇上都出现过。农民实在过不下去了，“天下苦秦久矣”，揭竿起义是迟早的事。事后，有几个带头的青年被县民团抓走了，吊在镇口的榆树上，用皮鞭抽打，打得鲜血淋漓，惨不忍睹。被威逼驱赶过来围观的农民敢怒不敢言，把一腔怒火压在心里。

梅姐说那一场“抢米潮”把舅舅吓得不轻，好几次跟家人说要住到县城里去了，县城里有他开的当铺，他说乡下待不住了，太乱了。

梅姐回忆着在乡下看到的那些事，依然愤愤难平：“天下的受苦人就是干柴，满地的干柴就等待火种去点燃。”

丁香深有同感：“我去鸿生厂贴夜校招生启事时，听工人们说，他们的日子也很难熬。”

梅姐肯定地说：“压迫愈惨，反抗愈烈，我相信火种一来，干柴就会迅速燃烧起来。”

丁香充满期待：“我听张闻天先生说过，被剥削阶级最终要推翻剥削阶级，这就是革命，别无选择，我满心等待着烈火的燃烧。”

“快要燃烧起来了，”梅姐压低声音，带着兴奋的神情说，“播火人已经来了。”

梅姐说得一点不错，就在那一天深夜，乐益女校的五个播火人悄悄集中到学校后面那一间堆放杂物的仓库里来。

月色如霜，洒在窗户上。屋梁上悬下一盏马灯，散射出熠熠光芒。

墙上没有张挂党旗，也没有履行填表手续，但五个聚在一起的热血青年还是按捺不住内心的激动和兴奋。当一个神圣的时刻即将来临，谁都觉得有很多话想说却谁也没有说话，这时好像说什么都是多余的。

张闻天从上海带回来喜讯：中共上海地委批准苏州建立独立支部！

漫漫长夜，终于点燃一星火种，它会蔓延、扩展、燎原，最终燃红整个古城！

静默片刻后，大家对着一本叶天底带来的陈望道译的《共产党宣言》，庄严地举起右手，紧紧地握成拳，跟着张闻天一起宣誓——

严守秘密，服从纪律，牺牲个人，

阶级斗争，努力革命，永不叛党！

宣誓毕，大家互相击掌，激情难抑。

张闻天兴奋地说："从今天起，我们就是CP的同志了，生死与共，风雨同舟！"

大家齐声说："风雨同舟，永不叛党！"

年轻人的脸在油灯映衬下涨得通红，大家的手紧紧握在一起。

张闻天轻轻地哼起了学会不久的《国际歌》，声音虽轻，却如滚滚惊雷震撼人心：

起来！受人侮辱咒骂的！
起来，天下饥寒的奴隶！
满腔热血沸腾，
拼死一战决矣。
旧社会破坏得彻底，
新社会创造得光华。
莫道我们一钱不值，
从今要做天下的主人……

（瞿秋白译本，发表于1923年6月《新青年》）

叶天底攥紧拳头，激动地说："共产党人不屑于隐瞒自己的观点和意图。他们公开宣布：他们的目的只有用暴力推翻全部现存的社会制度才能达到。让统治阶级在共产主义革命面前发抖吧。无产者在这种革命中失去的只是锁链，他们获得的将是整个世界。”（《共产党宣言》）

“全世界无产者，联合起来！”大家竭力压低声音，可是声音还是很响，回荡在秋夜里。

随后，“独支”进行了分工：叶天底任支部书记兼组织委员，张闻天任宣传委员，王芝九、许金元、侯绍裘为联络人和召集人。从1925年9月到年底，“独支”先后吸收了工人八人、教师五人、学生两人入党。汪伯乐以国民党员的身份由叶天底介绍加入共产党。梅姐由汪伯乐介绍入党。到1926年4月，“独支”的党员已经发展到了二十六人。正如著名教育家叶圣陶所言，有了乐益女校的掩护，“共产党从此也就在苏州有了立足的地方”。

根据上海地委的指示，为适应严酷环境中秘密工作的需要，除支部成员互通外，其他党员均为单线联系。比如梅姐入党后，除组织委员叶天底、入党介绍人汪伯乐知晓外，其他人并不知道她已经是并肩战斗的同志；又比如后来丁香在上海转为正式党员，同为地下党员的恋人阿乐很长时间也并不知道她是党员，直到秘密结婚时才恍然大悟。即使知道丁香早已是“同志”，但也并不知道她的组织及联系人是谁。

半个世纪后，张闻天在回忆录中提到苏州“独支”成立时，还颇为风趣地说：“那天，夜已经很深了，大家还是毫无倦意，就是有点饿了。绍裘同志笑道，我去买夜宵，大家等着。他到外面买来了菜包、还有油氽臭豆腐干给大家吃，上面涂着红辣酱，那辣辣的香味我至今还记得。”

一个月后，张闻天受上海地下党指派，赴苏联列宁格勒革命学院学习。

张闻天临走那天上了最后一堂国文课，教的是文天祥的《过零丁洋》。那天，他的嗓音好像有些哽咽，眼镜后面闪着泪光，说话声调也有些颤抖。很多学生哭了。傍晚，张闻天就悄然走了，走上了一条坚定的马克思主义者的光辉道路，从此再没有回过苏州。

丁香是过了数天后才得知张先生走了，一直埋怨梅姐为什么不告诉她，她很想去送送张先生。她说她很想再听张先生的课，可惜张先生已经走了。

青年张闻天离开苏州后，“独支”就通过一个代号“北方”的复旦大学女同志与上海地下党继续保持联系。“独支”的一台滚筒式丝网油印机和一台英文打字机都是从上海搞来的。丁香在乐益女校见过她一面，她见人笑眯眯的，脑后盘个发髻，穿着绛紫色的丝质旗袍，袍襟处还别了一枚翠色别针，别具一种优雅的气质。

梅姐送她出门，上了一辆黄包车去车站。

这样的联络管道一直维持到 1927 年那个腥风血雨的春天。

乐益女校几乎成为丁香的“第二学校”，而这正是嬷嬷最为揪心的。

那天，丁香刚从乐益回来，就被嬷嬷叫到她在圣约翰堂后面的宿舍里。

一进门，嬷嬷把门“通”地关上。她的神情是严肃的，严肃得就像寒冬里的冰块。

丁香很少看见嬷嬷用这样的表情来审视自己。

嬷嬷转身翻开床褥，从里面抽出一本书“啪”地扔在床上，眼睛里露出少有的凶光逼视着丁香：“你怎么可以把这样的书拿回家里来！”

丁香一看，糟糕，是梅姐借给她的《共产党宣言》，搬家时竟被嬷嬷藏起来了！

丁香坦然道：“我借来看的……”

嬷嬷打断她的话，断然地说：“我不允许我的女儿去读这种亵渎神灵的书！邪书！无可救药的书！”

丁香看了嬷嬷一眼，顶了一句嘴：“我不认为是邪书。”

“你看看这是什么话，”嬷嬷拿起书翻了几页，指指开头这一段，

“一个幽灵，共产主义的幽灵，在欧洲游荡。为了对这个幽灵进行神圣的围剿，旧欧洲的一切势力，教皇和沙皇、梅特涅和基佐、法国的激进派和德国的警察，都联合起来了……亵渎我们神圣教皇的书，居然出现在一个传教士的家中，我有何面目面对我们的主啊！”

嬷嬷虔诚地在胸前画了个“十”字，神情显得无奈而痛苦。

丁香不服气地回了一句：“嬷嬷，我上大学了，我可以有自己喜好的东西吧？”

“你的钢琴弹得多么出色，你的手是为钢琴而生的，应该属于贝多芬、门德尔松、莫扎特、勃拉莫斯、肖邦；你应该信仰我们的主，热爱这个世界上所有的人。”

“我做不到您那样的去信仰，也不会爱所有的人。”

“你真是中邪了，你怎么能去相信那个大胡子老头的胡言乱语啊？”嬷嬷怒气冲冲地瞪了丁香一眼，“我跟你说过多少遍，马克思的说教是很危险的，也不适合你们中国的国情。”

“我觉得马克思说的是真理。”

“真理？”嬷嬷摇摇头，忽然奇怪地大笑起来，“唯有《圣经》才是真理啊，我的孩子！”

丁香顶了一句：“嬷嬷，你不知道……”

“那个大胡子的德国人，我比你知道得多。”嬷嬷横了丁香一眼，耸耸肩膀说，“1818年5月5日，他出生于德国莱茵省特里尔城一个律师家庭。他的祖父洛宾·列维是犹太裔律法学家，父亲希尔舍·卡尔·马克思后来改信基督教路德教派，同荷兰裔犹太女子普列斯堡结婚，生有卡尔·马克思和三个女儿索非亚、爱米尔、路易莎。”

丁香很惊讶，她知道嬷嬷是圣约翰大学的高材生，读的书肯定不少，但她还是第一次听她如此详细地说起马克思，不由得睁大了眼睛。

嬷嬷以为自己的劝导可以起作用了，继续说着她从马克思传记中看到的知识：“少年马克思进入特里尔中学读书，毕业后考入波恩大学，十八岁后转学到柏林大学学习法律，但他大部分的学习时间却放在哲学上。1840年，普鲁士国王威廉四世即位，颁布政令，要求所有出版物都必须通过严格审查。马克思的博士论文，不可能被反黑格尔的神学教授所接受，他只好将博士论文改寄给耶拿大学。1841年，马克思以论文《德谟克利特的自然哲学和伊壁鸠鲁的自然哲学之区别》申请学位，得到委员会一致认可而顺利成为耶拿大学哲学博士。”

丁香明知故问：“后来呢？”

嬷嬷摇摇头，不屑地说：“后来，马克思就走极端了，他不但反对神学，而且强调阶级对立和阶级斗争。要说大胡子的那套理论，还真有不少人信，像中了邪一样。”

丁香淡淡一笑：“我觉得马克思关于阶级和阶级斗争的学说，特别适合中国社会现实。”

“荒谬！”嬷嬷摆摆手，显得有些不耐烦，“社会的人都是上帝的孩子，他们各自有自己的命运归宿，就像大地上平行交错的无数条河流，有各自的流向、流速，不存在你压它、它斗你一样，它们最终都会到达上帝那里。”

丁香沉默了，她无法说服嬷嬷，正如嬷嬷也无法说服她。母女俩的争辩，更多的时候是谁也无法说服谁，最后是不欢而散。

嬷嬷继续开导丁香：“我记得中国的孔子说过，‘学而时习之，不亦乐乎’，你喜欢读书，嬷嬷是很高兴的，但我反对你去看《共产党宣言》之类的邪书；你喜欢参加社会活动，嬷嬷也不反对，但我反对你放下书本不读去参加游行示威，那是很危险的事啊！”

嬷嬷见丁香一声不吭地低着头，就推推她：“你在听我说话吗？”

丁香没好气地说：“听着呢。”

“你低头看看你的手指，长长的、细细的，这是天生钢琴家的手啊。你的《致爱丽丝》《小夜曲》《天鹅》弹得比嬷嬷还好，你应该专心致志地弹好你的琴啊。我有个想法，可以说是已经酝酿很久的想法了，”嬷嬷说，“你应该到奥地利的维也纳或者意大利的米兰去，应该出国去深造，飞翔的天鹅应该有更广阔的蓝天。我也可以去米兰或者梵蒂冈的神学院教书。我们应该离开这里，无论如何应该离开这里。”

丁香吃了一惊：“我从来没有想过要离开这里啊。”

“毫无疑问，离开这里。”嬷嬷说，“这里太乱了，乱得不可思议！”

丁香把头一摇：“我没想过。”

嬷嬷深深地叹了一口气，她感到十分无奈，就像看见一条小船在激流中下滑，暗礁、漩涡，凸起的岩石，凶险而深不可测，她要拽住这条小船却无能为力。

嬷嬷无奈地在胸前画着“十”字。

丁香看着嬷嬷显然有些痛苦的表情，她脸上的皱纹较之前是明显多了、深了，一时不无感慨。想想梅姐说过的话，张先生、乐哥他们说过的话，就觉得一个有为的青年应该为真理而奋斗不息；想想自己与嬷嬷的几次争论，又觉得嬷嬷的话也不无道理，自己毕竟是学生，还是要安心读书，还要练琴……

丁香不由得看看自己的手，那是一双美丽的手，十根手指如同灵巧的指挥棒，在黑白琴键上翻飞，乐曲随之如同山涧的清溪缓缓流淌……她如同当时很多进步青年一样，世界观在时代大潮中急剧转变，迷茫中有觉醒，彷徨中有前行，苦闷中有反思，热烈中有冷却。

路漫漫其修远兮，吾将上下而求索。

生活还将继续，沉寂的料峭春寒中也有一点快乐。

过年了，大街小巷里照例传来“噼噼啪啪”的鞭炮声。富家小姐穿上了时新的裘皮夹袄，小孩子也都穿上新做的丝棉袄，拿着大人们给的压岁钱，高高兴兴地出门去了。

一过年初五，商家都开门了，大红灯笼高高挂。观前街上人来车往川流不息，卖糖果的采芝斋、黄天源糕团店、陆稿荐熟肉铺的门口都挤满了人，一派喜气洋洋。

玄妙观更是热闹异常，牵线木偶搭台唱戏的，蒙块黑布钻进去看西洋镜的，围个场子舞枪弄棒卖膏药的，剃头挑子，卖梨膏糖的，兜售洋画的，卖桂花小圆子的，聚集在三清殿两侧的空地上。

市学联在北局青年会召开迎春联欢会。省一师读书会的成员在乐哥带领下来了，东吴大学“醒”文学社的学生来了，乐益女校、振华女校、景海女校、慧灵女校等也来了不少学生。当丁香赶来时，会场里已经是济济一堂了。

各校有预定节目，也有即兴表演。乐益女校校长张冀牖的四个女儿，人称“张家四姐妹”——大姐张元和喜爱文学，情系昆曲名家顾传玠；二姐张允和后与语言学家周有光结为伉俪；三姐张兆和嫁给著名作家沈从文；四妹张充和工诗词，擅书法，成为傅汉思的夫人——也来了。元和、允和联袂表演昆曲《牡丹亭》中“游园惊梦”一折，那一招一式博得满场喝彩。

汪伯乐与读书会的学生合唱了法国的《马赛曲》，激情洋溢：“前进！前进！祖国的儿郎，那光荣的时刻已来临！专制暴政在压迫着我们，我们的祖国鲜血遍地。你可知道那凶狠的兵士，到处在残杀人民，他们从你的怀抱里，杀死你的妻子和儿女。公民们，武装起来！公民们，投入战斗！万众一心！把敌人消灭净……”

激越的歌声像猛然掀起的巨浪，在青年们心中激荡。

丁香按捺不住，走上台去朗诵了自己创作的诗歌《我是地火》。这是她昨晚写下的诗歌，写着写着还忍不住心潮激荡——

我是地火

法学院　白丁香

我是黑暗中的奔突，我是爆发前的沉默。
洪荒纪过去了，冰川期过去了，
燃烧在地下的火，
等待着，升腾着。

我要爆发,我要奔突,
燃烧我全部的生命,让世界充满炽热的温度!

不要彷徨,不要胆怯,
我的热量,我的温度,
来自太阳永恒的热,
来自黑暗中的苦苦探索。
流淌在冰雪消融的泉溪,
闪烁在绿色的阡陌,
每一片绿叶上,有我热情的微笑;
每一颗露珠上,有我虔诚的祝福。

我奔突,我燃烧,
天堂的栅栏或是地狱的枷锁,
烧毁,烧毁所有的黑暗,
世界在地火中重塑!
我渴望:
每一条路上都不再有荆棘和坎坷,
光明洒满所有的道路。
我渴望:
每一个人都不再需要仰视或匍匐,
所有人都有尊严地活着。

我是冲破沉默的爆发,
我是不可阻挡的奔突;
我是来自洪荒的光明,
我是破开冰川期的温度。

我是猛烈的地火！

我是燃烧一切的地火！

（原载东吴大学学联《醒》1926 年春季号）

丁香的朗诵几次被暴风雨般的掌声打断，青年们热血沸腾，狂热地挥动手臂，闪着涨红了的青春的脸。

丁香羞涩地向大家鞠了一躬，赶紧溜了下来。

“醒”文学社的诗人徐雉从人群中挤过来，冲动地一下握住丁香的两只手：“太好了，这是我们青年的诗，这是我们时代的诗，这是战斗的诗，我们的《醒》要把它发表出来，丁香君，你无论如何要把诗抄给我……太好了，‘我是冲破沉默的爆发，我是不可阻挡的奔突’……”

梅姐拍拍丁香的肩膀：“写得太棒了，真的太棒了！”

丁香在众人的赞美声中羞得满脸通红，她撩了下短发，又向众人深深地鞠了一躬。

四十五年后，曾就读乐益女校的张氏三姐妹相聚在苏州，说起那次的迎春联欢会，头发已经间白的老人念念不忘的还是丁香当年朗诵过的《我是地火》，说那简直就是“时代青年的宣言”，是“掷向黑暗的一支利箭”。

丁香心情激动，她觉得与这么多热情澎湃的青年在一起，自己就像鼓满风的帆憋着劲儿往前行，不再徘徊，不再彷徨，不再犹豫。这里没有钢琴，如果有，她一定会狂弹一曲《命运》，尽情抒发自己的心声：

我是奔突的地火，我是扼住命运的地火，我是燃烧一切的地火！

地火在黑暗中运行，从仲夏到深秋，从冬末到早春。

1926 年的早春，天气已经回暖了，河岸上的柳丝吐出嫩黄的芽尖儿，松软的河坡上冒出了星星点点的马兰草、荠菜叶。铅灰色的天空飘起了纸糊的风筝，有蝴蝶状的，也有蜈蚣状的，高高地飘扬着。

人们总以为季候风不会错过春的时辰，哪晓得来自北方的寒流骤然而至，一场“倒春寒”突然冻住了人们对春的所有热望！

3 月 16 日，英、美、法、意、荷、比、西、日等国联合援引《辛丑条约》海口不得设防之条款，向北京政府外交部提出四十四小时限期“最后通牒”，要求拆除大沽口国防设施，并派军舰云集大沽口，武力威胁北洋政府。北洋政府外务部接到列强外交团的“最后通牒”后，经紧急磋商即于当日午夜答复，称“最后通牒”内容“超越《辛丑条约》之范围”，所以“不能认为适当”，表态不软不硬、不明不白。

3 月 17 日，在北京的国共两党连续两天秘密开会。徐谦以国民党执委会代表的身份同李大钊领导的中共北方区委决定组织各学校和群众团体在天安门集会，声言反抗“八国通牒”。

18 日上午 10 时，五千多人在天安门举行集会。广场北面临时搭建的主席台上悬挂着孙中山先生的遗像和他撰写的对联“革命尚未成功，同志仍须努力”。台前横幅上写着“北京各界坚决反对八国最后通牒示威大会”。大会通过决议：“通电全国一致反对八国通牒，驱逐八国公使，废除一切不平等条约，撤退外国军舰，电告国民军为反对帝国主义侵略而战。”

作为参与者的李葆华（李大钊儿子）回忆说：“由于前一天曾发生过流血事件，我们特意做了准备。每人做游行示威的小旗时，都挑选了较粗的棍子当‘旗杆’，用以自卫。”

游行队伍由李大钊率领，群情激昂，浩浩荡荡，从天安门出发，经东长安街、东单牌楼、米市大街、东四牌楼，最后进入铁狮子胡同（今张自忠路）东口，在段祺瑞执政府（今中国人民大学清史研究所）门前广场请愿。执政府卫队长丧心病狂，下令开枪，最先打响了三枪，之后枪声骤起，群众前逃后冲，秩序大乱。当场击毙学生和市民达四十七人，伤者一百五十余人。死者中有为人们所熟知的北平女子师范大学学生刘和珍，李大钊和陈乔年也负伤了。

一石激起千层浪，全国舆论沸腾，群情激愤，同仇敌忾。

3 月 20 日，中共中央发表《为段祺瑞屠杀人民告全国民众书》，号召“全国商人、学生、工人、农民、兵士，应积极联合起来，不分党派，一致奋斗，发动一个比‘五卅’运动更伟大的运动，以雪最后通牒之耻”。

3月23日，北京各界人士、各社会团体、各大学学生齐聚北京大学大操场，为亡灵们举行“三·一八死难烈士追悼大会”。鲁迅题写挽联：“死了倒也罢了，活着又怎么做。”

鲁迅称这一天为“民国以来最黑暗的一天”，并在《记念刘和珍君》中表达了极大的愤慨：

真的猛士，敢于直面惨淡的人生，敢于正视淋漓的鲜血。这是怎样的哀痛者和幸福者？然而造化又常常为庸人设计，以时间的流驶，来洗涤旧迹，仅使留下淡红的血色和微漠的悲哀。在这淡红的血色和微漠的悲哀中，又给人暂得偷生，维持着这似人非人的世界。我不知道这样的世界何时是一个尽头！苟活者在淡红的血色中，会依稀看见微茫的希望；真的猛士，将更奋然而前行。

“三·一八”惨案震惊了千年古城，苏州学生义愤填膺，都按捺不住激动的情绪。一连数天，东吴校园里都像一堆燃烧的干柴，到处都升腾着怒火。

丁香悲愤至极，再也不能安下心来读书了，与学联代表一起聚集到省一师来，紧急商议“苏州学界追悼北平殉难烈士大会”的事情。说其“紧急”，是因为得到风声，警署将派军警阻挠游行示威，扬言谁胆敢滋事就抓谁。

“形势严峻，情况紧迫，游行是否考虑取消？”会上，学联代表不无担忧地说，“避免发生血案。”

“不行！”汪伯乐斩钉截铁地说，“通知已发到各个学校，箭在弦上，不得不发，这是宣传民众、发动民众的极好机会。”

学联代表不无担心：“鉴于目前的形势，原定参加的学校会不会打退堂鼓？”

“群情激愤，我想不会有学校打退堂鼓的。”丁香插了一句，“我们东吴大学一定走在最前列，我也会走在最前列。”

有人插话：“万一军警开枪镇压怎么办？”

“我估计孙传芳还不敢，他表面上还是赞成南方革命的。”汪伯乐显得胸有成竹，挥了挥手说，“我已经跟东吴大学学生会联系过，让他们挑选部分身强力壮的男生，游行时站在外围，尽可能保护参加游行的女生和中学生。另外，我也找过总商会，让他们给当局施加压力，他们表示支持学生的集会。”

这次游行集会的组委会讨论明确了三点意见：一是大会控制在一小时内，主要是介绍“三·一八”惨案真相，通过声援北京学生的声明；二是修改游行口号，“打倒列强，打倒军阀”（因其时苏州在军阀孙传芳的严控下）改为“打倒列强，振兴中华”“学生爱国无罪，镇压学生可耻”，“还我血债，以牙还牙”改为“还我血债”；三是划定游行路线：从集会地点的体育场出发，经五卅路至北局，再由太监弄穿过观前街，经景德路至阊门石路解散。

3月25日，苏州学界追悼北京殉难烈士大会召开，参加的学生有五百多人。会后游行时，又有不少学生和市民参与进来。大会和游行主持人是汪伯乐。正当游行队伍六人一排列队出发时，警署署长丁某赶到现场，声嘶力竭地加以阻挠：“学生游行务望取消，恐生意外。”

汪伯乐看了一眼气势汹汹的持枪警察，毅然挺身而出，慷慨陈词：“学生爱国无罪！游行已经决定，至于‘恐生意外’，一切后果由鄙人担保！”

丁某为汪伯乐的凛然气势所震慑，再看周围蜂拥而来的学生个个怒目相向，无奈地挥挥手，留下一句“出了事由你承担”，带着一帮人灰溜溜地走了。

游行队伍浩浩荡荡，秩序井然，汪伯乐走在队伍最前头，不时领呼口号。

丁香在东吴大学的队列里，硬是挤到了前排，振臂高呼：“血债要用血来还！”

口号声此起彼伏，一路狂飙，如声声惊雷震撼了古城。

梅姐带领乐益女生在北局的空地上演出街头活报剧，省一师的男生演列强，戴着涂有米字旗、星条旗、太阳旗的纸帽子，滑稽地比划着各种外强中干的动作，乐益女生则扮演同仇敌忾的中国民众：

列强（趾高气扬）：我有枪，枪为王，敢违抗，我开枪。

民众（愤怒举拳）：别猖狂，诸列强，中国人，胆气壮！

列强（吓得连连倒退）：洋炮队，大沽港，众舰集，帮尔忙。

民众（怒不可遏）：呸！尔等来，强盗抢，欺中华，丧天良。

民众（群声）：山河怒，惊雷响，民众聚，力量强！

这时，丁香和几个同学掏出一条白布横幅，站在场外猛然抖开，横幅上赫然写了四个大大的墨笔字“还我血债！”

丁香跳到路边的一条石凳上，对围观的民众大声说：“3月18日，民国以来最黑暗的一天。我们的同胞惨死在执政府的枪口下，在残暴者的背后站着的是帝国主义列强。同胞们！帝国主义列强把屠刀架在我们脖子上了，我们能束手就擒吗？不能！我们中华民族决不能任人宰割！同胞们，我们要团结起来，众志成城，打倒列强！抗击残暴的统治！”

又是一片高呼声：“打倒列强！”

游行队伍复又整合后列队前进，如洪流滚滚。

那天，丁香像一团火，感染着所有参加游行的同学。她的嗓子喊哑了，两条胳膊又酸又累。可是她还是抑制不住激动的情绪，心海在涨潮中汹涌澎湃。这是一个正在战斗着的战士走上硝烟弥漫的战场，是出港的船扬起了前行的风帆，是高傲的海燕迎着暴风雨飞翔。

游行队伍走到景德路黄鹂坊桥附近时，忽然从北侧一座待拆的阁楼里飞来几颗钢珠弹，是用弹弓打出来的，其中有两颗击中了游行者的脸部，顿时鲜血淋漓。大家猝不及防，吵吵嚷嚷，队伍一下子乱了。丁香非常镇定，挥手招呼大家不要乱，原地待命。她与几个同学一起冲上楼去寻找凶手。就在众人要上楼时，从楼道上下来两个端着枪的便衣："站住，谁让你们私闯民宅的！"

丁香十分气愤，理直气壮："我们寻找凶手，刚才有人用弹弓把我们同学打伤了。"

便衣冷冷一笑："楼上没人。"

丁香坚持要上楼查找。便衣扔下一句"恕不奉陪"就走了。

众人上楼查找一圈，阁楼拆得七零八落，一个人影也没有，大家立刻怀疑打弹弓的就是那两个密探。

"卑鄙！"回到游行队伍里，丁香对大家说，"我们的敌人越来越卑鄙，他们什么都做得出来。我们惧怕了吗？没有。我们决不惧怕！"

游行的同学齐声呐喊："我们决不惧怕！"

"集合，前进！"丁香喊道。游行队伍浩浩荡荡地继续前进。站在队列前的丁香撩了一下短发，目光炯炯，走得更加坚定了。没有行动，思想永远不能成熟而化为真理。丁香为自己能够成为一个坚定的行动者而激奋。

当队伍行进到阊门城门口时，梅姐匆匆地跑过来，把丁香拉到一边耳语了几句，丁香的脸色先是一沉，然后紧张地点点头。她跑回队伍里举着纸喇叭，对同学们说："今天游行结束，立即解散！"众人站停，莫名其妙地愣神了一会儿，才拍了下手各自散去。原来梅姐得到汪伯乐的传话，警署已派出几十人持枪在阊门外石路沿线布岗，情势紧迫，学联为保护学生决定临时取消在石路的集会。

在回去的路上，梅姐对丁香说："军阀已到穷途末路，肯定会更加穷凶极恶。我们的斗争要讲究策略，尽量保护同学，革命的路还很漫长。"

丁香点点头，她觉得梅姐在革命斗争中比自己成熟得多。

第七章
苦斗

南方革命风起云涌，如火如荼。

1926年7月1日，广东国民政府发出《北伐宣言》，确定战略部署为“先定三湘，规复武汉，进而与我友军会师，以期统一中国，复兴民族”。国民革命军的八支军队约十万人，兵分三路，从广东挥师北伐。北伐战争打击的对象是占据中国广大地区、受帝国主义支持的北洋军阀吴佩孚、张作霖和孙传芳。国民革命第7军进展神速，一路摧枯拉朽，沿长江南岸东进，直捣位于九江的江浙军阀司令部。

盘踞江浙的军阀孙传芳仓皇逃往南京，犹如困兽做垂死挣扎。他连夜召开军政会议，下令死守江南重镇，对支持乱党的行为施以重压。苏州城内一时愁云密布，笼罩着极度的恐怖气氛。阊门、葑门、盘门、胥门、娄门等城门口都布置了严密的岗哨，盘查进出城门者。

8 月开始全城实行宵禁，规定晚 9 时以后市民不得集会，不得三五成群上街，军警随时可以检查来往行人。稍不顺从，就会挨打，甚至被抓进警署。

佩枪挎刀的军人骑着高头大马在弹石路上巡视，“踢踢踏踏”的马蹄声踏碎了古城的夜梦。

警署派人前往东吴大学、省一师、乐益女校等学校，用威胁的语言警告校长。乐益女校的张冀牖校长就被两个佩枪的警察堵在办公室里，警署当官的威胁道：“据密报，贵校有乱党分子活动，作为一校之长有失察之责。如发现乱党分子不报，你就有连坐的嫌疑，勿谓言之不预也。”

张冀牖冷冷一笑，未加理睬，但从他内心讲对几个行动活跃的教师还是不无担心的。

扎根于乐益女校的苏州“独支”这时遇到了从未有过的困难：

张闻天走了。

继任书记、兼具两党党员身份的许金元被秘调南京国民党部工作，后因叛徒告密而被害。

身患重病的叶天底是丁香特别崇拜的人，他扶病回浙江上虞谢桥镇老家养病。

叶家是一幢硬山造、三开间、穿斗式砖木构架的清代两层楼房建筑，坐北朝南。叶天底不甘心坐在园子里喝茶赏花，吟诗作文，待病稍有好转后就带病出来工作了。他是一颗红色的种子，在人民中间生根开花。他运用在苏州建“独支”的经验，在上虞县建立了第一个中共地下党组织——上虞县直属支部。由他传入浙东的《共产党宣言》中文首译本至今珍藏在上虞档案馆，是国内保存最好的文本之一。他支持农民把自己的舅父俞恒山这个恶贯满盈的土豪劣绅抓出来，召开大会开展斗争。这一大义灭亲的行动鼓舞了上虞农民，有力推动了全县农民运动的发展。

次年4月，因为叛徒出卖，上虞党组织遭到严重破坏。叶天底不顾个人安危，坚持斗争，重建党组织，秘密组织农会，成立小型武装队伍，转战于浙东山乡，开展减租活动。11月，根据上级党组织指令，他暗中策动浙东秋收大暴动。因计划提前暴露，他在上虞不幸被捕，不久被转押到杭州浙江陆军监狱。

在狱中，敌人用种种手段迫使叶天底放弃共产主义信仰，但都被他顶了回去。他理直气壮地回答："我叶天底走的是正大光明的路！没有错！ 我遗憾只是替党做事太少了。"

他在留给哥哥的信中说："大丈夫生而不力，死又何惜，先烈之血，主义之花！"

1928年2月8日，刚满三十岁的叶天底已经重疾瘫痪，被担架抬着赴刑场英勇就义。

最早的播火人慨然前行了，留下的火种绝不会熄灭。

紧要关头，青年汪伯乐毅然挑起"独支"的重担。为迎接北伐，他通过"独支"联系的党员，在南门外青旸地的一些大厂里物色工人骨干，建立了武装策应、迎接北伐军的中心组。为避敌耳目，该组织对外称"中华体育学术研讲会"，发展了三十多个成员，梅姐是其中之一。

那一阵，丁香看到梅姐特别忙，每周日的读书会上也不见她的人影。一天，她好不容易找到梅姐，问她在忙什么。

梅姐神秘地说："南方革命成功了，革命军快打过来了，我们要组织迎接革命军的到来。"

丁香急切地问："我能不能参加进来？"

梅姐摇摇头："天快要亮了，黎明前的黑暗更甚，每走一步都有危险。"

丁香倔强地说："我不怕危险！"

梅姐笑道："你还小，况且每天要读书，到时参加胜利大游行就行啦。记住游行前含几颗'胖大海'，不然喊口号又要把嗓子喊哑啦。"

丁香苦苦一笑，心里对乐哥和梅姐充满了崇敬之情，觉得他们一定在做着神圣而光荣的事情。

一天，梅姐交给她一项任务，帮着刻写一张《欢迎革命军》的传单，务必用仿宋字刻写，提防警署查对笔迹。

丁香的仿宋字写得很规范。回到宿舍里，她趴在桌子上一笔一画刻了一下午，把传单刻写好了。梅姐带着她躲进省一师，借学校里的丝网油印机，印出几百份传单。

丁香闻着这些散发出油墨香的传单，搓搓沾有油墨的手，笑道："这也是射向敌人的子弹。"

梅姐高兴地说："有时它比子弹还厉害。"

梅姐等油墨干后就把传单装在布袋里带走了，丁香回东吴大学。

正是桂花飘香的仲秋时节，学生们吃罢晚饭都三三两两出门散步，勾肩搭背，说说笑笑。校园中心是钟楼，钟楼一侧是花圃，另一侧是洋灰（水泥）过道，道旁的玉兰花灯洒下柔和的光，宁静而温馨。

丁香在花圃旁的石凳上坐了一会儿，让不平静的心情平静下来。

"你好，丁香君！"忽然有个男生从钟楼那边跑过来，笑笑说，"我们见过面，在'五卅'大游行时对不对？我是阿乐。"

阿乐落落大方地伸出手来，丁香笑着握了下他的手："你怎么也来东吴读书了？"

阿乐搔搔头发两边分的学生头说："我因为参加示威游行，抗议校方对学生的压制，被上海圣约翰大学劝退了，转学来读东吴大学生物系，你呢？"

"我十五岁考进来的，读法学专业。"丁香笑着说，"我的老师是陈霆锐教授。"

陈霆锐（1890—1976），吴县人，1906 年入读东吴大学英国文学专业，两年后因病辍学。后在外文报社任职，参与翻译《福尔摩斯侦探全集》《基督传》，并转而对法学感兴趣，于 1917 年考入东吴大学法学院攻读比较法学。1920 年毕业，随后考入美国密歇根大学法学博士课程。1922 年学成回国，获聘东吴大学比较法学教授职位。1949 年移居台湾，任台湾东吴大学法学院首任院长。现存于苏州大学校区内大钟楼上的四面报时大钟，就是陈霆锐 1934 年捐赠的。

在陈霆锐就任法学教授的三年后，丁香成为其得意门生。

“认识你，我真的很高兴。”阿乐富有感情地说，“你在大游行时振臂一呼的慷慨激昂，给我留下了很深印象。”

“你过奖了，阿乐。”丁香有点害羞，“我和我的朋友相比，那就算不得什么了。”

阿乐说：“我们几个同学成立了一个‘北方·南方’研究会，你有兴趣参加吗？”

丁香诧异：“北方？南方？研究什么？”

“北方就是苏俄，苏俄十月革命，布尔什维克掌握了国家政权，工人阶级真正当家做主了。”阿乐神情兴奋，眉色飞扬，好像那“北方”是他最可爱的故乡似的，继而说，“南方有轰轰烈烈的国民革命，孙中山提出了‘联俄、联共、扶助工农’的三大主张。”

“好的，我参加。”丁香说。对她来说无论北方还是南方，都有很多新鲜的东西够自己去观察、去分析、去研究的。

“欢迎丁香君！”阿乐快活地说，“每周三、六晚上活动，就在我们生物系 205 教室里。”

“我一定会去的。”丁香笑笑，与阿乐握手道别。

水一样的月光透过枝叶洒在地上，泛着斑斑驳驳的光斑。

丁香觉得这个晚上是很奇妙的，好像是某种机缘：她走出教学楼后偏偏在花圃旁坐了一会儿，因为停留了一会儿就巧遇了曾经相识的热血青年阿乐，遇上阿乐才知道还有个叫“北方·南方”的研究会。

丁香没有直接返回宿舍，而是转道去了琴房。她此刻毫无倦意，只想弹几首小夜曲，在这个迷人的秋夜。

与静谧的校园相比，围墙外的空气是越来越紧张了。南方传来的革命消息越来越令人鼓舞，苏州军警如惊弓之鸟，对“乱党”分子的镇压越来越疯狂。

穿黑衣的密探像嗅觉灵敏的狗到处乱窜，居然从中华体专学生、国民党员唐觉民写给女友的信中发现了“体育学术研讲会”革命活动的踪迹，还从省一师“无名书屋”里突击搜查到了《新青年》《觉悟》等进步刊物，于是就从这里开始突破。

当时驻苏州的是孙传芳的嫡系上官云相旅，下设“军警联合督查处”，处长李树珊是孙传芳的爪牙。他带领十多个全副武装的警探，于12月12日深夜前往位于朱家庄的中华体专，逮捕了校长柳伯英和学生唐觉民。唐经不住严刑拷问，遂供出汪伯乐。警署想一网打尽所有“乱党”，故暂不采取行动，只是派密探暗中严密监视病中的汪伯乐。

这一阵，汪伯乐由于过度劳累病倒了，人也瘦得像一片枯萎的树叶，不得不住进阊门外的苏民医院。他并不知道“研讲会”已经出事，但医院门口、走廊、自己病房里常有穿黑衣的陌生面孔出现，半夜里也有人来查房，让他感觉到周围气氛的异样，总有一种隐隐的不安。

丁香得知汪伯乐住院后，约梅姐一起去探望。梅姐不安地告诉她，乐哥已经被警署严密监控，随时会有危险，“无名书屋”也被军警贴上封条，苏民医院周围日夜都有密探盯着。

丁香焦急地问，有办法去营救乐哥吗?

梅姐不无忧虑地说，南京国民党省党部已经知道了，正在采取行动。

据《民国档案·吴县卷》记载，国民党吴县党部执委刘铭久于12月13日冒险去苏民医院看望汪伯乐。汪伯乐这时已知道自己失去自由了，看见刘铭久只当不认识，用眼神示意他赶紧离开。刘发现密探已经上楼，急忙换了一身医生穿的白大褂从后门仓促离去，一刻不敢停留，直奔火车站搭车去了上海。警署得知刘铭久逃走，恼羞成怒，立即下令逮捕汪伯乐。

汪伯乐病重不能行走，就用担架抬走，连夜用铁皮囚车押解到南京。

一到南京，警方突击拷问汪伯乐，强迫他跪趴在烧红的铁链上，直至昏厥过去。

汪伯乐被捕后，在国共两党的策划下，苏州各界群众团体出面营救，并以国民党市党部名义通电全国，发布告市民书，声讨孙传芳的罪行，要求释放汪伯乐。

躲在南京的孙传芳装聋作哑不予理睬，暗中下达了立即处死汪伯乐的密令。

临刑前，警局最后一次密审汪伯乐："你只要供出与你有联系的乱党分子，就可保释。"

汪伯乐蔑视一笑，把脸转向一边。

"你年纪尚轻，就不想活了？"

汪伯乐依然蔑视一笑。

"你真不怕死？"

汪伯乐还是蔑视一笑。

12 月 16 日晨，汪伯乐在南京被秘密杀害。当时，无人收尸。汪夫人买通看守人员，才得以收拾亲人尸体，用毛巾擦尽遗体上的血迹，买薄棺入殓，暂寄在南京南郊同善堂。直到来年的 4 月，国民革命军第二十一师进入苏州，各界人士才在体育场隆重集会追悼汪伯乐烈士。同年 6 月 22 日，汪的灵柩由南京运回，迎柩的民众达数千人，安葬于葑门外的基督教会所属墓地安乐园。

汪伯乐的追悼会和迎灵柩的队伍里，就有梅姐和丁香。

丁香痛恨杀害乐哥的刽子手，更痛恨这个善恶不辨、黑白颠倒的黑暗世界！

四面都是敌意，可悲悯的，可咒诅的。十字架竖起来了，他悬在虚空中。他的眼神是明亮的，燃烧着复仇的火焰。他独自远行了，在黎明前最黑暗的时候。

一个人并不是生来要给打败的，你尽可能把他消灭掉，可就是打不败他。

天灰蒙蒙的，飘着点细雨，树林围绕的安乐园里静悄悄的，偶尔传来一两声鹧鸪的叫唤。通往墓地的小径被隔年的荒草覆掩，枯黄间又冒出了生气蓬勃的青黛色。

乐哥的墓前来了不少祭奠者，其中有几个苦儿院的孩子哭得最伤心。汪伯乐从小也是在这家苦儿院里长大的。有一个盲人女孩在墓座上摸索着，把带来的一包绢花撒在墓碑下，一边哭泣一边说，大哥哥，你再也不会回到苦儿院来教我扎绢花了，你说我眼睛瞎了，但不是没用的人，我记住你的话，我可以扎绢花，我每天扎一朵，我把我扎的绢花带来了……

丁香听得伤心，一下搂住小女孩，噙着眼泪说，大哥哥不在了，还有小姐姐在，小姐姐会去看你的。

丁香抹了下眼泪，然后把一束白色的丁香花悄悄地摆放在墓碑下。

我奔突，我燃烧，
天堂的栅栏或是地狱的枷锁，
烧毁，烧毁所有的黑暗，
世界在地火中重塑！

春去夏归，秋去冬来，这一年的冬天特别寒冷，少有的棉絮般的雪片席卷古城。

江南的雨，向来没有变过冰冷的、坚硬的、灿烂的雪花。屋檐下倒挂着一根根刀剑似的冰凌，风一吹，有的冰凌“噼里啪啦”掉下来，砸在已经积了半尺厚雪的碎石路上。

白美丽半个月前就回美国去探亲了，过完圣诞节才能回来。丁香因为要读书，没能跟嬷嬷一起去看望年迈的外婆。她用积攒的零花钱买了一串核雕十八罗汉，让嬷嬷带给外婆，祝她健康长寿，等自己大学毕业后就去美国探望老人。

雪落有晴天，第二天放晴了，太阳一出来，江南的雪就迫不及待地融化了。

松枝上的雪开始变成冰滴筛落下来，濡湿了地上堆积的枯草。

丁香看见校园的花圃里落满了雪，那些不屈的枝干孤独地挺立在苍白的阳光里。

校园的小路上，留下不多的几行早起的脚印。她戴上驼色的绒线帽，裹上一条绛红色的围巾，一早就踩着积雪去生物系参加“研究会”。

有校工拿着扫把来刮扫路面的积雪。学生们用铲子把积雪铲拢来，堆一个雪娃娃，两颗松子球做了它的眼睛，一根红萝卜做了它的鼻子。丁香笑着朝雪娃娃挥挥手。她忽然想起去年在《申报》副刊上读过的鲁迅的《雪》，文中也写到了堆雪罗汉，但她更向往燕山雪花大如席，漫天飘飞，坚硬如冰：

他们决不粘连，撒在屋上，地上，枯草上，就是这样。屋上的雪是早已就有消化了的，因为屋里居人的火的温热。别的，在晴天之下，旋风忽来，便蓬勃地奋飞，在日光中灿灿地生光，如包藏火焰的大雾，旋转而且升腾，弥漫太空，使太空旋转而且升腾地闪烁。在无边的旷野上，在凛冽的天宇下，闪闪地旋转升腾着的是雨的精魂……

我要做这样的雪，丁香对阿乐说，那是旋转而升腾着的孤独的雪，是死掉的雨，雨的精魂。丁香对“北方·南方”的同学们说起刚才的“睹物思情”，大家都笑了，说丁香君真是当代的林黛玉，见落花而流泪啊。

丁香“咯咯咯”笑了：“我是薛宝钗的脸，林黛玉的情，史湘云的性子啊。”

丁香总能给研究会的同学们带来快乐，带来属于青春的活力和蓬勃的朝气。即便是大家为“北方”和“南方”哪个更适合中国而争论不休时，她的到来也能为激辩的双方带来一股缓和的清流。所以，哪一天丁香缺席，大家就会觉得特别冷清。

“北方”和“南方”的话题时时变化着，似乎永远没有结论。

北方有北方的希望。第一次世界大战爆发后，俄国革命形势迅速趋于成熟。1917 年 2 月，俄国爆发了第二次资产阶级民主革命，推翻了沙皇制度，但出现了资产阶级临时政府和士兵代表苏维埃两个政权并立的局面。

11 月 7 日傍晚，起义的工人和士兵群情激愤包围了临时政府盘踞的冬宫。

停泊在涅瓦河上的“阿芙乐尔”号巡洋舰以空炮射击发出了开始向冬宫总攻的信号。

赤卫队和革命士兵向冬宫发起总攻，在冬宫前的 117 级云石阶梯上和冬宫的 1005 个房间里与敌人短兵相接，展开白刃战。到次日凌晨 2 时，冬宫全部被攻占，临时政府的十六名部长全部被逮捕。

十月革命诞生了世界上第一个无产阶级专政的国家，开辟了世界无产阶级革命的新时代和殖民地半殖民地在无产阶级领导下进行民族民主革命的新时代。

南方有南方的萌动。第一次国内革命战争，革命统一战线建立以后，全国的革命形势发生了巨大的变化。在共产党的领导下，工农运动迅速发展；以“五卅”运动为核心的反帝国运动日益高涨；经过两次东征，广东革命根据地得到巩固；而这一时期，在帝国主义的指使下，各派军阀之间混战不休，激起了人民的强烈反对。

1923 年 6 月，中国共产党第三次全国代表大会确定全体共产党员以个人名义加入国民党，与国民党建立革命统一战线的方针。1924年1月，在共产党人的参加与帮助下，孙中山在广州召开了国民党第一次全国代表大会，重新解释了三民主义，确定了联俄、联共、扶助农工的三大政策，标志着第一次国共合作的建立。随后，创办了黄埔陆军军官学校。经过1925年两次东征，统一和巩固了广东革命根据地，恢复和发展了工农运动。所有这些，都推动了北伐战争迅速推进。

无论是北方还是南方，迅猛发展的革命形势，都让同学们兴奋不已。

阿乐激动地站起来说："雪后见晴天，南方革命的烈火即将燃遍全国，我们要做好准备，迎接这个胜利节日的到来，胜利万岁！"

丁香显得十分兴奋："打倒了军阀，列强就不能对中国指手画脚了。"

阿乐扬起脸，满脸的坚毅："革命成功了，没有剥削，没有压迫的社会近在眼前，劳苦大众就能挺直腰杆做人了。"

丁香不太赞成阿乐过于乐观的想法，一针见血地说："南方的革命烈火即使燃遍全国，也未必就是劳苦大众的完全解放。这与苏俄不同，苏俄建立的是无产阶级的国家政权。"

"说的也是，"阿乐点点头，"那就让我们拭目以待吧。"

"不，"丁香甩了下短发，挥挥手说，"我们要到革命的洪流中去。"她对即将到来的革命风暴充满自信："漫漫长夜，我们已经看到了胜利的曙光，伟大的曙光万岁！"

有同学赞成阿乐的意见，有同学赞成丁香的说法。研究会总是这样的各持已见，个性发挥，大家乐此不疲。大革命的高潮终于到来了，时代青年怎可置身事外！

眼下的古城尽管还在军阀的枪口下，但既然严冬已经来临，那么春天还会远吗？

春天不远了，阿乐夸张地展开双臂做了个拥抱的样子，然后说我要拉一曲《汉宫秋月》给大家听。

丁香笑道，《汉宫秋月》太悲切了，你拉《梅花三弄》吧。

《梅花三弄》通过梅花的洁白、芬芳和耐寒等特征来赞颂具有高尚情操的人，乐曲前半阕奏出了清幽、舒畅的泛音曲调，表现了梅花高洁、安详的静态；急促的后半阕，描写了梅花不屈的动态。

阿乐笑着看看丁香，说一声“遵命”，把挂在墙角的二胡拿过来，坐下，调了调琴弦，右手一抖，一曲《梅花三弄》顿时悠扬地飞了起来。

阿乐的二胡水准可以与丁香的钢琴水准叫板。

与这里的琴声悠扬、欢声笑语相比，墙外的空气紧张和冷酷到了冰点。

1927年元旦，苏州《明报》发表署名柳桥的社论《民国十六年之小希望》，文中以戏谑之言规劝盘踞江浙的军阀：“民国十六年，犹如儿童之十六岁矣。军阀宜早息兵争，共谋国事，勿效儿童之口角打架，以为快事。”

然而，这种规劝无异于墙上刷水徒劳无益。江浙军阀忙于军备，准备负隅顽抗。是年2月底，情况有了变化，苏州报纸上报道部队调动的消息频繁，南方北伐军和军阀部队已经在江浙正面接触，北伐军进展迅速而顺利。

处在军阀孙传芳统治下的苏州城风声鹤唳，防务尤为严密，城墙上布满岗哨，荷枪实弹，城门虽设而常闭。护城河里不时有载满士兵的小快船匆匆走过。

苏州《明报》有一署名“恨世”的记者在苏州城墙上转了一周后写道：

自军队调防，运输频繁，以致胆小居民，城外裹足。西汇道上，行人绝迹。唯有三数商警（商团武装人员）徘徊其间。至车站货栈左近，有鲁军一营之众，乘船开拔，似水道往吴江而去。时河畔泊舟，大小约30余艘，军士肩负行囊枪械，有输送篷帐面粉等物，行色匆匆，似即将离苏之状。及绕道阊门而归，马路市面，平日锦绣，今者萧条异常，不复如往日之花天酒地矣。

战争已经迫在眉睫。不断有警署抓人的消息传来，闹得人心惶惶。

娄门、阊门、葑门、胥门等城门口的岗哨增加了，夜间巡逻的马蹄声“踢踏踢踏”地走得更勤了，恐怖的警笛比狗叫得更欢。

有学生从葑门回来，在城门口捡回来一张督军府的《通告》，其中明令“五个严禁”：严禁罢工、罢市、罢课；严禁非军警的市民持有枪械；严禁十人以上集会；严禁散布乱党言论；严禁乱党书报发行。

阿乐关切地问丁香：“你说的‘无名书屋’还活动吗？”

丁香皱皱眉头，无奈地摇摇头：“被警署封门了。”

阿乐提醒丁香：“军阀垂死挣扎，越来越疯狂了，你外出可千万小心哟。”

丁香“嗯”了一声，眼里充满了感激之情。

白色恐怖如大雾一样弥漫古城，丁香不由得为梅姐担忧起来。自从乐哥在南京被秘密枪杀后，梅姐好像显得更忙碌了。好几次，丁香去乐益女校找她都扑了空。

那天，离除夕夜就两三天了，梅姐突然跑到东吴大学来找丁香，神情显得有些神秘，对她说：“我这里有张方子，马上要送给西中市的杨先生，他在那里开一家杨记牙科诊所。我被警署盯上了。”

丁香欣然答应，问梅姐：“这一阵，你忙什么呢？”

梅姐压低声音说：“北伐军快过来了，军阀可能要搞破坏，所以我正在暗中与商会联络，组织人员护厂、护电、护商。”

梅姐瞧瞧四周没人，就从短襟里层掏出一纸方子，上面写有七味中药：

黄连 15 克　前胡 10 克　龙葵 20 克　叛冬草 20 克

党参20克　远志15克　离明子10克

梅姐把药方交给丁香，叮嘱她："杨记牙科诊所门口有一块桑木牌子，白漆黑字，杨先生戴宽边玳瑁镜，你把方子交给他后马上回来。记住桑木牌子如果没有挂出来，你就立刻离开，我给你的方子千万不能弄丢了。"

梅姐特别关照她，这一阵军警很疯狂，路上多留神。

"我不怕！"丁香目光坚定，"我会尽力的。"

丁香坐黄包车去西中市，一看桑木牌子挂在靠门一侧，就放心地跳下车走进诊所里。她找到了杨先生，把方子交给他。杨先生看看方子，脸色忽然变了，悄悄对丁香说："回去告诉梅老师，我知道怎么做。"

傍晚，梅姐忙完事过来找丁香，问她见到杨先生没有。丁香说见到了，他说他知道怎么做了。梅姐长长地吁了一口气，情不自禁地握住丁香的手："好妹妹，你帮了我的大忙啦！"

丁香奇怪，送去一张中药方子真有那么重要吗？

梅姐笑看说，你是不知道的。方子里开列的草药名的头一个字联系起来就是一个秘密，不过这个秘密她暂时不能告诉丁香。读者可以知道，其实就是"独支"给自己的党员传递一条生死攸关的情报："黄前龙叛党，远离。"

丁香看梅姐如此高兴，自己也就很高兴，能帮梅姐做点事，她总是很乐意的。

梅姐兴奋地告诉她，革命军快来了，民众的春天快来了。

丁香热切地期待着阳光明媚、呼吸自由的春天。

4月，是江南最明媚的季节。风暖了，柳翠了，桃花红了，"日出江花红胜火，春来江水绿如蓝"，古城洋溢着浓浓的春意。

几乎没有炮声轰隆、硝烟弥漫，也没有遭遇顽强抵抗，国民革命军第二十一师就分西、北两路进入苏州城。上万市民挥舞民国的小旗涌向护龙街，欢迎列队行进的革命军。

身穿深灰色军服的军人向道路两旁的市民挥手致意，意气风发，高唱《国民革命军军歌》：

“风云起，山河动，黄埔建军声势雄，革命壮士矢精忠。纵横扫荡，复兴中华，所向无敌，立大功。旌旗耀，金鼓响，龙腾虎跃军威壮，忠诚精实风纪扬……”

一群孩子举着花束跑过去，给走在前列的军人献上。

丁香、阿乐他们带来了连夜刻印的传单向市民散发，传单上写道：

我国民欢庆北伐革命取得伟大胜利，一个新的时代来临了！

我国民扬眉吐气，军阀被打倒了，列强不敢再欺负我们了。

我国民拥护国民政府！

我国民竭诚尽力，工人务工，商人经商，学生乐学，安居乐业，天下太平。

国民党青年部、苏州学联组织三千多学生在体育场隆重集会，欢庆北伐革命的胜利。

督军府的牌子换成了中华民国吴县（苏州）政府的牌子，城墙上的旗帜换成了青天白日旗，城门口站岗的兵士换成了穿灰军服的军人。民国二年（1913年），江苏省行政划分为五个道。吴县（苏州）为特别县，隶属苏常道。两年后废苏常道，吴县为一等县，1927年6月起开始撤县筹建苏州市。

那一阵，梅姐特别忙，她不在乐益女校教书了，被调往国民党青年部工作。

一天，东吴大学学生会在小礼堂举行集会，听取青年部领导的演讲。丁香挤进会场一看，不由得乐得手舞足蹈，原来演讲人竟是我亲爱的梅姐啊！

梅姐梳着油亮的短发，穿一身灰色的军服，显得特别干练，英姿飒爽。

丁香知道梅姐的口才绝对棒，果然不拿稿子，一场演讲博得掌声不断：

“北伐成功了，但并不等于说我们可以高枕无忧。溃逃的军阀不会甘心，站在他们背后的列强也不会甘心。我们不可掉以轻心，尤其不能去做‘东郭先生与中山狼’中的东郭先生。先总理孙中山先生告诫我们，‘革命尚未成功，同志仍须努力’。”

有同学递上来一张纸条，问国民革命的目标是什么？

梅姐看看纸条，抚了下短发，继续演讲：

“国民革命的目标是什么？我的回答是建立民族、民生、民主的国民社会，最起码是工人有工做，农民有田种，老百姓不再缺衣少食，逐步建立一个没有人吃人的公平正义的社会，对不对？

如果江山依旧，面貌不改，只是城头变换大王旗，那国民革命还有什么意义！

如果我们不能给民众以有尊严的生活，那国民革命还有什么意义！

如果我们把旧军阀打跑了，迎来的是一个新军阀，那国民革命还有什么意义！

如果只是让一部分人富裕而绝大部分人依然贫困，那国民革命还有什么意义！

如果列强的军舰依然在中国的领海耀武扬威，列强强加给我们的不平等条约依然套在我们头上，那国民革命还有什么意义！

革命就是要改变现在的一切，我们青年要为此去奋斗，为此而奋斗才是快乐的……”

梅姐慷慨激昂的演说激起一阵阵欢呼声，丁香把手都拍疼了。

“梅姐，梅……”丁香等演讲一结束就挤到台前，她要跟梅姐握握手，邀她去宿舍里好好聊聊，她有很多话要跟梅姐说。奇怪的是，梅姐只是对她淡淡一笑，点了下头，迅速离开了。

丁香想梅姐没有看见自己吗？ 不会的，自己的叫声她怎么可能听不出来。

丁香从人堆里往前再挤一点，她想去追梅姐，梅姐却连头也不回，就匆匆离开了小礼堂。

丁香感到十分诧异，也有点憋气：梅姐怎么啦？ 今天怎么会对自己这样冷淡？ 她百思不得其解，心情郁闷地回宿舍里去了。

细心的阿乐得知丁香遭到的冷遇后，淡淡地笑了，说可能梅老师当官了，有架子了呗。

丁香说梅姐绝对不是这样的人，不过她也想不明白梅姐为什么对自己这么冷淡。

阿乐劝丁香出去散散心，明天是周日，下午去南园踏青吧。

南园乡在城南，离东吴大学不远。 春天的风暖了，丁香树枝上坠满紫的、粉的花蕾。 乡野的油菜花已经盛开，金黄一片。

丁香对油菜花情有独钟。 在景海上小学时，她还写过一篇“我爱油菜花”的作文，其中有这样具有诗情画意的句子：

油菜花是贱花，南园的农民都这么说。 它贱贱地开着，满地都是，一坨一坨的黄色层层堆积，好像用了最浓重的油画颜料，毫无节制地随意涂抹，乃至一些暗色的泥沟也变得金光灿烂了。 油菜花开的时候，很远就能闻到一阵阵菜花香，带着泥土味儿的贱贱的香。

油菜花开的时候，放蜂人用船装来了上百只蜂箱，在菜地边搭起帐篷，放飞他的小精灵到油菜地里去采蜜。 油菜花地像铺了一层厚厚的金色地毯，无数的舞者在春光里翩翩起舞，伴着“嗡嗡嗡”的音乐，舞出各自曼妙的舞姿。

满地的油菜花都憋足劲儿地开放着。 油菜花是春天的标志，但它不像暖房里的牡丹、芍药那样含苞欲放、雍容华贵，它只是贱贱地开着，生命力极其顽强地开着。 风来了，雨来了，落满一地，就沤做肥料，留下的油菜籽农民砍下来榨油。

在还有些寒意的早春，贱贱的油菜花就早早地开放了，它与贱贱的工蜂们相亲相爱，花依靠蜂来授粉，蜂依靠花蕊来采蜜，贱贱的一对儿酿出的竟是春天里最甜蜜的生活……

阿乐约丁香一起去南园的乡野踏青，看看油菜花，看看飞舞的蜂蝶。

丁香说，春天来了，真没想到江南的春天会这样美呢。

阿乐笑道，国民革命胜利了，所以春天才这样美呢。民国政府建立了，应该有新气象吧。

丁香沉浸在对春天的热烈向往里。

秧田开始平整，农民赶着老牛在耘田，满身的泥浆，疲惫的脸色。

田埂边，农妇拎只竹篮在挑马兰头、荠菜，拎到葑门横街上去卖。荠菜炒肉丝、香干拌马兰头，是苏州人“咬”春的时令菜。

村口，有一个瞎眼老妇人坐在地上搓草绳，留着莳秧时捆扎秧把用，稀疏的白发遮住半个脸。

烧香桥边的大河里，泊了几条夜航船，船尾支起航灶，煮了一锅粥。

纤夫拉着沉重的纤绳，纤绳的另一头是从窑上装满砖头的大船。

丁香从春的浪漫中回归现实，叹了一口气：“民众的日子过得还是很苦哇。”

阿乐说会改变的，国民革命胜利了，一切都会好起来的。

丁香恨不得明天的太阳就是新的，她最看不得别人受苦受难。她笑不起来，还因为她的心里系着一个小疙瘩，也总惦记着梅姐：我的梅姐姐，你怎么啦?

从南园归来已是傍晚，丁香与阿乐分手后回宿舍里去。刚进楼道里，忽然看见梅姐就站在宿舍门口。

梅姐换了便装，指指楼下，一脸坏笑：“跟那位……哪儿踏青去啦?”

“你昨天架子好大，都不理人了，”丁香还是念念不忘昨天的冷遇，嘴一撅，“臭架子!”

梅姐笑了，挽住丁香的手走进宿舍，反身把门关上：“我是为你好。”

丁香愣住了：“这是怎么说的?”

“你别看北伐胜利了，可我听到一些风声并不太妙。”梅姐顿了一会儿，若有所思，话语显得有些沉重，“我可能有一天会出事，我不想牵连你，所以公开场合尽量避开你。”

丁香惊疑地问：“会出什么事呢?”

梅姐沉默了，欲言又止，但不得不说：“这一阵我调在市党部里，感觉总有点异样，有一天你会知道的。丁香，春天里并不都是鸟语花香啊，倒春寒随时都有可能。我们多往坏处着想，多往好处努力，总是不会错的。”

梅姐的话让丁香琢磨了很久，她还是琢磨不出乌云怎么就能遮住春天的太阳?

周末的晚上，梅姐来找丁香，她很想带丁香走出书斋去看看现实生活，让她更深刻地认识生活的底蕴：“明天，我去木渎处理一件农会的事情，你跟我去吗?”

“好啊，”丁香笑道，“木渎镇好久没去了，苏州城西有一条山塘街，那儿也有一条山塘街，据说乾隆皇帝下江南在那儿住过，我也想去看看。镇上有家石家饭店，听说鲅肺汤好鲜的，你请客哟。”

梅姐笑了：“好好好，我请客。”

木渎镇上有一家农会办的私塾学堂，占用了当地一户地主家的祠堂。在北伐军进驻苏州后，农会要清算这户地主坑害农民的劣行，吓得他连夜逃往浙江亲戚家去避难。现在，他突然气势汹汹地回来了，跟农会反攻倒算，叫嚷着要收回祠堂。

国民党市党部刘秘书长得知这一情况后，派梅姐去处理一下，原则上是劝农会归还私人财产，另找地方办学堂。

梅姐对这个“原则”是有看法的，认为国民政府应该维护农会的利益，力劝地主捐出祠堂办学堂，这才叫“扶助农工”嘛。

刘秘书长阴险地笑了一下说：“此一时彼一时，北伐胜利了，不能再把这些共党的口号挂在嘴上了。”

梅姐觉得对方说话的味儿不正，而且有一种“得志便猖狂”的傲慢。

第二天，梅姐和丁香合坐一辆马车，“踢踏踢踏”去木渎镇了。

天回暖了，风变得柔和了，两边的菜地里油菜花已经开放了，金黄的色彩这儿一块，那儿一片。放蜂人早早来赶春了，把一只只蜂箱放在菜地边。农家孩子在村口放飞风筝，风筝飞过了高高翘起的屋脊。

丁香兴致勃勃，指指远方水墨般渲染的山：“瞧，前面就是灵岩山，灵岩山上有块龟形的石头叫‘乌龟望太湖’。”

梅姐笑道：“有什么传说吗？”

“我听寄娘说的，好像是说有一年发大水，太湖涨上来了，涨到了山腰上，有一只大龟驮了两个落水的孩子朝山上游去。东海龙王说这两个孩子本是上苍赐予我的，你要是救了这两个孩子，我会让水很快退去，你就回不去太湖了。大龟不吭声，还是奋力向山上游去。两个孩子得救了，大水忽然间就退去了，大龟就留在了山上。斗转星移，沧海桑田，大龟变成了一块石头。它日夜都在眺望着太湖，等待着太湖水再漫到山腰上来的那一天，它相信会有那一天。”

“好凄美的故事，这只石龟还真是一只信念坚定的龟。”

“后来我去灵岩山玩，看到这只石龟就会莫名地感动。”

“人若是有它的定力，那就什么困难也不怕了。”

马车停在了镇口，两人下车，挽着手朝镇里走去。

木渎与同里、甪直、浒关同为江南名镇，镇上有一条老街，傍河，老街一侧是错落有致的老房子，有平房、楼房、深宅大院。农会办的私塾学堂在老街街尾。梅姐找到农会教师，了解情况后，就由他带着去镇上找那户地主，他住在一座深宅大院里。

门一开，有条狼狗猛地蹿了出来，把丁香吓了一跳。

狗的主人喝住狼狗，用链子牵住它，然后看看梅姐、丁香，问："两位小姐找谁？"

农会教师说："她俩是市党部派来处理学堂的事的。"

"哦，连市党部都惊动了？"回头对院子里喊了一嗓子，"爹，市党部来人啦！"

丁香本能地对地主、资本家一类的人有一种反感，走进厅堂里，看见的更是恶心，一个头发稀疏的干瘪老头擎着一根旱烟竿，一只脚踏在一只板凳上，另一只脚得意地抖动着，看看梅姐、丁香，勉强地挤出一点笑："是市党部刘秘书长让你们来的？"

梅姐这时才明白刘秘书长为什么替地主说话了，原来他们本是一条船上的人，所以不冷不热地说："市党部的意见是不要激化矛盾，农会出面办学堂是好事，你能不能做点让步？"

"不行！"干瘪老头把旱烟竿往凳子上重重磕了一下，声嘶力竭地说，"天翻不了，农会的好日子到头了。"

梅姐冷冷地横了干瘪老头一眼，义正词严地说："扶助农工，是先总理孙中山的主张。"

干瘪老头一点儿没有商量的口气，蛮横地指着农会教师说："我不管先总理还是后总理，我的祠堂一定要收回，市党部里我也有人。你听着，从明天起，学堂停办，其他账我会与农会一笔笔算！"

狗仗人势！梅姐心说这家伙就是仗着背后有人撑腰，癞蛤蟆出气——声大了，看来天真的要变了。

农会教师见没有一点商量的余地，为难地看看梅姐。

梅姐说我回市党部汇报后再定夺吧。她生气地拉起丁香就出门。解铃还须系铃人，这团乱麻就让姓刘的秘书长来处理吧。

在回去的路上，丁香一直愤愤不平，愤恨的就是为富不仁，而梅姐想到更多的是为他们撑腰的那些所谓"革命党人"，天一旦有变，他们的反攻倒算会更加疯狂！

蛇蝎出洞，蚂蚁上树，预示着天要变了。

丁香现在还没有梅姐的职业敏感，但从干瘪老头的蛮横态度中，她也开始怀疑这个北伐革命究竟给贫苦的工人、农民带来了什么？

过了些日子，天忽然就变了。春天的气候真是瞬息多变，昨天还是阳光明媚，今天却淅淅沥沥飘起雨来了，天变得死灰死灰的，像一口潮润的锅反扣下来，让人感觉到憋闷。

丁香去琴房弹了一会儿练习曲，顺道去看看做罢晚祈祷归来的嬷嬷，说了一会儿话，就撑着伞回宿舍里去了。

半夜里，雨好像下得更大更猛，雨点敲在窗户上“噼啪”乱响，窗外漆黑一片。

丁香从阿乐那里借了本《北斗》，刚要打开看，忽然听见有人“咚咚咚”敲门。

“谁？”丁香走近门边，不安地问。

“是我，盛兰。”门外低声答道。

丁香赶紧开门，不由得大吃一惊：梅姐穿着灰色军便服，左肩处破了个大口子，湿漉漉的裤腿卷过膝盖，鞋子上都是黄泥。她顶着一件雨衣，浑身上下湿透，短发上还在滴水，手里拎了一个包裹，包裹上满是泥浆，显然在哪里摔了一跤。

梅姐关上门，神色极为紧张，急促地对丁香说：“出事了！反动派果然举起了屠刀！我已经暴露了，要马上离开这里。”

丁香吃惊不小，揪心极了：“你……你去哪里？”

“还有几位同志一起走，今夜就要离开苏州。”梅姐压低声音说，疲惫地吁了一口气。

窗外划过一道闪电，沉闷的雷声渐渐逼近。

梅姐看了一眼窗外墨色的夜，把手里的包裹交给丁香：“你等风声完全过去后才能去我家，把包裹交给我母亲。我不能回家了，我住的那条小巷已经被警方监视了。”

丁香点点头，随手拿过毛巾帮梅姐擦干头发上的雨水，悄悄问：

“那你……”

“包裹里是我平时用的东西，我妈妈看见这些东西就像看见我一样……”梅姐神情有点沮丧，不无伤感地说，“妈妈年纪大了，我担心……”

梅姐背过脸去，用衣袖揉了下眼睛，丁香看见梅姐的眼睛里满含泪水。

“情况紧迫，我该走了。”梅姐说着，转身开门出去，“好妹妹，你一定记住：我们可能被打败，但我们决不会认输。”

丁香跟出来，轻声问：“你什么时候回来？”

“回来？”梅姐神色严峻，继而还是坚定地笑笑，笑容的背后是紧咬牙关的坚强灵魂，“可能……等共产革命胜利的那一天吧。”

一个响雷忽然在头顶上炸开了，闪电顿时照亮了黑夜，躲在雨中的树就像张牙舞爪的怪兽扑过来。雨越下越大，越下越密。

梅姐不让丁香送她，再三叮嘱她“形势险恶，一定要格外小心”，随后紧紧地握了握丁香的手，转身就顶着雨衣匆匆走进了风雨里。

风急雨猛的暗夜里，一星手电光急促前行。

丁香看着梅姐消失在昏暗雨色中的背影，不由得悲从中来。想哭，但忍住了，梅姐肯定不希望看到自己在这个时候流泪的。她想起了张先生、叶先生、乐哥、梅姐，身边自己敬佩的人一个个都离开了，太多的生离死别，太多的爱恨情仇，就像烈火一样锻造着一块生铁。

奋斗的道路总是迂回曲折的，像山间小路一样，这条路有时候先折回来，然后再伸向前去。走这条路的人需要有特别的信念、毅力和勇气。

这时，一阵阵尖厉的警笛声从围墙外传进来。

形势骤变！风雨中，似乎能隐隐嗅到一丝血腥味。

苏州城顿时陷入一片白色恐怖中。

1927 年 4 月 12 日，蒋介石在南京下达密令：“已光复的各省，一致实行清党。”

桂系头子白崇禧一马当先，率先在上海执行蒋介石的政变计划，运筹于红黑两道，策划于密室之中，就想着抢得头功。

上海滩上的青红帮头目杜月笙长得精瘦，平时看似一个文弱书生，夏天穿长衫从来都是扣紧纽扣的，一把折扇不离手，但这时却扮演了极不光彩的角色。他伙同流氓头目黄金荣、张啸林组织“中华共进会”，采用卑劣手段，诱杀了共产党员、工运领袖汪寿华，还派出地痞流氓数百人，身穿蓝色短裤，臂缠白布黑“工”字袖标，从法租界乘多辆汽车分散出击，先后在闸北、南市、沪西、吴淞、虹口等区袭击工人纠察队。工人纠察队仓促抵抗，双方发生激战。

事先埋伏在工人纠察队周围的大批军警，以调解“工人内讧”为名，强行收缴枪械。上海两千七百多名武装工人纠察队全部被解除武装。工人纠察队牺牲一百二十余人，受伤一百八十人。当天上午，上海总工会会所和各区工人纠察队驻所均被占领。

4 月 13 日，总工会在闸北青云路广场召开工人群众大会，会后有十万人整队去国民党二十六军二师司令部请愿。司令部已经接到蒋介石命令，当请愿队伍走到宝山路时，用机枪猛烈扫射，当场枪杀数百人，伤者无数，被捕两百余人。

天怒人怨，这天忽降瓢泼大雨，宝山路上一时血流成河。

从 4 月 12 日至 15 日的三天内，上海被屠杀者三百余人，被拘捕的共产党员一千多人，流亡失踪者五千多人。工运领袖赵世炎、陈延年等先后被杀害。

这时的共产党人遭遇了前所未有的困难。据《中国共产党历史》第一卷称，从 1927 年 4 月到 1928 年上半年，被杀害的共产党员和革命群众达三十一万多人。在极其险恶的局势下，党内思想异常混乱，一些意志不坚定的人悄悄离开党的队伍，党员数量急剧减少到一万多人。

如火如荼的工农运动迅速走向低潮，农村的土豪民团纷纷反攻倒算，城里的工会绝大部分被捣毁。在严峻的生死考验面前，在革命前途仿佛已变得十分黯淡的时刻，中国共产党和中国人民并没有被吓倒，被征服，被杀绝。他们从地下爬起来，揩干身上的血迹，掩埋好同伴的尸首，他们又继续战斗了。

已是悬崖百丈冰，犹有花枝俏。

梅姐匆匆走了，丁香失去了一个最真诚的好姐姐，但她并不灰心丧气，她为有梅姐这样“永不言输”的朋友而骄傲，更想着自己要做梅姐一样的为光明而奋斗的革命者。

> 不要彷徨，不要胆怯，
> 我的热量，我的温度，
> 流淌在冰雪消融的泉溪，
> 闪烁在绿色的阡陌。

数日后，丁香练琴归来，看见大街上围了不少人在看墙上刚贴出来的警方“悬赏通告”：

> 近查共党要犯梅盛兰，女，二十五岁，身高六尺余，偏瘦，短发，上身穿灰色军便服，已畏罪潜逃。有知情者举报缉获，警方悬赏两万圆；知情不报者同罪。

悬赏通告右上角模糊地印着梅姐的照片，那齐耳短发和坚毅的眼神，丁香最熟悉不过。

丁香看了一眼“悬赏通告”，轻蔑地一笑，匆匆离开了。

第八章
萌芽

风声越来越紧。所有的城门口都加强了岗哨，盘查来往的行人。

不时传来“共党要犯某某被枪决”的消息，有的甚至恐怖地说，有三个人被绳子拴在一起塞进麻袋里，外面还绑上一块大石头，从船上被扔进太湖里溺死了。

苏州《明报》上再也看不到那些言论犀利的文章了。

市总工会被捣毁了。总工会负责人、共产党员舒正基率人去武汉请愿后失踪，至今下落不明。

丁香所认识的乐益女校的老师前前后后都走了，校园里冷冷清清。

省一师的“无名书屋”关关开开，终于彻底关门了。

学联解散了，办公室被交叉贴上封条。

市党部向东吴大学派出了督察员，每周都要来学校“例行公事”。

民众游行、集会、罢工一律禁止。

据苏州党史记载，苏州“独支”从 1927 年 6 月起基本停止活动。一些没有暴露身份的同志前后都离开了苏州。王芝九避难去了扬州乡下，一直到“霜降”过后才潜回古城。苏州的地下党组织直到 1929 年初才恢复活动，江苏省委派江阴县委委员、农民运动领袖朱杏南担任吴县（苏州）县委书记，重新把分散的党员骨干聚合起来。联络地点秘密设在打鼓巷的一座小阁楼上。

东吴校董会召集各院系负责人开会，严令学生会及各个学生社团的活动一概暂停。《新青年》《觉醒》《北斗》一类进步书刊，不得在教室内流传，违者后果自负。

甚至连圣约翰堂这类美国人办的教会也接到市党部通知，如发现有共党活动立即向警局报告。

嬷嬷忧心忡忡，极度不安地跑来找丁香，对她进行了前所未有的特别严肃的谈话。嬷嬷后来回忆：“我几乎很少用这样的态度与丁香说话，但那时我不得不这么说了。”（《我的中国养女白丁香》）

嬷嬷：我的灵魂是上帝赋予的，我的生命是上帝赋予的，我信仰主，宣扬主的仁爱，是理所当然的。我曾经希望我的女儿像我一样，无比虔诚地爱戴主，信仰主，崇敬主。但是，你让我深深地失望了。

丁香：我没有做对不起您的事啊。

嬷嬷：你喜欢参加社会活动，我并不反对，年轻人应该多做些社会公益的事情。但是，你去参加那些激进团体的活动，发表那些令我担忧的激进言论，我不能不反对。

丁香：我希望国家强盛，劳苦大众不再受苦。

嬷嬷：那你应该去相信上帝；退一步讲，你也应该去相信政府。前天，我上街看到墙上贴着一大张布告，十几个青年人哪，都被处死了，我很难过。中国的政府太相信暴力了，你们可以批评政府，怎么可以宣扬以暴力对付暴力呢。

丁香：革命不就是暴力吗？

嬷嬷：18世纪我们美国发生过独立战争，后来又有南北战争，造成成千上万人的死亡。血雨腥风使政府明白了，暴力不能从根本上解决政府与民众的对立问题。政府最终找到了议会选举、民众选举的办法，民众不满意政府，可以通过手里的选票来表达自己的意愿，完全不必要通过暴力。采用和平的方式不是比暴力更令人信服吗？可是，我始终不明白，中国的改朝换代为什么非要采用造反、起义、杀戮的暴力方式？我搞不明白的东西，我的女儿却相信而且努力去宣传，你能说你没有中邪吗？

丁香：我没有中邪，嬷嬷，我已经长大了，我有自己的信仰。我也不希望看到暴力，但既然是革命，那暴力就不可避免。康有为、梁启超、谭嗣同他们想搞改良，结果怎么样？一个被砍头，两个亡命天涯。跟拿着刀的统治者斗争，你的手里不能不拿着刀。

嬷嬷：你的想法是非常危险的，可能随时为此付出代价啊。

丁香：如果真要付出代价，我也无话可说。

嬷嬷尽管也是一个“中国通”，口才也不错，但还是不能说服丁香。其实，母女俩之间这样的不欢而散并非第一次，很多时候是谁也不能说服谁。最后，嬷嬷无奈地摇摇头，对丁香说：“无论如何，你要答应我这一阵不能出去参加任何活动。当局到处在抓人，危险日甚一日，你可不能飞蛾扑火。”

说罢，嬷嬷拉开抽屉，取出一张纸摆在丁香面前。这是东吴大学校董事会的《告家长书》，文中说：“观近日之形势变化，社会动荡，此乃多事之秋也。本董事会恪守初创之念，竭尽办学之能，教职员工皆尽心尽职，故教学秩序正常。此来之不易也。故敬告诸家长，唯望敦促学子以学务为要，不为流言所蒙昧，不为邪说所蛊惑，谨守校规，精进学业，以期将来成为社会之栋梁。”

丁香瞥了一眼《告家长书》，默然无语。她的心情这一阵压抑得很。乐益女校的梅姐走了，省一师的读书会散了，就连“北方·南方”的活动也被校方取消了。她感觉自己就像断了线的风筝，它想飞，可是怎么也飞不高，也不知飞往何处。

嬷嬷见她低头沉思，淡淡一笑：“那就说定了，你就好好读书、练琴吧。”

丁香望着窗外，一角天空泊着浓云，墨色的，沉沉的，像一头随时要扑过来的狼。

“笃——笃”，有人敲门，一重一轻，丁香听出是阿乐来了。她的脸微微一红，有点尴尬地看看嬷嬷，嬷嬷示意她去开门。

阿乐看见嬷嬷，有点局促不安，羞涩地叫了一声“阿姨”。

嬷嬷见过阿乐几面，感觉这小伙子长得面孔白净，举止得体，说话不那么激进，像个读书人的样子，就笑着对丁香说：“去吧，我也要回圣约翰堂了。”

丁香与阿乐走在校园的小路上，默默地走了一段路。

路边的桃花开得正艳，几只麻雀站在桃枝上叽叽喳喳说着话。

“革命为什么这么难呢?”丁香还沉浸在刚才与嬷嬷的谈话中，冷不丁冒出这句话，把阿乐吓了一跳。

阿乐笑笑：“你要去革人家的命，人家当然不愿意，所以就难啰。”

丁香颇为沮丧地说：“我原以为国民革命会带来新气象，谁知道只是城头变换大王旗而已。”

阿乐深有同感：“喊了多年的革命，好像变成一个筐，什么私货都在往里装。”

丁香抬头看了一下远处：“我们可能被打败，但我们决不会认输，我相信地火的运行是绝不会被扑灭的。”

“我想起了你写的《我是地火》，地火总在奔突。不过，现在外面太乱，到处在抓人，小心驶得万年船。你知道昆虫都有蛰伏的习俗吧？”

“蛰伏？”丁香想了一会，说，“这也是昆虫避开严寒、保护自己的生存需要。”

“惊蛰一声雷，蛰伏的昆虫就会出来了，在春天里唱主角的就是这些蛰伏的生命。”

“言之有理。”丁香终于露出笑容，“白色恐怖中，我们学会蛰伏，等待春天的到来。”

“聪明！”阿乐对丁香竖了下大拇指，“既然冬天已经来临，那么，春天还会远吗？”

丁香同样坚信，冰封雪压，犹有花枝俏。风雨再狂，天色再昏暗，终究挡不住春天的阳光。她这么想着，心情便也释然了。

数月后，局势逐渐平静下来，寒冬不再那么凛冽了。

巡逻的军警撤走了，城门口的岗哨只剩下一两个人，像电线杆子戳着。

夜里很少听见刺耳的警笛声在大街上喧嚣。

灯火辉煌的美食一条街恢复了往日的热闹，酒香菜香飘满街。

“阿要买五香茶叶蛋”“桂花糖粥小圆子”“槽鹅卤鸭白斩鸡”的叫卖声穿街过巷，把“舌尖上的苏州”复又推了出来。

贴“捉拿”“悬赏”之类启事的墙壁上，换上了“老刀牌香烟”“龙虎牌万金油”“雷允上六神丸”的广告招贴画，花花绿绿的。

丁香抽空去了一趟东百花巷，把梅姐留下的那个包裹交给了她母亲。

东百花巷是一条东西走向的小巷，不宽，在城中心。巷子里有不少人家后门是一扇红漆小木门，貌似不起眼，走进去后只见一重又一重天井、厅堂、院落，大门竟然能开在另一条大街上。梅姐的家就在里面第五重院落里，进了砖砌的圈门，迎面可见几丛美人蕉，花叶后面是假山，山下挖了一方小池，里面养了几条花斑锦鲤。丁香跟梅姐来过一次，是有印象的。

丁香从虚掩的后门进去，径直摸到梅姐家，一眼就看见院子里的美人蕉，好像很久没人伺候了，花叶都蔫了，打起了卷儿。假山边铺满隔年的枯叶，很久没人打扫了。

丁香对着厅堂喊了声“阿姨”，没人回应，跟着又大声问：“屋里有人吗？”

过了很久，才有一个束着围裙的老妇从屋里出来，问丁香：“小姐，你找谁？”

丁香回话：“我找梅盛兰的母亲。”

老妇好像耳朵有点背，又问了一句：“哦，你找大小姐的姆妈啊？”

丁香笑道：“是的，老人家在家吗？”

“在的，跟我来。”老妇说着，领着丁香上楼，轻轻推开东厢房的门，对坐在藤椅里的满头白发的老人说，“大小姐的朋友来看您啦。”

“是丁香吧？”老人耳朵真灵，一下就听出来了，急着问，“盛兰怎么样？”

丁香撒了个谎：“她去外地了，让我来看看您老人家。”

“你过来，丁香，让我摸摸你。”老人使劲挤了挤眼睛说。

站在旁边的佣人告诉丁香，自从大小姐出走后，警察来过两三趟，老人急得整天流眼泪，把眼睛哭瞎了，伸开五指都看不见了。

丁香的心猛地一惊，赶紧走过去，握住老人的手：“阿姨，梅姐不在了，您就把我当成您的女儿吧！”

老人摸摸丁香的手背，挤挤眼睛笑了：“丁香还是那样乖顺啊。”

丁香把梅姐留下的东西交给老人。临走时，她安慰老人要想开些，吉人自有天相，梅姐不会有事的。

老人的眼里又有泪了，讷讷地说：“不晓得盛兰啥辰光能转来？”

丁香想说“梅姐会回来的”，可是自己连梅姐的一点消息也没有，实在没有底气说，只能劝慰老人：“您要保重自己，等梅姐回家。”

“我等她，我等盛兰回家。”老人挤挤眼睛，勉强地笑了一下，“盛兰会回家的。”

丁香听着，心里非常难过，就像堵了块大石头。她推说学校有事就赶紧离开，她不想让老人听见自己的哭声。

丁香回到校园里，心情很长时间都难以平复。

无论怎样，生活还将继续，月盈月亏，潮涨潮落，花开花谢。

法学院依然按部就班地上课，好像钟楼上的大钟指针一圈一圈走着。

民国初期的法学界有“北朝阳、南东吴”的说法。“北朝阳”是指北京的朝阳大学法学院，1912 年由汪子健先生倡导、北京法学会同仁集资创办的国内第一所专门研究和教授法律的大学。“南东吴”先是指位于上海的东吴大学法学院，由美国人创办的一所以研究英美法为主、兼及国内法的比较法学院；后是指苏州东吴大学法学院。

东吴大学法学院办学之初，常规的法律课程是每天三小时，从周一到周五，课程大多设在傍晚时分，这是为了便于兼职的法官和律师来上课。同时，学生也可以利用白天的时间来做一些兼职工作以资助自己。

开办之初的招生布告中说：“办学的目标就是使他们完全掌握世界主要法律制度的基本原理。办学的重要目的是培养一代能为中国新的、更好的法律制度做出贡献的人才。”为了达到这一目的，一并开设民法、英美法、中国法三个系统的法律制度课程。在 1920 年至 1927 年这段时间，只有与中国法有关的几门课程是用汉语教学的，而其他课程都是用英语教学。广泛的英语训练使得学生以后能在英国和美国顺利完成他们的研究学业。

学校从 1921 年起组织了一个实习法庭（模拟法庭），法庭在周六晚上开庭，由学生充当律师、陪审员和证人，从外面请来的律师、法官和本校的一些教师充当法官，轮流演示三套法律程序——中国法庭（用汉语）、混合法庭（中、英互译）、英美法庭（用英语）。

学校的教学方式也比较特别，开始是采用“教科书式”的教学方式，1923年以后，引进了美国法律院校普遍采用的“案例教学法”。大概因为英美法属案例法，熟悉大量的经典案例是培养成功的法官、检察官和律师的必备条件。同时，“案例教学法”一反条文式的、死记硬背的、枯燥乏味的教学方法，使法学教育显得生动活泼，学生乐于接受。

早期在东吴大学法学院毕业后到国外深造回国的校友，成为法学院首批专职教师。1922年，一份以中英文两种文字印刷的法学刊物《法学杂志》以季刊的形式在东吴大学法学院出版。后来，在民族主义浪潮的猛烈冲击下，东吴大学不能不做相应的调适，引进本土化、人性化、学术化的课程，逐渐成为中国高等教育的一个重要组成部分。

法学专业当时有三十五名学生，仅有三名女生，丁香是其中之一。因为她姓白，说话做事风风火火，一点也不淑女的，同学们都开玩笑地叫她“白木兰”。

法学院教授陈霆锐1952年在台湾《国语日报》撰文中提到白丁香：

这个女生在我印象中确乎有些特别。她很少穿时尚旗袍，喜欢穿天青色学生装，下配黑裙、黑皮鞋。有一年过双十节，法学院组织文娱晚会，丁香君穿了一身银灰色绣花旗袍外罩柠檬黄线衫，让人觉得眼睛一亮：哟，好靓！她为大家弹了贝多芬的《命运》、莫扎特的《小夜曲》。在我的印象中，丁香君多才多艺，在学业上也很刻苦。英语或许是得益于她的美国养母，说得非常流利。专业论文写得也很通畅，而且观点新颖。

有一次，我布置同学们去讨论“商鞅变法与徙木立信”的话题，丁香君写了一篇很好的文章，当时在我们老师中传阅，都觉得观点新颖，就是有点太偏激。很可惜，那篇文章我没有留存下来。更可惜的是数年后，我听说她因为参与共党活动被逮捕、被枪决，就觉得非常惋惜。她才二十二岁啊，完全有可能成为中国很好的律师或法官。

我一向主张青年要多读些书，专业精进，反对他们卷入政治。我曾经几次找丁香君谈过，中国缺少的不是搞政治的人，而是在学术领域有建树的人。她天资聪明，领悟能力很强，完全可以在中国法学领域有所建树，但她最终还是被政治害了。

陈霆锐所说丁香写的那篇题为《徙木立信与取信民众》的文章，被两位老师评为“优+”：

秦孝公据殽函之固，拥雍州之地，兼有商君佐之，内立法度，可谓得天时、地利、人和之极了。然而，当我看到秦商鞅令人搬移木头而赐金五十镒(镒，古代计量单位，1 镒等于旧制 24 两——著者注)，以取信于民时，未免哑然失笑。我感叹统治者之煞费苦心，感叹民众之愚昧无知，更感叹数千年民众的尚未觉醒。

设若统治者早就存信于民众，言必信，行必果，又何必“徙木”呢?

设若民众早就相信统治者，又何必破费这五十镒金子呢?

所谓法令，它是为民众立规矩的工具，法令制定得正确，民众亦会谨守规矩，安居而乐业。民众何尝不希望有这样明智而正确的法令呢?设若有这样的法令，民众都会全力去实行之，维护之、又何必苦心设计“徙木”之技呢！民众所忧者是没有这样的法令，抑或这样的法令颁布之而无约束之效力，抑或法令只是对民众的约束而统治者全然置身于法令之外。

统治者和被统治的民众是对立的，也可能成为彼此依靠的关系。法令便是维系此种关系的纽带之一。设若都要像商鞅君那样颁布法令后，要靠赐金五十镒以使民众相信，这样的法令于民众究竟有什么益处?

商鞅立法，无疑是好的。西汉的贾谊在《过秦论》中都称赞其“当是时也，商君佐之，内立法度，务耕织，修守战之具”。千百年来，能像商鞅一样懂得取信于民众的统治者却寥寥无几。商鞅所处的时代正是秦孝公执政时，中原大地战火连绵，国力衰弱，民怨沸腾。秦孝公设若要战胜这些诸侯国，统一中原，不能不说是好高骛远之想。于是，统治者便想到了民众，遂令商鞅制定新法，以号令全国，这就是“商鞅变法”。新法的主旨是，严惩不法之徒，保障民众权利，促进和奖励农耕，增强国力，激励前方将士，节约开支，杜绝奢靡。

这是秦国有史以来前所未有的大法令，民众何以还不相信？

统治者设计“徙木立信”之招，虽用心良苦，然民众始而未信，故添加金子由十镒而至五十镒。非民众不能觉悟也，而是统治者诳人已久，民众早就不相信他们了。这便是国力衰弱之根本，故出五十镒金子以换回民众之信任，岂非用心良苦！

虽说“徙木之举”乃非常之举，然民众皆因统治者多有失信而不信而惧怕。

民众便还是这些民众，法令便还是这些法令，设若不能取信于民众而使法令变成一纸空文，我也不会觉得奇怪。我只担心“徙木立信”之举设若让西方文明国家的民众知道，他们肯定会笑掉大牙，甚至还会嘲笑我等国民“既然法令这么好，尔等缘何还不相信呢？”

呜呼！我复无言！

（摘自《东吴大学校史资料》）

丁香的口才在法学院也是出了名的，不仅观点犀利，而且有点执拗，一旦坚持就不肯轻易放弃。有同学背地里就送她一个雅号“带刺的白玫瑰”，看着傲娇鲜艳，楚楚动人，让她刺上是够疼的。

一次，“模拟法庭”开课。学生分成原告、被告两方律师，教师们担任主审法官。出示的案例是民国初年一件轰动社会的离婚案。

清朝末年有个叫张静轩的太监出宫独居，张太监年老体迈，形单影只，便想找房妻室。后经媒婆介绍，认识了一个名叫程月贞的妓女。程月贞的母亲提出，如果张太监能够为程月贞支付三百两银子的身价，并帮程家偿还所有的债务，就将女儿嫁给他。

张太监答应了程母的要求，程月贞便嫁给了张太监。新婚一年多，辛亥革命爆发，清王朝被推翻了。一天，程月贞母女趁着张太监外出会客之机，悄悄带着金银细软离开了。当张太监四处查找寻访之时，突然接到了法院的传票。原来程月贞已向法院递交状纸，要求与张太监离婚。

程月贞聘请的律师正是后来谋职于北洋军阀处，在卖国条约“二十一条”上签字的曹汝霖。曹律师在状纸上替程月贞提出的离婚理由有三条：张静轩身为太监娶妻既伤风化又不人道；张静轩虐待成性，程月贞不堪忍受；张静轩曾经婚娶，置前妻不顾，再娶少妻，构成重婚。

“模拟法庭”被告方是几个能说会道的男生，他们提出：程月贞必须退还张静轩娶她时的三百两银子的身价以及卷走的金银财宝，否则不准离婚。因为这些钱财是以婚姻为前提的，皮之不存，毛将焉附，所以退回钱财是合理合法的。

丁香代表原告方答辩，振振有词：人身不得为所有权目的物，前清之际，已是厉禁，何况现在已是民国；如果要求程月贞偿还三百两身价银，就等于承认人口买卖，而解除婚姻关系，则与身价银无关；原来娶程月贞的身价款没有偿还之理。程月贞所携带的财物，有相当一部分是她自己的首饰和物品，理应归程月贞所有。

被告方称，曾在程月贞出嫁之前代为清偿债务，有字据为证。

原告方辩，张静轩当初为程月贞偿还债务纯属自愿。程月贞因张静轩代为还债，故愿为其使女。程之于张虽负有债务，但以劳动力为还债工具。且张静轩娶程月贞为妻后，夫妻财产并无区别，不论婚前各自财产多寡，婚姻成立之时，财产即为共同所有，张王之间的债权债务关系已经消失。张静轩在进宫当太监前曾经婚娶，现当年所娶之妻仍然健在，并未离异，张太监置前妻不顾而再娶，实属不义。若因钱债之故，而拘束离婚之自由，与共和体制以及民国法律精神相悖。

双方你来我往，激辩数十回合，最后“审理结果”是原告方胜诉，准予离婚；但原告携带金银珠宝外逃有悖法理，其应将一半财物偿还给被告。

丁香辩词中关于“人身不是物，财产是私权，而人身自由是公权，因私权而损害公权不符合民国共和体制和法律精神”的话，给在场的陈霆锐教授留下了极为深刻的印象，乃至二十五年后著文还在为失去这么一个优秀学生而叹惜：“丁香君完全可以成为一名出色的律师甚至法官，却因为自己的信仰把这一切都葬送了。信仰的力量真能强大到改变一个人的人生吗？这是我至今也不能搞清楚的疑问。”

丁香依然信仰着自己的信仰，那是早已融化在她血液里的东西，难以改变。

阿乐是校园里唯一能够理解她的信仰的人，因而更加地爱慕她。可是，能说会写的阿乐偏偏在这方面特别的笨嘴拙舌，好几次想要向丁香表达内心发烫的爱意，话到嘴边却怎么也说不出口。

阿乐有心用毛笔抄过几首写丁香的古诗词，抄得工工整整，夹在书里送给丁香，以表达自己的爱意，偏偏丁香没有一点表示，只苦了他一夜的相思。转而，躺在床上还在默念那几首写丁香的古诗词，最放不下的就是李清照《摊破·浣溪沙》中那几句：“梅蕊重重何俗甚，丁香千结苦粗生。熏透愁人千里梦，却无情。”

丁香并非无情，实为愁人不解风情。

夏夜的校园总是那么迷人。静谧的灯影映着晚开的夜来香，带着一丝清凉的风拂过发烫的脸，阿乐看看身边的丁香，心跳不由得剧烈起来。

他们在林间的小道上散步，来到校园东面的护城河边的一个高坡上坐下来。

丁香俯视南北走向的护城河，水波在月光里折叠起粼粼波光。大半个月亮就沉在水里，摇摇晃晃，忽隐忽现。朦胧的城墙巨蟒般趴在高坡上，几点萤火在城墙脚下的草丛里闪闪烁烁。远处的岸边泊着两三星渔火。再远处就是墨色一片的农田了。

她侧过脸，笑着对阿乐说：“白色恐怖再猖獗，到底也不能改变古城的模样，它还是那么宁静得可爱，君到姑苏见，人家尽枕河呢。”

阿乐笑笑：“那就更不能改变你我的信念了。”

“是的，阿乐，”丁香柔声地说，“还有两年多我们就可以毕业了，嬷嬷想让我去上海发展，她也可能调去上海基督教会工作。”

阿乐若有所思地说：“上海发展空间大，我也会去的。”

沉默了一会儿，阿乐忽然动情地抓住丁香的手：“我想……我想对你一辈子好……”

丁香心跳得厉害，耳根发烫，她的手有些微微颤抖，她什么也没说，紧紧地依偎在阿乐的身边。这或许就是爱情？她还是第一次听到一个男人对自己说这样的话，而且是她所喜爱的阿乐说出来的心里话，她觉得这辈子能有阿乐这样的男人相伴应该是最幸福的。

就在这个夏夜，就在宁静的校园一角，丁香接受了阿乐真挚的爱。

这一对初恋中的年轻人靠在一起，遥望着远方墨色的天空，说得最多的竟然不是卿卿我我的爱情誓言，而是人生、自己的明天和明天的中国……

即使是在苦难深重的大地上，爱也毫不犹豫地萌芽了。

纯洁如水的半个月亮爬过颓败的城墙，见证了这一对幸福情侣。

第九章
启蒙

“你是小白同学吧？”

丁香警觉地看看眼前这位身穿深蓝色长衫、头戴灰色铜盆帽和一副墨镜的中年人，忐忑不安地问：“您……找我？”

中年人取下墨镜和帽子，笑着走近与丁香握手，自我介绍道：“我叫王芝九，和梅盛兰老师一起在乐益教过书，汪伯乐办平民夜校时，我也去上过课的。”

丁香终于认出来了，笑道：“我认识您的，王先生。”

王芝九是最后一任苏州“独支”书记，“四·一二”反革命政变后逃往乡下躲避了一段时间后潜回苏州，与新建的中共吴县（苏州）县委接上了头，公开身份还是乐益女校的国文教师。这次，他受县委指派去实施“城市暴动”的计划。之前，王芝九兼着鸿生火柴厂工人夜校的教员。

王芝九看看丁香，迟疑了一下：“我实在抽不出时间来了，想请你去给工人夜校上课，每周一次，你可愿意？”

丁香笑笑，毫不犹豫地说：“我愿意。”

王芝九笑了：“我知道梅老师所信任的朋友一定不会错的。”

丁香忙问：“王先生知道梅姐的消息吗？”

王芝九悄悄告诉丁香，梅盛兰同志辗转去了苏联，正在列宁格勒革命学院读书。

丁香惊喜万分，情不自禁地拍了下手：“太好了，梅姐，上帝保佑！”

王芝九告诉丁香，周六晚 6 时，有黄包车准时到校门口来接她，拉黄包车的是我们信得过的人。到了那里会有一个叫张阿春的工人把夜校的具体情况跟她讲的。

丁香在发“平民夜校”招生广告时见过张阿春一面，熟悉的。

“那就说定了，”王芝九与丁香握手道别，“有困难可以找张阿春他们商量，都是很可靠的同志。”

“同志”这两个字让丁香好一阵温暖，共同的志向，共同的奋斗道路，她又融入到“同志”这个群体里来了。她像一只失群的大雁，孤独地飞了很久，终于又找到了远飞的雁群。过去的日子对于丁香来说堪称是“最难挨的日子”，因为她希望听到的消息要么没有，要么不好，更苦恼的是她根本无从去打探消息。乐益女校、省一师这些地方都不能去了，自己认识的那些人前前后后都离开了，最让她牵肠挂肚的梅姐很长时间一点消息也没有。

丁香所居住的古城其实与她一样，也是死水一潭。自从那个腥风血雨的暮春之后，那些令丁香激奋的集会、游行、罢工之类的活动几乎没有了。一切好像都在冬天的"蛰伏"中，一切好像都退潮了，沙滩上只留下几行前行者的足印。

诗人闻一多在1927年《文学月刊》上发表的《死水》，丁香不止一次地朗诵过，那是最能代表她此时心境的："……这是一沟绝望的死水，这里断不是美的所在，不如让给丑恶来开垦，看他造出个什么世界。"但她还是不甘心，她的灵魂还在过去的激动人心的回声中游荡，她要在沉重的暗夜里寻找那远去的一星火光。

夏去秋来，冬去春归，平静的日子怎能安放一颗不平静的灵魂！

忽然，雾散天晴！丁香这几天的心情就像窗外的阳光一样明媚。死水一般的日子里什么事也没有，没成想美事都积攒到这几天集中爆发一齐追着她来了：

她在东吴大学秘密加入了共青团组织。

她终于从王芝九先生那里得知了梅姐的下落。

她的男友阿乐在上海电信公司找到一份工作，准备提前结束学业去上海。

她在上海举行的"维也纳国际钢琴比赛"中，以门德尔松的一曲《春之声》获得优胜奖。

她的学术论文《试论民国临时约法中"民权"之表述》受到评审组的一致好评。

所有的好消息都像飘飞的柳絮围绕着这个充满青春活力的姑娘。

二十岁的丁香已经出落成一个亭亭玉立的大姑娘了，鸭蛋形的圆脸，大眼睛，清亮得就像深秋的潭水，过耳短发用一根丝质发带束起。天气回暖，泥燕呢喃，柳絮满天飞。丁香换上了丝绒的鸭蛋青斜襟衫，配上一条深蓝色英国呢裙子，看上去愈发的干净、漂亮，就像校园里那几株丁香花，熬过了漫长的冬季，终于要育蕾开花了。

阿乐听说丁香要去给工人夜校上课，替她高兴，因为她又有事做了，没有事做的日子对于丁香来说是最难挨的；也有点为她担心，现在虽然不是白色恐怖时期了，可是警署密探的嗅觉还是很灵敏的，像猎狗一样潜藏在暗处。他要丁香千万要注意自身安全。

“我不怕！”丁香告诉阿乐，“王先生说了，我的安全问题，工人们已经安排好了。”

阿乐这才放心丁香独自去夜校教书。

当时在南门外的工厂里能开办工人夜校的只有鸿生火柴厂一家。

这就要从大老板刘鸿生说起了。刘鸿生（1888—1956），浙江定海人。十三岁时，进入上海圣约翰中学读书，四年后升入圣约翰大学深造，门门功课非“优”即“良”。就在读“大二”时，校长卜舫济博士决定资助其去美国留学深造，学成回国后担任圣约翰中学的牧师兼英语教员，月薪一百五十元（当时国民政府的科长月薪才四十元），还允诺送其一幢小洋楼。谁知道刘鸿生并不领情，婉言拒绝了校长这样的安排。他不愿去学神学，当牧师，更不愿意离开自己的国家。校长再三劝说，刘鸿生执意不从。校长一气之下，一纸文书，劝退了刘鸿生。

十八岁的刘鸿生离开圣约翰后，就做起了煤炭生意，炒地皮，跑运输，积累原始资本以后，就在1920年元月，盘下位于胥门护城河边的二十一亩地皮，采用参股方式，创办了鸿生火柴厂。开业之际，他的同乡蒋介石还特地从广州发来贺电。办厂后，他看到一些青年工人不识字，吃过夜饭无所事事，有的还出去闯祸，就想着腾出鸿生里（工人住宅区）里两间房子来办工人夜校，让工人学点文化。他有这点开明思想，在当时的民族资本家中也是不多见的。

刚开办时，正是白色恐怖笼罩古城时，警署有令“不得聚众集会”，但碍于刘鸿生的面子，也就睁一眼闭一眼了。刘鸿生在上海滩上毕竟是“跺一脚，半城响”的实力派人物。

苏州“独支”的王芝九在夜校教了半年多的课，扫盲的同时也讲人生道理。工人夜校后来逐渐成为培养工人骨干的阵地。1931年在王芝久的指导下，鸿生厂建立了苏州第一个基层党支部，由张阿春任支部书记，先后发展工人党员九人。1932年3月，因叛徒出卖，张阿春、梁善贵、吕和尚等三名共产党员被逮捕，在狱中坚贞不屈，后被杀害于雨花台。

1939 年，抗战全面爆发，刘鸿生经越南海防飞往“陪都”重庆，协助国民政府创办内地企业。蒋介石设家宴招待这位浙东同乡，席间还提起“工人夜校”的事，责备刘鸿生“治厂不严，用人不当，让共党钻了空子。以后当严加防范，勿使捣乱分子有可乘之机”。（摘自《刘鸿生 1954 年在全国政协座谈会上的发言》）——这是后来发生的事。

现在，工人夜校只有三十多个青年工人，每周六晚上 7 时至 9 时上课，主要教国文。教材是王芝九参照当时的小学高年级国文课本改编的，油印成册发给每个学员。教材中有这样一些篇目是新增的，如“我们工人不是生下来就贫穷的”“我们工人应该有体面的生活”“我们工人要争取自己的权利”“我们工人团结起来就有力量”等。

丁香接受王芝九交代的任务后，花了两个晚上来备课，还特地制作了不少识字卡片，如“親”“愛”“麵”“運”“飛”“湧”“雲”“開”“關”“鄉”等。她就是这样的人，凡事要么不做，要做务必做到完美。

周六傍晚，丁香特地换上藏青旗袍外罩一件米色羊毛衫，围一条宝蓝色丝巾，对镜子一看，自己觉得这样穿戴显得稳重更像老师了。她拎个小包出门来，一到大门口，就听有人挥着手高喊：“小白老师！小白老师！”

丁香扭头一看，街边停了一辆黄包车，显然是刚刚擦过一遍，车身、车厢都很干净。拉黄包车的是个壮实的小伙子，脖子里围了一条毛巾。他憨憨地笑着招呼丁香上车，然后把车杠一抬，两臂一夹，甩开两腿，轻快地在弹石路上跑起来。

丁香关照小伙子跑慢点，别累着。

小伙子回头笑笑：“累不着，我就是吃这个饭的。”

丁香问他怎么一眼就认出自己是他要接的人呢。

小伙子似乎很健谈，“嘿嘿”地笑道：“拉黄包车的没有这点眼力劲儿哪行，谁要坐车，谁坐车要跑得快点，一看就知道。我临出门时，黑皮，不不，是张阿春，再三关照我千万要保证小白老师的安全，出了差错拿我是问。嘿嘿嘿，这家伙说一不二，我们都听他的。”

丁香笑了：“你也是鸿生厂的？”

“不是，”小伙子一边拉车一边与丁香交谈，“我是来夜校蹭课的，小白老师，你点名时别把我撵走啊。”

丁香“咯咯咯”笑起来，她觉得这些工人兄弟真的很可爱，淳朴、真诚。

从东吴大学到鸿生厂正好穿过古城的东西，走的是道前街。那时的道前街是条弹石路，也是古城里的美食街，酒楼一家连着一家，还有不少小吃摊沿街摆开，空气里弥漫着一股油香味。出胥门，横贯南北的是流淌了千年的护城河，鸿生厂就在河的西侧，工人夜校在工厂附近的一条巷子里。

张阿春早早就站在鸿生里的弄堂口等候了。一见丁香，拍着手高兴地迎上前来：“你好，小白老师！”

丁香与张阿春握手，笑着说：“叫我小白吧，叫丁香也行。”

拉黄包车的小伙子停好车，笑着说：“天地君亲师，怎么可以不叫老师呢？”

张阿春领着丁香走进教室，夜校学员都来了，坐得挤挤的。一见丁香，都不约而同地站起来鼓掌表示欢迎。丁香笑着鞠躬还礼。张阿春简单说了几句开场白后，就请丁香上课。

丁香努力地深吸了一口气，微微一笑，谦恭地对大家说：“我第一次来给大家上课，讲得不好请多关照。”

大家再次鼓掌。如果说刚开始上课，丁香还有些拘束、紧张的话，这会儿看到满场友善而鼓励的目光，心情平静了不少，表述也更加流畅了。她从包里摸出事先准备好的识字卡片，一张一张开始讲读，从字型结构的象形性方面说起：“親、愛、麵、運、飛、開、關、郷、窮……互相见面才显得亲；有心才有爱；面是用麦子磨成的粉；运输要有车；飞鸟长了一对翅膀；开关都有门；故乡有儿郎。”

她特别挑出一个“窮”字，问下面：“有认识这个字的吗？”

大家盯着这个字看了一会儿，又都摇摇头，只有张阿春认得：“这是个‘窮’字。”

丁香笑道：“对，穷苦、穷人、穷困，就是这个穷字。你们看，‘窮’字的上面是‘穴’，下面分别是‘身’和‘弓’，说明穷人住着洞穴一样简陋的房子，整天劳作把身子弯得像一张弓，出力流汗，到头来还是穷，这是为什么呀？”

下面一片喊喊喳喳声。有的说因为穷人穷命，生死有命，富贵在天呗。也有的说穷人是因为没有钱才穷的，穷了就更没有钱。

“刚才几位工人大哥只说对了一半，”丁香微微一笑说，“穷人不是天生就是穷命。我给大家讲个故事，是我小时候读过的一个外国童话故事，叫《围墙》。”

丁香娓娓道来——

很久以前，海里有一个大岛，岛上土地肥沃，物产丰富，家家都过着无忧无虑的日子。岛上的人有好人，也有恶人。其中有一个叫格拉比特的驼背男子，就想我要造一堵围墙，把我的庭院围起来，这就可以不让别人看见我过得怎么样了。他在围墙上开了一扇精致的门，装饰了很多鲜花，别人都很羡慕这围墙。

岛上有一个力气最大、头脑最蠢的人，他看了围墙羡慕得口水都掉下来了，可是他很笨，造不了这样的围墙。狡猾的格拉比特就对他说：“你不用造围墙，但可以享受围墙的妙处，条件是你要随时保护我。”蠢人笑道：“那是最好不过的，我有的是力气。”格拉比特给了他一把短刀当武器。

第二天，格拉比特就到共有牧场里把牛、羊、鸡都赶到自己的围墙里，然后叫蠢人用刀把守着。起先，岛上人以为格拉比特在开玩笑，可是当女人们要来取牛奶时，格拉比特就把围墙的门关上了；大家要来牵牛去耕地时，围墙的门也不打开。岛上人以为格拉比特疯了，原先的财产是属于岛上所有人的，格拉比特怎么把围墙一造就变成他的私有财产了？

岛上人想去与格拉比特评理，可是门口站着恶狠狠的蠢人，手里举着明晃晃的刀。大家害怕了，就跟格拉比特商量，我们怎么才能得到孩子喝的牛奶和耕地用的牛呢？格拉比特哈哈大笑，你们得用家里的粮食来换或者你们给我做工。于是，一些人就给格拉比特干活，一些人就去拿自己的粮食来换牛奶。

久而久之，岛上人习惯了这样的围墙，都以为围墙里的是主人，围墙外的就是仆人，完全忘记围墙里的财产原来都是大家共有的。

格拉比特为使岛上人相信这就是现实社会，又从外岛聘请有知识的人编了一些规定来约束岛上的人，这就变成了法律。

丁香绘声绘色地讲述《围墙》，还带着手势，好像表演一般，把众人都吸引住了：听小白老师的课真有趣啊，就像在书场里听说书。

丁香眉毛一扬，撩了一下短发："类似围墙的私有制就这样产生了。少数人的幸福是建立在多数人的痛苦之上的。你们想过没有，为什么富人在松鹤楼吃一顿饭可以花几十个大洋，而我们工人做一个月拿不回十个大洋，鸿生厂的工人兄弟，你们中最多的一个月能拿多少钱？"

张阿春答道："我师傅是车间里拿得最多的，十个大洋，我是八个大洋。"

丁香继续说："我们每天生产的宝塔牌火柴可以卖多少钱，你们有计算过的吗？"

张阿春摇摇头："没有计算过。"

丁香笑笑："老板不会让我们去计算的，就像我刚才讲的《围墙》，他把属于大家的财富围起来了，就属于他的私有财产，他不会告诉我们的。"

丁香来上课是做足了功课的，她居然通过吴县火柴同业会弄来了鸿生厂的《工友守则》。她从包里拿出来给众人看，大家都说知道，是老板、工头用来对付我们工人的，其中有“抄身制”“童工制”“更表管时制”等，对工人的管控近乎苛刻。

抄身制。工人下班出厂门要抄身，特别对装盒女工更为严格。厂门口专设两个抄身婆，如女工殷小凤因下班时围腰未及整理，袋内有几根火柴梗被抄出，竟遭厂方开除。

童工制。凡童工在车间里不遵守厂规，工头就在童工前额上写下“贪玩”二字作为示众，或用戒尺打手，把手都打肿了，称之谓“吃亏心”。

更表管时制。凡深夜值勤人员都要挂一只更表，全厂有十二处车间门口都配有更表钥匙一把，更表每格十分钟开一次，开十二次一轮。若更表迟开几秒钟，更表上就会显示出来，这就叫更表管人。

丁香拍拍《工友守则》说：“你们看看，哪一条不是壁垒森严的围墙啊。”

众人七嘴八舌：“是啊是啊，老板、工头哪一天把我们工人当人看哪。我们累得身子弯成了弓，可到头来还是一个‘穷’字。”

丁香说：“所以我们要学文化，有了文化就可以懂得很多道理，懂得了道理就能与资本家论理了。”

“小白老师说得对，我们工人有了文化，就不怕那些狗日的敢再欺负我们了。”张阿春挥了挥拳头说。

丁香继续上课，不紧不慢，柔声细语，就像波涛汹涌的大江中忽然涌来一泓清澈的溪流，给这间夹杂着烟味、汗味、木屑味的教室里带去一股清新的空气。

丁香上的第一课讲的“围墙”的故事，第二天就在鸿生厂工人中间传开了，传得有眉有眼、有声有色，乃至写字楼里的几个小白领都知道夜校来了个年轻貌美的女教师，给工人们讲了一个“围墙”的故事。

还有更绝的，丁香从当时的《申报》副刊上看到一首讽刺社会现实的民谣《稀奇歌》，就把它抄下来，经过删删改改，刻印成一页发给工人阅读，一边扫盲，一边讲道理，使大家更加认清这个社会的荒诞离奇黑白颠倒：

稀奇稀奇真稀奇，我请诸君听稀奇。稀奇世界稀奇多，见怪不怪更稀奇——

灶王爷跌在烟囱里，活人躺在棺材里。黄狗披张麒麟皮，拔了毛的凤凰不如鸡。

黄鼠狼割肉喂小鸡，冬瓜长在茄门里。及第进士不识字，阎王爷反被小鬼欺。

八仙桌装在口袋里，老鼠咬穿猫肚皮。床脚底下放鹞子，大船翻在阴沟里。

强盗吃斋穿僧衣，枯井落在吊桶里。正人君子宿娼妓，尼姑庵里养儿子。

咸鱼翻身游进大海里，得胜将军扛白旗。泥鳅拱倒白公堤，冷锅里爆出热栗子。

猢狲戴帽装神气，虎落平阳被犬欺。酒鬼死在酒瓮里，皇榜贴到茅房里。

公公做了驸马爷，陈世美铡了包黑子。癞蛤蟆鼓气吹牛皮，桃树上结出青梅子。

一根灯草做了上吊绳，婊子牌坊竖在祠堂里。财主哭穷装死相，端着金碗乞柴米。

二十五年后，大老板刘鸿生在全国政协小组会上说起这个“围墙”的故事和《稀奇歌》：“我与这个教书的女孩子见过一面，看她像富人家的大小姐，愿意跑来给工人上课，我还是蛮佩服她的。后来有人把油印的《稀奇歌》拿给我看，我看了也觉得蛮好笑的。那个‘围墙’有点含沙射影。我没拿这些东西当回事。当时，我正在跟瑞典火柴商斗，没顾得上去管夜校的事。”

上完课，丁香留下来跟工人们说了一会儿话，黄包车早已停在门口了。

张阿春拍拍拉黄包车小伙子的后脑勺：“眼睛睁大点，看着点路，小白老师若有个闪失，我饶不了你。”

拉黄包车的小伙子吓得伸了下舌头，看看丁香，拍拍自己的脑门笑了。

对于丁香来说，这个夜晚无比美妙，因为她结识了那么多工人兄弟，都是一些淳朴善良的劳动者。她听着他们说厂里的故事是那么新鲜，好像给自己上了一堂生活的课。

暮春的夜，风是温和的，月光在弹石路面上蹦蹦跳跳，黄包车也跑得更欢了。

前面就是望星桥，桥名是去年才更名的。原来叫“望信桥”，历史上为城东水陆交通中心。始建于南宋绍定二年（1229 年），沟通十梓街东段，桥东是天赐庄，桥西原称严衙前，桥堍南侧皆为塘岸。旧时桥旁是外来客船集中之所，异乡旅人常在此盼望家信，故名“望信桥”。丁香感觉“望信桥”自有一种亲情寄托在里面，能使人联想到“过尽千帆皆不是，斜晖脉脉水悠悠，肠断白蘋洲”的思念之情，真不清楚政府为什么要把它更名为“望星桥”。

望星桥畔，星不可望，却有一个瘦高的身影站在桥上向西张望，那是阿乐，他在这里等候丁香已有半个多钟头了。他怕丁香饿，买来两只枣泥包子，用手绢包着，一直捧在手里，包子还是温热的。

丁香一眼看见阿乐，心里一热，吩咐停车。她跳下车，向拉黄包车的小伙子挥挥手道别，调皮地一笑，转身就朝阿乐跑过去。

就这样，每周六的夜晚，丁香都要去鸿生夜校上课，阿乐也必定站在望星桥头等她。

过了“立秋”，屈指一算，丁香已经在这里上了十几堂课，与工人们熟悉得就像一家人。张阿春更是把她当成自己的小妹妹一样加倍呵护。

这天，丁香照例坐着黄包车来上课。今天教李绅的《悯农》，她做了充分的备课，想就“四海无闲田，农夫犹饿死”的话题引申开来，说到曾经讲过的“围墙”，说明“围墙”内的人不劳而获，“围墙”外的人劳而无获，这种黑白颠倒的社会现象正说明劳动阶级和剥削阶级的尖锐对立。当她走进教室开始上课时，发现教室里的气氛有点异样，就连一向认真听讲的张阿春也在与旁边的工友嘁嘁喳喳议论着什么。

丁香扫了一眼众人，停住讲课，拍了下手问：“你们在商议什么呢？”

张阿春不好意思地抓了下头发：“都是些厂里的事。”

丁香故意瞪了张阿春一眼：“厂里的事非要拿到课堂里来商量吗？”

“好了，”张阿春转过身来，向众人摆摆手，“大家听小白老师上课。”

丁香接着上课，可是她发现工人们的眼神都不太集中，还有人忍不住在小声说话，她知道一定出了什么重要的事情了。于是，丁香把课停下来，微微一笑：“你们能告诉我议论的是什么事吗？”

张阿春见这堂课要集中精力也难了，就对丁香说：“今天的课，我们索性就来说说这件事，想理出个头绪来。小白老师，你也帮我们出出主意好吗？”

丁香说好的，大家都说好，是该好好说道说道。

事情源于瑞典火柴商的突然发难。20 世纪初期，瑞典产“凤凰牌”火柴几乎占领中国的大半个市场。后来，鸿生厂产的“宝塔牌”火柴进军市场，从瑞典火柴商手里硬是抢回了一半份额。

瑞典火柴商欧伦是有着一头卷发、高鼻梁、瓦刀脸的“中国通”，他在给瑞典驻中国大使的信件中恶人先告状，声称瑞典的“凤凰”火柴在中国市场营销多年，赢得了良好口碑。现在面临来自华商鸿生公司“宝塔”火柴的恶意竞争。“凤凰”不会认输，瑞典也不能失去中国这一块巨大的蛋糕。

据《民国档案》里记载，瑞典大使先后三次与南京政府交涉，理由是鸿生火柴采用不正当竞争手段使瑞典火柴蒙羞，要求中国政府出面干预。南京政府先予调解，调解不被接受，遂不予理睬。

瑞典火柴商一计不成，又生一计，联合日本的“燧石牌”火柴一起向“宝塔牌”火柴发难，大幅度降价促销。但因为发生“五卅”惨案、“三·一八”惨案等事件，国人痛恨洋货，支持国货，瑞典和日本火柴商反而偷鸡不成蚀把米。瑞典火柴商不甘心失败，又使出一招，拟用一千五百万元无息贷款来换取中国火柴专营权五十年！日商也蠢蠢欲动，相机行事，准备置鸿生火柴于死地。

面对瑞典、日本火柴商气势汹汹的挑战，刘鸿生毫不示弱，在大中华火柴公司首届董事会上义正词严地说：“我们办民族工业，从光绪年间的李鸿章、张之洞、盛宣怀等老前辈算起，每走一步都会有洋人跟我们作对。风浪是不可避免的，躲是躲不过去的。《史记》中有个破釜沉舟的故事想必在座的各位比我更清楚，项羽与秦军决战，引兵渡河后，把所有船只都沉掉，所有锅子都打烂，只带三天的干粮，以激励士卒奋勇向前。现在，洋人欺人太甚，瑞典的‘凤凰’、日本的‘燧石’咄咄逼人。我们没有退路，只有破釜沉舟，拿出勇气来与洋人决一死战。”（引自上海《工商联档案资料》）

中共吴县（苏州）县委知道这一情况后，就让王芝九潜入鸿生厂，召集张阿春等党员和工人骨干开会，发动罢工，上街游行，造成抵制洋货的声势。王芝九传达地下党的指示，这次罢工主要目的是抵制洋货，不提增加工资、建立工会等诉求。最后目的是向当局施加压力，造成声势，壮大工人阶级的力量，准备以后用团结的力量与资本家抗争。

张阿春想不通，眉头一皱，问王芝九：“这次罢工是资本家默许的，我们工人怎么可以为资本家去说话！”

王芝九耐心开导：“我们当然不能为资本家说话，但抵制洋货、振兴民族工业，也是我们工人的愿望。 大敌当前，要一致对外。 跟资本家算账，以后有的是机会。”

张阿春似懂非懂，但他相信王先生的话不会错：“我们听你的，你说我们可以做什么？”

王芝九压低声音说：“站到运动前列，起到表率作用，同时发现运动中的积极分子，为组建中共鸿生厂支部做准备。”

张阿春领命后，就来工人夜校里商议游行示威这件事。

梁传贵、吕和尚等工人骨干还是想不通，虎起脸，拳头敲了下桌子：“罢工、游行，就是把官府闹个天翻地覆，我们也不怕，可我们怎么能替狗日的资本家说话啊？”

张阿春摆摆手：“我原来也想不通，我们工人和狗日的资本家是死对头，我们不能为资本家去说话的。 王先生不这么看，让我们要看大局，抓住机会，做我们自己的事。 小白老师，你说我们这样做对不对？”

丁香看着义愤填膺的工人们，点了下头说：“我也和王先生一样的想法。 我曾经讲过，民族矛盾、阶级矛盾，是当今中国社会交织的两大矛盾。 我们与洋人的斗争属于民族矛盾，属主要矛盾。 解决问题要有主有次，王先生说的有道理。”

张阿春笑了：“小白老师也赞成我们这样做？”

“我赞成！”丁香握了下拳头说，“我还要参加进来，与你们一起上街游行。”

“太好了！”张阿春激动得跳起来，对众人说，“有小白老师在我们的游行队伍里，我们就更有信心了！”随后，张阿春等人按地下党指示连夜赴苏纶纱厂、苏经丝厂等几家数千人的大厂，联络党员骨干，发动工人声援鸿生厂的罢工。

临走时，细心的张阿春还特地关照青年女工找一套干净工装给丁香穿，明天参加游行。

丁香坐在回去的黄包车上，想起明天的罢工游行，仿佛又回到了过去的激情岁月。她不由得就想起了总是走在游行队伍前列的乐哥、梅姐，那震撼人心的口号声好像还在耳边回响……大海尽管有潮涨潮退，一波涌起一波跌落，但永远不会改变的是大海汹涌澎湃的性格。最令人思念的乐哥已然长眠地下，梅姐也远在遥遥的北方，你们的接力棒今天传到了丁香的手里，我会飞得更远、更高、更强！

王芝九带来了地下党的指示，确定这次罢工口号是：

抵制洋货，振兴国货。

“凤凰”“燧石”滚出中国。

政府要为鸿生厂做主。

工厂有活干，工人要吃饭。

翌日一早，护城河上浓雾弥漫。往日喧嚣的鸿生厂、苏纶厂一片死静。除留下少数人护厂外，数千人的罢工队伍分成两支，浩浩荡荡朝城里进发，一支去市政府，另一支去总商会。从内部得到消息，总商会今天正在开理事会。

丁香举着“抵制洋货，振兴国货”的三角纸旗，与张阿春一起走在队伍前列，他们要去总商会，向理事们列陈工人罢工的诉求。

刘鸿生暗地里从上海召来《申报》《国民公报》《时事新报》《民报》等数十家报馆记者，跟随游行队伍进行报道，力图做足文章，给政府施加一点压力。

《国民公报》记者是个女的，走近丁香：“请问你们罢工的诉求仅仅是为了让政府出面支持国货吗？”

“是的。”丁香看了她一眼，“政府理所应当支持国货，发展民族工业，鸿生厂、苏纶厂就能办下去，我们工人就有饭吃。”

“如果政府不予置评，你们怎么办？”

“我们会继续通过各种合法手段向政府施加压力。”

“假如示威游行发生不测，你们还会坚持吗？”

“我们不会退缩，这是一；其次，游行示威是民国宪法赋予民众的权利，我想政府不至于口是心非吧。”

丁香的回答滴水不漏，《国民公报》女记者笑笑，说了声“OK”就转身去采访另外的工人了。临出门前，阿乐再三叮嘱丁香，公开场合发表言论一定不能让政府抓住把柄。因为警方的密探随时会跟随游行群体，他们的注意力就放在发现共党分子的活动上。丁香说知道。由于历经了多次风波，她在警觉性方面也提升了不少。

来到总商会，张阿春率领工人一拥而入，把那些来开会的大佬们吓得不轻。商会要求工人们派代表来陈述诉求。张阿春、丁香等作为代表走进会场。

丁香振振有词，向商会提出罢工工人的两项主要诉求：一是敦促政府给予国货以全力支持，希望总商会转达；二是要求总商会动员全市商家进货务选国货，原来的“三七开”是七成洋货、三成国货；至少改变为七成国货，三成洋货，以实际行动支持民族工业。

在处事老到的商会会长眼里，站在面前的丁香不过是个羽翼未丰的黄毛丫头。他淡淡一笑说：“尔等所提诉求皆为商会之所虑，此等大事自有政府做主，尔等努力做工即是。”

丁香听出对方的话外之音，不再冲冲撞撞，而是不卑不亢、有礼有节：“我们自是希望政府做主，然而，天下兴亡，匹夫有责，民众表达自己的诉求，政府大约也会竭诚欢迎的吧。诸位前辈乃商界大佬，恕我冒昧进言：自晚清李鸿章、张之洞、盛宣怀算起，都想着振兴民族实业，然而洋布、洋火、洋灰（水泥）、洋油、洋蜡烛还是遍及我华夏。今有志士仁人出来兴办实业，企图摘掉‘洋’字的帽子，我们希望商会乐意促成。”

对方干笑了几声：“吾等皆在为国货而奔走呼号啊。”

丁香冷冷一笑，一着不让：“据我所知，尔等约定的三七开，洋货占七，国货为三，其原因就是洋货在故意压价，趋利避害本是经商之道，但在国货面临生死存亡之际，尔等孰能作壁上观？”

对方尴尬一笑，摊了摊手，无话可说。

丁香依然不依不饶：“商会理应秉承大义，出面敦请政府支持民族产业，若有一天，市场不再看到洋货盛行，乃是我等百姓之福。”

对方点头允诺：“支持国货，商会义不容辞，一定会把工人的诉求转达给政府。”

丁香俏皮地一笑，故意夸张地左手一曲弯腰施礼：“果真如此，那小女子这厢有礼了。”

对方看看丁香，笑道：“我看你不像工人吧？”

丁香笑了：“会长先生，下次我再来贵会，定然在脑门上写上‘吾乃工人也’。”

在场的人都被丁香逗笑了。这次效果特别好，第二天，商会就向政府转递工人的请愿书，同时表态全力支持国货。

1953 年春，在全国政协工商业者座谈会上，刘鸿生回忆这次“闹得很大”的罢工风波时说：

> 那次幸亏工人上街一闹，南京方面也知道了，出面与瑞典驻中国大使谈判，明确表态支持鸿生火柴。那时，我觉得我们鸿生厂的工人还是蛮好的。我记得有个叫小和尚的小赤佬，举着横幅站在市府门口，高呼口号。苏州商会会长有一次见到我就说，你们厂里还有个小丫头伶牙利齿蛮结棍（厉害）的，说起话来真的让人吃不消。我也不知道那个小丫头是啥人，有人告诉我是工人夜校的小白老师。后来当局让我出面做工人工作，让大家放心回去上班，说鸿生厂是不会倒的。
>
> （摘自《全国政协文史资料汇编》1953 年卷）

这次短暂的罢工，从一个侧面看是帮了刘老板的大忙，之后鸿生厂“宝塔牌”火柴产量翻番还供不应求，南洋订货翻了三倍，连越南西贡都来函要求经销“宝塔牌”火柴，刘鸿生暗自得意；从另一侧面看，这次游行示威只是试水，却让工人看到了团结起来的强大力量，更多人乐意到夜校来听小白老师上课，夜校一时间成了鸿生厂工人的主心骨，为张阿春等党员之后组建工厂党支部奠定了基础，也为之后与资方直接对抗的大罢工打了前战。

这次游行示威，对销售“凤凰”“燧石”火柴的洋行的打击是沉重的。一段时间内，苏南市场上这两个牌子的火柴很少见到。鸿生厂的“宝塔牌”则供货量大增，工人开始加班加点生产。算计精明的资方却不按说定的加班工资付薪，尤其是童工，几乎不发加班工资。工人们怨声载道，上夜校时还骂声连连。

丁香在上课时讲到“工人的权利”，联系鸿生厂童工、徒工的苦难生活，愤慨地说：“资产阶级生存和统治的根本条件，是财富在私人手里的积累，是资本的形成和增殖；资本的条件是雇佣劳动。悲惨的童工制度是这种雇佣形式中最黑暗和最可耻的。他们没有自己的尊严、权利，甚至付出同样的劳动却得不到同样的报酬。前些时，童工黄阿毛还来夜校听课，可是现在……”

丁香指指前排一个空缺的座位，心情非常难过。

黄阿毛进厂时才十三岁，是从苏北逃难过来的灾民，在装药车间里做运输工。车间里的劳动条件极差，生产的一种红磷火柴特别容易燃烧，不少工人的脸部、手部都被烫伤过。工人根据当时的民间偏方用麻油涂抹来消毒清火，厂方不予理睬，随后全车间罢工。最后，厂方给予男工每月麻油二两，女工一两，童工没有。一次，黄阿毛在装药时被突然爆燃的红磷烫伤，两条手臂和一条腿都溃烂了，被工人抬着急送胥门的私人诊所治疗，厂方竟以“该童工违反操作规程”和“童工不享受各项福利”为由，拒绝支付医药费。

阿毛的姐姐闻讯后赶到厂里，苦苦哀求账房先生，多少给点医药费，救人要紧呀。账房先生冷酷无情地关照保安把人轰出去。可怜的女子就跪在厂门口一整天，哭诉弟弟的悲惨遭遇。见到这一幕的工人都很难过，可是大家的日子过得也很苦，实在拿不出钱来帮助阿毛，只能捐些铜板角子。

人命关天，张阿春等党员迅速在夜校里筹集医药费用。丁香知道后，把寄娘留给她结婚用的金镯头拿到当铺里当掉了，当了十五个大洋，一起交给张阿春。工人们听说后都非常感动，说“资本家是魔鬼，小白老师是菩萨”。

丁香掏出手绢擦擦泪眼，激愤地说：“从阿毛的事情看，单打独斗，我们斗不过资本家；但我们团结起来，攥成一个拳头，就可以与资本家斗。我们做工人的应该有我们的尊严、我们的权利，这一切不是靠资本家恩赐的，要靠斗争获得。就像我开学时讲过的‘围墙’的故事，围墙里的人占有了岛上人的一切财物，他怎么肯轻易放弃，岛上人如果团结起来，就可以把围墙里本来属于自己的一切统统夺回来！”

丁香的话还未说完，教室里就爆起一片掌声：“小白老师说得对！”

张阿春挥动手臂，对众人说：“工友们，我们听小白老师的，用我们团结起来的力量跟资本家说话！”

那个晚上，丁香说了很多，尽管夜色已深，她还觉得有很多的话想说。生活在底层的工人就像梅姐说过的，是一堆愤怒的干柴，等待一点火种，就能燃烧起熊熊烈火。正是在这样的条件下，王芝九在吴县县委指导下，在鸿生厂秘密组建了苏州历史上第一个工厂基层党支部，把革命火种引进来了。

树欲静而风不止。那天，成品车间女工刘菊英因为婆婆害眼病偷拿了两大包火柴藏在布袋里，想卖点钱给婆婆抓药，没料想出厂门时被抄身婆当场查获，拖到工长面前。刘菊英苦苦哀求工长放她一条生路，家里上有老下有小，她不能丢掉饭碗。那天，刘鸿生正巧从上海过来，一听这情况，立刻摆摆手，说了两个字“开除！”刘菊英“扑通”一声跪在工长面前，还扇了自己两耳光，哀求厂里给她一个悔过的机会，下次再也不敢了。工长冷冷一笑，关照抄身婆把她赶出厂门。

大老板刘鸿生还不罢休，他召集各车间工长到写字楼开会，威胁道：“我刘鸿生治厂就讲究一个‘严’字，谁刁钻耍滑，就别怪我不客气。说实话，在苏州城里找一百条狗蛮难的，但找一百个工人，我半支烟工夫就给你搞定。要进我鸿生厂的人多得‘末老老’（宁波话，意思很多）。哪个不好好干话，就给我开除出厂！”

后来，因为各种原因，先后有三十多人被开除出厂。工人们忍气吞声，走过写字楼，都会抬头瞪上几眼。中秋、重阳节，鸿生厂不放假，连着加班加点，但厂方答应的加班工资却迟迟不见发下来，理由是因为进原材料银根暂时有点紧。工人们敢怒而不敢言，眼神里充满怨恨。

鸿生厂的地下党员张阿春等请示吴县县委后，决定发动罢工，打击资本家的嚣张气焰。据《鸿生厂志》记载，工人将系在身上的围裙往肩上一搭，就表示参加罢工。工人们纷纷解下围裙搭在肩上，有三十多名工人涌向写字楼，在楼下高喊：“我们要增加工资！”

与邻近的苏纶纱厂、苏经丝厂工人的工资比，鸿生工人的工资明显偏低。当时流传这样的说法，“金苏经，银苏纶，讨饭叫花子是鸿生”。

资方看见全厂罢工，急得双脚跳，因为当时正在赶做南洋的一批订货。

资方要求工人派代表上写字楼协商。张阿春特地去请小白老师，在他眼里小白老师说话有理有节，比自己会说：“要与资方面对面斗争，你……”

丁香短发一甩：“我不怕，我会尽力的。”

资方看见小白老师，摆了下手说：“这是我们鸿生厂的内部事务，请白小姐回避。”

“我是夜校老师，有权替工人说几句公道话。”丁香冷眼横对，毫不示弱，“退一步说，我即使是旁观者，厂方也可以允许我旁听，除非心里有鬼。”

张阿春等工人一齐喊道：“我们听小白老师的！”

资方毫无办法，就采用软硬兼施的办法，对工人们说：“警署三令五申禁止罢工，万望大家体谅厂方的难处，尽快复工为上，勿为流言所惑。”

张阿春瞪了一眼厂方，亮开大嗓门：“厂方三番五次答应加工资，但到今天给我们吃的还是一个空心汤团，现在连加班工资都拖欠不发，我们就想要厂方给一个理由。”

资方尴尬地笑笑，故作难色：“诸位有所不知，厂里近期订货多，急于进大批原材料，故头寸（资金）一时调不过来。”

丁香忍不住插嘴说：“工厂订货多，销量大，利润自然就多，有什么理由拖欠工人工资？ 再说进购原材料使资金调度不过来，那是资方自己的运作问题，与工人们有什么关系？”

资方强词夺理：“我没有钱发工资嘛。”

“工人们付出劳动，理应按时得到报酬，这是天经地义的事。 厂方用种种借口拖欠工人工资，说明厂方的眼里根本就没有我们工人。”丁香直面资方，不依不饶地说，随后转向工人们，“大家说对不对？”

资方哑口无言，只能说：“我要请示上海公司高层。”

丁香冷笑了一下：“既如此，那么，鸿生厂的机器就等厂方请示有答复后再开动吧。”

罢工持续到第二天，大老板刘鸿生不得不亲自出马，他带着几个保镖前呼后拥地走进写字楼，看见张阿春等工人代表，还有这个“蛮结棍”的小白老师，尴尬地笑了笑说：“我到苏州来开办这个火柴厂，本意也是为了解决大家的温饱，大家一罢工，我照样可以在上海吃法国大餐，你们就没有钱来养活一家老小了，是不是？”

“不是！”丁香插话说，“按刘老板的意思，是资本家养活工人啰？”

刘鸿生扫了丁香一眼，淡淡一笑：“互相养活嘛。 所以，复工对大家都有好处。”

丁香脸上挂着微笑，话里却埋着尖刺：“请问刘老板，没有您开办的那些工厂的工人们日夜辛劳创造财富，您哪来的钱去享用法国大餐？”

罢工工人你一言我一语，都怒目相向写字楼，一浪又一浪地在楼下喊：

工人养活资本家！

我们要求增加工资！

加班费不发，决不复工！

刘鸿生见人心躁动，自己说话没人听，眼前还有这么一个“结棍”的局外人，也只能无奈地笑笑：“工厂还是要办下去的，我和你们在这一点上想法是一致的。容我两天时间，去上海筹钱，先发加班工资，再来讨论加工资的问题，好不好？”

张阿春厉声责问：“厂方说话算不算数？”

刘鸿生好像底气十足：“我刘鸿生一言既出，驷马难追。”

张阿春等工人代表说：“我们一拿到钱就复工。”

丁香转向工人代表，话却是说给刘鸿生听的：“刘大老板是上海圣约翰的高材生，他说两天内肯定发加班费，涨工资也好商量，我是相信他言必信、行必果的，否则怎么在上海滩上立足，刘大老板，您说是不是？”

刘鸿生心里暗暗叫苦，这个“小娘鱼”（女孩子）说话真格“结棍”的。

第二天下午，写字楼里就开始结算全厂工人的加班工资。增加工资按工种分类测算后递增一到两个百分点，达到了罢工的经济诉求，鸿生厂的机器复又转动起来。

这次罢工斗争获得胜利，工人们对小白老师更加敬重了，有不少青年女工就喜欢拉着丁香的手说说心里话。丁香也有个酝酿已久的想法还没有完成，那就是做一份“鸿生厂工人生活现状的调查”。

阿乐从上海带回来一本《革命》半月刊第四期（国民革命军第二司令部编印，1925年12月），上面有一位叫毛泽东的作者写了一篇文章《中国社会各阶级的分析》。丁香读了三遍，大受启发，特别是文中对“无产阶级”的表述，深有感慨：“现代工业无产阶级约两百万人。中国因经济落后，故现代工业无产阶级人数不多。两百万左右的产业工人中，主要为铁路、矿山、海运、纺织、造船五种产业的工人，而其中很大一个数量是在外资产业的奴役下。工业无产阶级人数虽不多，却是中国新的生产力的代表者，是近代中国最进步的阶级，做了革命运动的领导力量。”

丁香想解剖鸿生厂这样一只“麻雀”来分析工人阶级的生存状况及他们的彻底革命性。之前，她去吴县火柴业同业会查阅过鸿生厂的资料，在两次罢工前后，也在工人中做过调查。

那天，飘着冻雨，张阿春带着丁香走访鸿生里的工人。鸿生里有十几排平房，是建厂时盖的，每家一间，四五口人就挤在十几个平方里，拿工人们的话说，“地方小得放个屁都要砸脚跟”。

丁香从来没有想到工人们的生活是这样的令人心酸。排板工人陈香妹的家里除了两张木板床、一张桌子外，一无所有。陈香妹拉着丁香的手，流着眼泪说：“我的婆婆去河边洗米摔了一跤，把大腿骨摔断了。我和邻居抬着婆婆去博习医院看西医，前后花掉了二十多个大洋。家里哪来钱啊，逼得实在没办法，就去借高利贷，三分利（月息六个大洋），是问青旸地一户姓金的地主人家借的。后来，我实在还不出钱，金姓地主叫来几个讨债人天天上门讨债。我和男人想出去躲债，可是婆婆的腿骨还没好利索，没办法，只能把最小的儿子典给人家，换来的钱去还高利贷。婆婆听说小孙子没了，又气又急，一天夜里，就用裤带绑在床架子上把自己勒死了。”

陈香妹说着，哭得像个泪人。丁香的心里就像被狠狠扎了一针，只觉得隐隐心痛。

工人们听说小白老师来了，都挤到陈香妹家，有的端着吃了一半的饭碗，有的刚下班，乌黑的脸也没顾上擦一把，狭小的屋子里一时挤满了人。大家你一言我一语诉说着自家的苦处，简直成了一场小型的诉苦会。

工人郭师傅说，那一年冬天，我的亲眷从上海来看我，深一脚浅一脚摸到我家时，已是吃午饭的时光了。我拉着他的手进屋里，关照家主婆（妻子）赶紧去烧饭。妻子凄惶地看看我，轻声说家里的米缸早就空了。我拿不出钱去买米，家主婆就到隔壁人家去借了一碗米，烧了一顿午饭，端出一碗雪里蕻、一盘腊肉片来招待亲眷。亲眷见我过得如此窘迫，眼泪都流出来了，临走时无论如何要给我留下十个大洋。我不肯收，亲眷就说权当借给你的。直到今天，我还没有钱去还亲眷。

工人秦师傅说，我家小囡多，老婆是残疾人，就靠我一个人养家糊口。我白天在厂里上班，吃过夜饭就跑到胥门码头上去扛包，老婆跟着我去菜船旁边拣菜皮回来煮菜粥喝。码头上扛米包，一包是一百斤，摞起来一次扛三包。冬天，刚落过雨，跳板上很滑，我一不留神连人带包一起摔到河里。我爬起来后，工头不但扣我的工钱，还要我赔偿三包米钱。我忍无可忍，对准工头就是一拳，打得他鼻青脸肿。后来我不能去码头扛包了，一家人就只能天天吃菜粥。

丁香曾去吴县火柴业同业工会，看到过该工会致大中华火柴公司的公函，反映鸿生工人的生活状况："近来物价浮动，工友生计难维，请求厂方增加工资，以渡难关。本会曾致函鸿生厂，嗣蒙厂长召集本会代表洽商，不特对于增加工资及附带要求各点未有满意答复，抑且反将过去工人断料时原有之米贴待遇一并取消。众工友闻之，莫不大起恐慌，几乎激起纠纷。但厂方态度坚决，强词夺理。众工友义愤填膺，欲酝酿再度罢工。"

丁香飞快地记录下工人们的诉说，这些活生生的材料，真实反映了鸿生工人的生活现状。由鸿生厂而推及其他厂，工人们暗无天日的生活困境大致相同。深入鸿生厂做工人调查，无异于是给丁香上了一堂内容充实的社会生活课。

丁香忽然想起梅姐曾在乐益女校的亭子里，问过她一个有趣的问题："共产党最早在嘉兴南湖的一条船上开会时才十几个人，而国民党在广州军政大学堂开会坐满数千名代表，你觉得将来谁的力量更大？"

丁香随口一说："国民党人多，那当然是它的力量更大啰。"

"不！"梅姐摇摇头，坚决地说，"最终十几个人必然战胜数千人，以少胜多，以弱胜强，你知道为什么吗？"

丁香眨巴着大眼睛："为什么？"

梅姐的语气十分肯定："因为共产党的阶级基础是工人和农民，它是一个庞大的群体。"

如果说那时的丁香对梅姐的话还似懂非懂，那么，这一阶段通过对工人生活状况的调查，她已经更深刻地理解了《共产党宣言》中的这段话："过去的一切运动都是少数人的或者为少数人谋利益的运动。无产阶级的运动是绝大多数人的、为绝大多数人谋利益的独立的运动。"一个代表绝大多数劳苦大众的政党是最具力量、最有希望的，自己能为这样充满希望的事业而奋斗是值得的，也是幸福的——一个人的信仰不是从天上掉下来的，而是在接触底层生活的实践中逐步建立起来的，它如中流砥柱，激流的冲刷只能使它愈发坚定不移。

淬火，铁就是这样慢慢炼成钢，而炼钢的熊熊烈焰便是坚定的革命信仰。

王芝九为丁香的迅速觉悟而深感欣慰，认为她可以利用与工人接触的机会，深入调查，做好这篇"阶级与政党"的文章，这对于地下党开展工人运动是极为有益的。

第十章 征途

“冬至”一过，头九二九不出手，天骤然冷了，风像刀子似的刮在脸上。

丁香裹了件棕色大衣，围上一条长围巾匆匆出门去。她在鸿生夜校的课还有两次就可以结束了。

黄包车早已守候在校门外，丁香与拉车的小伙子打了个招呼，跳上车去夜校。

王芝九早早来到夜校了，一见丁香，就笑眯眯迎上去，把她拉到一边，悄悄地跟她说：“上海地下党传来指示，让你去上海，下周三就去。”

丁香大吃一惊，这事来得太突然了：“什么情况？”

王芝九摇摇头：“不知道。”

三个月前，嬷嬷已被调往上海圣三一堂担任助祭（执事），主要负责教会内部事务。圣三一堂是上海早期最大最华丽的基督教教堂，由英国著名建筑师斯科特设计，1869年建成。这是一座红砖砌筑，室内外均为清水红砖墙面的建筑，俗称“红礼拜堂”，位于黄浦区原上海公共租界的中心区域。

阿乐在准备最后的结业论文，之后要去上海谋求发展，自己也想着去上海，跟阿乐在一起。但是，王芝九带来的消息还是让她感觉太突然：“这么急啊？”

王芝九点点头：“苏州这边的组织也知道了，希望你能马上去。你的团组织关系和入党申请已转交上海。”随后，他交给丁香一盒雷允上的跌打丸，一盒八枚，上下分列两层，对丁香说：“这是上海内线传过来的，中间第四枚药丸打开蜡壳后有一纸条，写明了在上海的接头地点。阅后即毁，千万注意保密。”

丁香慎重地点点头，接过药丸盒塞到挎包里层。

“白丁香同志，我们要分手了，”王芝九握了下丁香的手，“但愿以后还有相见的时候，一路珍重！”

丁香想到即将离开自己的家乡，离开这些风雨同舟的同志，实在有点依依不舍，动情地说：“王先生，我会想念你们的……”丁香一时哽噎，再也说不下去了。

王芝九挥挥手与丁香告别，转身就匆匆走进了凛冽的寒风里。

这一堂课，丁香有点走神，快结束时，她几乎有点感伤了：“工友们，今天是我的最后一课了，我要与大家分别了……”

工人们听后都大吃一惊，张阿春更是抓抓蓬乱的头发说：“小白老师，你真的要离开啊？”

丁香有点难过，缓了口气说：“我不能来给大家上课了。”

有一个女工流眼泪了，想说却说不出来，两手支着脸默默地看着丁香。

丁香含泪转身在黑板上写下“团结就是力量”，作为留给夜校工人的最后一句话。

黄包车送丁香回学校。张阿春等工人跟着黄包车走了很长一段路，他们执意要送丁香，一直送到胥门城门口，才与丁香挥手告别。黄包车在弹石路上稳稳前行。丁香回头一看，还能看见张阿春等人站在冷风里向自己频频挥手。

阿乐照例在校门口等她了，他跺着脚，双手不停地搓着。

“天这么冷，你就别出来等我了。”丁香见到阿乐，迫不及待地告诉他，“下周三，我要去上海了。”

阿乐吃了一惊：“不是说好过完元宵节再去上海吗？”

丁香想了一下，编了个谎言：“嬷嬷在上海给我找了份工作，急着让我过去，我先过去看看吧。”

“那你的毕业论文还没做吧？”

“可能来不及了，”丁香淡然一笑，“明天我去跟陈教授说。”

阿乐沉思了一会儿：“这也好，晚去早去反正都是去，我最迟在元宵节前也可以去上海谋职了。”

丁香笑道：“上海滩，十里洋场，谋求发展的天地更大。”

阿乐把丁香送回宿舍就回去了，他要赶论文，这会儿他更想早一点把学业结束了。

等阿乐走后，丁香才把那盒跌打丸摸出来，数到第四颗，心便有些怦怦跳，这葫芦里卖的是啥药呢？她小心翼翼剥开蜡壳一看，里面是黑色药丸，散发出浓烈的中药味。她把药丸在桌子上研了一下，药丸散开了，啥都没有。王先生搞错了或者是自己数错了？一、二、三、四，对呀，是第四枚呀。可能是第二层，那就是第八枚，从下层数也还是第四枚。她把这颗药丸拿起来，剥开蜡壳，里面果然紧紧地卷住一个纸团，急着展开一看，纸条上写了一行字：“1月20日上午10时，霞飞路19号，圣露西咖啡屋。女，穿深灰色裘皮大衣。”

丁香把纸条读了几遍，怕自己忘记了，就在笔记本内页写上："20、10、霞、19、圣"几个字备忘，然后摸出火柴把纸条烧了。

陈霆锐教授听说丁香要去上海，惊讶之余不无遗憾："还有半个学期，你就可以完成论文答辩毕业了，难道不能再等一等?"

丁香编了个理由："我的嬷嬷去上海工作，近期忽然患病，我不可不去照顾啊。"

陈霆锐点点头："儿女尽孝，这是应该的。"

"我的毕业论文来不及写了，"丁香遗憾地摇摇头，"我也没想到啊，陈教授。"

陈霆锐扶了下眼镜："你那篇《试论民国临时约法中'民权'之表述》，评审组一致看好的，我看作为毕业论文绰绰有余了。不过，我还要与校方沟通一下，作为特例准予提前结业。"

丁香意外欣喜，对陈霆锐深深鞠了一躬："谢谢陈教授!"

"罢了罢了，"陈霆锐摆摆手，笑道，"你是我看好的学生之一，前途不可限量。中国女性中学法律的凤毛麟角，你的学业又这么出色，我希望你将来成为新一代女律师或者女法官，中国法学未来的希望就在你们身上了。"

丁香羞涩地点点头："谢谢您对我的栽培。"

丁香从陈霆锐那儿出来，心情轻松。不过，还有有一件事实在放不下，她要去光福乡下看看寄娘，她已经很长时间没有去看寄娘了。这次去上海工作，不定什么时候才能回苏州，临行前无论如何要去看看寄娘，最好叫上阿乐一起去。

阿乐开心地说那是理所当然啰，陪我的丁香去乡下看寄娘，我纵有一百条理由也不能拒绝啊。

丁香笑着戳了一下他的脑门："算你聪明。"

光福在苏州城西面，太湖边上的一个小镇，山前村在光福镇的西北面。去光福坐的是班船，用一条小火轮拖两条客船，一条是到木渎、光福，一条是到东山镇陆巷码头。班船早上6时开航，10时左右到光福，再走十来里路就可以到山前村了。

乡野开阔，寒风刺骨，村落有些萧索，背景是浅灰的天幕。

丁香冷得嘴唇有点发紫，不由得缩紧了脖子。

阿乐关切地问：“冷吗？”

“有点冷。”丁香勉强一笑，指指前面，“快到了，记得就是前面那个村子，好像是进村不远的那间老房子。寄娘见了我们没准有多高兴呢。她肯定摊鸡蛋面饼给我们吃，薄薄的，又脆又香，可好吃呢。”说着，丁香忍不住咂巴一下嘴。

冷风似刀，贴着地皮刮来刮去，卷起一些枯草在空中飞舞。村边的小树在寒风中瑟瑟发抖。

趁着冬闲，男人大多出去打工了，村子里显得空落落的。

有个白发苍苍的老年妇女在屋前的黄豆地里捡拾秋收时落下的黄豆。丁香走向前去问：“请问姓吴的阿婆是不是住在这里？”

老年妇女抬起头看看丁香，诧异地问：“哪个姓吴的？”

丁香只记得寄娘姓吴，叫什么名字记不得了，想了一下说：“就是以前去苏州城里做帮佣的。”

老年妇女想了一会儿，突然拍拍脑门说：“我想起来了，她早就不住在村里了。”

丁香惊讶：“吴阿婆去哪儿了？”

老年妇女叹了口气：“作孽啊，她无儿无女，又做不动田了，后来脑子还有点稀里糊涂的，紫金庵的师太可怜她，就收她去庵里住了。”

丁香万万没有想到寄娘最后落进了尼姑庵！她的心里一阵发冷。

丁香拉上阿乐，赶紧奔紫金庵去看寄娘。

走进大门，果然看见一个身着灰色僧袍的老尼，拿了把大扫帚东一歪西一斜地在扫廊下的落叶，那就是寄娘！

“寄娘！”丁香叫了一声，片刻没有回音。她实在很难相信眼前的老尼是印象中的那个做事麻利、面善心慈的寄娘，她竟是满头稀疏的白发，刻满皱纹的脸就像一颗大核桃，腰背驼得厉害，眼神也不好，半天也没认出来人是谁。

“寄娘！”丁香悲喜交加地又叫了一声。

阿乐大声喊道：“阿婆”。

老尼好像是听见了，停下扫把，缓缓抬起脸，呆滞地看看他俩：“阿弥陀佛，施主找谁？”

“寄娘，我是丁香啊！”丁香带着哭腔说。

“哦，丁香……”寄娘的肩头颤动了一下，嗫嚅着说，“你来啦……”

丁香含着眼泪说：“寄娘，等我安顿好后，我还是接您去城里住吧。”

寄娘衰弱的眼神好像眨了一下，苦苦一笑：“我老了，走不动了，哪儿不能埋我这一把老骨头呢。”她接着埋下头去东一下西一下地扫着满地落叶。

丁香掏出手绢抹了下眼泪说：“寄娘，你现在的生活太苦了呀。”

“阿弥陀佛！”寄娘停住手，凄然一笑，摇摇头。

丁香要留下几个银圆给寄娘，她摆摆手不肯接，嘴里讷讷地说：“银子没用，银子没用。”

丁香硬要塞到她手里，她就指指观音菩萨下面的“功德箱”：“放到那里面去。”然后，双臂夹住大扫把在地上划拉着。

“我无论如何没有想到寄娘的脑子会变得这么糟，太可怜了。”告别寄娘，在回来的路上，丁香的神情特别沮丧，半天才憋出这样一句话。及至坐上返城的班船后，她才长长地叹了一口气，对阿乐说：“人生……太无常了。”

阿乐不这么看，他说大凡出家的人源于三种情况，一种是基于信仰，潜心向佛，那会以苦修为乐；一种是人生突然遭遇磨难，看破红尘，了却尘缘；还有一种是生活实在过不下去了，就在寺庵里安身，渐而渐之也便习惯了晨钟暮鼓的寺庵生活。

丁香说寄娘肯定是你说的第三种情况啊。

阿乐说也有可能，阿婆脑子变糊涂了，兼之入庵既久，对尘世渐渐也就看得淡了；看得淡了，也就没有了烦恼和忧愁。

无论哪一种情况，丁香都为寄娘的晚年感到忧伤。

她想起了那条飘着淡淡花香的丁香巷，每到夏夜，寄娘就会拎一桶井水把地上的热气浇凉了，然后搬出一张竹榻，让她躺在竹榻上，寄娘一边给她打扇子驱赶蚊子，一边指着天上的星星，说那就是牛郎星，那就是织女星。到了寒冬数九天，寄娘早早就把铜脚炉烧热了，给她焐脚取暖，自己蹲在天井里搓洗衣衫……

人无论有多么艰辛孤独，都应该清清白白活着，咬着牙活下去；要在艰辛中活下去，在孤独中活下去；无论如何，都要相信真爱一直相伴着你。

丁香想我要常来看看寄娘，寄娘活得太孤苦伶仃了。

回到宿舍里，丁香努力让自己的心情平复下来，把伤感暂时收起，忙着收拾行装，因为明天在召唤她，上海在召唤她，新的征途在召唤她。

上海，人称“魔都”“冒险家的乐园”。如水的车流，如林的高楼，如蚁的人群，如虹的霓彩，这些对于丁香来说并不陌生。一下火车，她抬腕看看表，离见面时间还有一个多钟头，就招招手叫来一辆黄包车，直接去霞飞路19号圣露西咖啡屋。

马路上人来车往，商场里大减价的洋鼓“咚咚咚”敲得非常热闹。

咖啡屋门面不大，沿街一排落地窗，拉上绛紫色丝绒窗帘，柠檬黄的灯光十分柔和。屋里只有寥寥几个顾客。靠窗边坐着一个盘着发髻的女人，旁边的沙发上搭了一件深灰色裘皮大衣。

丁香轻轻地走过去，一看大吃一惊，自己要见的人好像在哪儿见过?

“我姓夏，以后就叫我夏姐吧。”夏姐落落大方地微笑着，热情地与丁香握手，随后给她要了杯咖啡，“放糖不？”

丁香笑笑：“我喜欢喝清咖。”

“我也是，清咖上口有点苦，回味还是甜的，苦中有甜嘛。”夏姐笑道，“我们见过面，还记得在乐益女校时，梅盛兰同志送我出门的时候，你那时大概刚上大学吧，一晃有三年多了。”

丁香想起来了，夏姐就是那个代号“北方”的联络员，梅姐说她还是复旦话剧团的女主角，演过不少话剧呢。

丁香惊喜不已：“见到夏姐，我很高兴嗳。”

“彼此彼此，”夏姐笑笑说，“有朋自远方来，不亦乐乎！”

夏姐习惯性警觉地看看四周，然后压低声音对丁香说：“组织上决定调你到上海来做青年部的工作，具体任务我以后会跟你讲，我是你的单线联系人。”

丁香郑重地点了下头，顿时感觉肩上好像压了一副担子。

夏姐告诉丁香，组织上对她的情况做了全面审查，决定从今天起，吸收她为中国共产党党员。

丁香被意外的喜讯撞击得心跳加剧，兴奋得脸都涨红了。因为是在公开场合，她无法充分表达自己的激动情绪，只能压低声音对夏姐说：“请组织放心，我白丁香这辈子就是党的人了，矢志不渝，永不叛党！”

“丁香同志！”夏姐动情地握住丁香的手，轻轻拍了拍，“你的公开身份是圣约翰大学文学院代课教师。组织上已经通过内线联系妥了，明天就让你去报到。圣约翰的规矩是有一段见习期，上讲台要到过年开学后了。对了，文学院有个老教师，肚子里墨水不少，就是有点自恃清高，他可能会考考你的哟。”

丁香沉吟了一下，颇有底气地来一句口头禅：“我不怕，我会尽力的。”

夏姐说组织上已为你安排好了住处，在海格路（今华山路）上的一条弄堂里，以后也是青年部的一个联络点。房东是你们苏州木渎镇上人，蛮好说话的，待会儿我们就过去。

丁香很感动，组织上为自己考虑得真的很周到，又碰上一个像梅姐一样热情的夏姐，她真的很幸运啊。跟热情似火的人在一起，自己的心就不会冷。

那是一间小阁楼，约二十个平方米，铺着广漆地板，有几块地板走上去“咯吱咯吱”响。房间朝南开有“老虎天窗”。推开天窗，探出半个身子，可以遥望静安寺高高耸起的屋脊，隐隐听见“当当当”的有轨电车驶过的声音。

阁楼月租金是八个银圆。房东太太上午买菜烧饭，丁香后来每月交十个银圆就在房东家搭伙；下午房东要去书场听书或去天马戏院看越剧。长篇评弹《西厢记》可以说上个把月的书，房东场场不落。所以这座小楼里下午就很安静。

到了一个新环境，丁香对一切都感到新鲜，尤其自己已经是党的人了，接受了党分配的任务，如同一个战士即将走上前线，情绪显得尤为亢奋。

夏姐临走时特别关照丁香：“你看那扇小窗户有两层窗帘，一层是乔其纱的，白色的；一层是厚丝绒的，紫色的。万一出事时，只拉一层乔其纱窗帘；平安无事时，两层窗帘可以都拉上。这里虽属法租界，但法国巡捕的鹰眼非常凶，任何时候都要小心谨慎。”

丁香认真地点了下头。她清楚在敌人眼皮底下搞地下工作，不仅要保护自己，更要保护其他同志。

夏姐留下十个大洋，让丁香先安顿下来，说有胃口的话可以去尝尝法式烤肉。

丁香“咯咯咯”笑了，直觉告诉自己夏姐是个非常有趣的人。

夜晚，海格路上特别安静。从窗口望出去，五光十色的霓彩从法国梧桐的枝叶间倾泻下来，画在方砖行道上一个个怪异的光影。这一带有不少法式小洋房，掩映在墨色的树林里。

一个印度巡捕腰悬“白蜡棍”（警具），昂着头从弄堂口走过。

两辆黄包车一前一后奔跑着，“嘎咕嘎咕”地揿着皮喇叭。

上海法租界是1849年落败的清政府根据不平等的《南京条约》开

辟的，管辖今卢湾和徐汇两区，由法国驻上海总领馆设公董局、巡捕局等机构直接管理，是近代中国四个法租界中开辟最早、面积最大、也最繁荣的一个。其中有几条路特别闹猛，如贝当路（今衡山路）、亚尔培路（今陕西南路）、福煦路（今延安中路、金陵西路）、马斯南路（今思南路）、巨籁达路（今巨鹿路）等。大世界游乐场、震旦大学、广慈医院（今瑞金医院）、圣尼古拉斯堂、国际礼拜堂、圣公会救主堂等都在法租界内。

上海公共租界是与法租界遥相呼应的另一个英、美租界，今北黄浦、静安、虹口和杨浦两区南部沿江地带是公共租界主要组成部分。

1931 年的上海，表面上繁华，位于虹口马戏场的“奇趣飞龙岛”游乐设施，坐“飞龙车”白天五分，晚上一角，忽上忽下，一坠一起，特别新鲜刺激，每天都吸引着不少游客来玩。还有看“西洋镜”，去跑马场赌马。一到节假日，这里就成了全民狂欢的好去处。南京路、福煦路上的商家雇了洋喇叭吹吹打打，店门口高悬“跳楼价”“血本销售”之类条幅。洋行里也在压价销售，引来众多顾客抢货。豫园老城隍庙更是人声鼎沸，川流不息，到处是炒货的“哗啦哗啦”声，空气里都飘散着奶油五香豆、糖炒栗子的诱人香味。

貌似繁华、平静的不夜城背后，其实暗流涌动：

国民党的军队匆匆换防南下，对江西红色苏区发起一轮又一轮围剿；

华埠军警和租界巡捕到处安置密探，加紧对共产党活动的破坏；

市党部的督察员隔三岔五就到各大院校去巡查；

日本军国主义正在图谋对中国发动新的侵略战争，早已扎根在上海滩上的日商洋行雇用一些日本浪人，穿着宽大的、绣有“武”字的黑色和服，一甩一甩地到公共租界寻衅滋事。

夏姐临走时都要关照丁香出门出路务必要多长一只眼睛，丝毫不可以掉以轻心。

第二天一早，丁香就按照夏姐的吩咐走进圣约翰大学，教务人员带她到文学院，果然看见了夏姐说的那位老教师，一身长衫，靠窗坐着，戴了副啤酒瓶底厚的近视眼镜。当别人对新来的代课教师鼓掌欢迎时，他只是侧过脸瞄了丁香一眼，自顾举着一张《申报》看，报纸遮住半张脸。

圣约翰大学是沪上著名的教会大学，创建于1879年，由美国圣公会上海主教施约瑟将原来的两所圣公会学校培雅书院和度恩书院合并而成。初设西学、国学、神学三门课程，采用国语、上海方言同时授课的方式。1886年卜舫济牧师任校长后，将英语教学列为各科之首，并于1892年添设正馆教授大学本科课程。1896年大学形成文理科、医科、神学科及预科的教学格局，20世纪初，先后建成文学院、理学院、医学院、神学院等四个相对独立的学院。圣约翰大学的校训初为“光与真理”，后加上孔子名言“学而不思则罔，思而不学则殆”。

文学院有7名教师，其中大一的教师因为生孩子年后就告假，所以由丁香来做代课教师。众人看看丁香，齐整的短发，稚气未脱的圆脸，深蓝条纹的英国呢短大衣，内衬一件米色无袖羊毛衫，未免产生“年纪轻轻能胜任吗？”的疑问，只是碍于情面，不便直接道出。

丁香从众人的眼光里看得出来，好在有夏姐的提醒，她已有心理准备。

丁香断定靠窗的老教师就是夏姐说的“肚子里墨水不少”的那个人，因为众人不时用目光暗示他，接下来可能就是他的“非正式面试”了。

丁香的猜测没错，只见老教师把报纸一放，故意咳嗽一声以引起众人注意，然后走到自己身边，淡淡一笑：“鄙人刘仁毅，敢问白老师专攻何科啊？”

丁香微微一笑：“我是学法学的。”

“哦？”刘老师故作惊讶，回头对众人说，“白老师拜香是否走错庙门了，我这里是文学院呀。”

丁香还是保持着不卑不亢的笑容：“我对国文也颇有兴趣，相信能胜任此项工作。”

刘老师浅浅一笑：“白老师对古典文学所知多少？”

“略知一二。”丁香准备着“应试”，她对古典文学的兴趣自上景海学校就开始了，尤其是唐宋时期的文学，不少篇章都能一字不差地背下来。

刘老师或许是想在同事面前卖弄一番，或许真想掂掂白丁香的斤量，指指墙上挂的一幅写意画说：“这幅画画的是柳宗元《江雪》的意境，白老师可知其意境之妙？”

丁香对画面端详了一会儿，娓娓道来：“《江雪》是柳宗元被贬湖南永州时写下的，意境之妙全在于‘孤傲’二字，故有“绝”“灭”之象、‘独钓’之意。后来他写的‘永州八记’都凸显了这样的心境，如《至小丘西小石潭记》尤甚，‘坐潭上，四周竹树环合，寂寥无人，凄神寒骨，悄怆幽邃’的意境大约与‘独钓寒江雪’是重合的。所谓意境，我理解就是自己的心情与客观景物达到某种融和的境界。这幅画可以说演绎《江雪》还是深得其妙的。”

刘老师听罢，向丁香拱拱手，说了一句“承教了”，尴尬地笑笑，退回自己的座位。

众人用一种讶异的目光看看丁香，都惊讶这小姑娘古典文学基础还真不一般，语言表达也很流畅，代大一的课应该是可以的。其中有一个女老师对丁香特有好感，夸张地对她竖一下大拇指，用上海话说：“侬来三格（你能行）！”

丁香甚为得意，头道“山门”，我终于闯过去了，接下来给学生上课是有底气的，在鸿生厂工人夜校里已经操练大半年，对于自己的语言表达能力还是有足够自信的。

不过，丁香也不要高兴得太早，能登上圣约翰的讲台，还要经过一段见习期。由富有教学经验的老教师带着随堂听课，课后回述讲课要点；文学院没有固定教材，要由任课教师根据所教学科的教学目标自己编写，讲述什么，选读什么，课后练习什么，都由教师自己来编制，学期前就要上报校方认可。拿上海人当时的说法，“在圣约翰教书，没点花露水，是拿不到一课两块大洋的”。

到上课时间，刘老师看看丁香：“听我的课，走吧。”这就认可了丁香的见习期就在刘老师手下了。

丁香暗暗叫苦。

刘老师其实是个脸上一块冰、心里一团火的老教师，他自从“面试”过后，对这个小姑娘的古典文学基础还是相当认可的，几次听课回述也是相当满意的。他看丁香是一棵好苗子，有心培养她成为文学院的骨干教师。

丁香抽空去福煦路上的“知味书屋”抱回来一大堆书，作为编制新学期“古典文学”授课计划的参考。刘老师帮着她一起修改，最后形成一份以作者人生经历带代表作品整体讲解的授课计划，突破了原来单纯讲代表作品的教学模式。丁香认为，这样授课可以让学生更完整地理解作家的人生轨迹和代表作品。

刘老师大为赞赏，认为丁香的教案颇有新意。

第一单元：屈原《离骚》《天问》　司马迁《史记》
第二单元：曹氏父子与建安文学
　　　　　陶渊明《归去来兮辞》《五柳先生传》
第三单元：李白《与韩荆州书》《春夜宴从弟桃李园序》
　　　　　杜甫与“三吏三别”　白居易《长恨歌》《琵琶行》
第四单元：韩愈《进学解》《讳辩》《祭十二郎文》
　　　　　柳宗元《捕蛇者说》《驳复仇议》《至小丘西小石潭记》
第五单元：欧阳修《朋党论》《五代史伶官传序》
　　　　　王安石《游褒禅山记》《答司马谏议书》
第六单元：苏轼《留侯论》《前赤壁赋》《答谢民师书》
　　　　　宋濂《阅江楼记》《送东阳马生序》
第七单元：归有光《项脊轩志》《沧浪亭记》

刘老师阅后满意，补充两篇，说不可不讲：贾谊的《过秦论》和晁错的《论贵粟疏》。可以放在第一单元里，结合西汉的历史一起讲。随后，教学计划抄出来上报校方，一周后顺利通过，丁香高兴得跳了起来。接下来就是按这份教学计划去备课，年后就可以登上圣约翰的讲台了——她为自己没有辜负组织的期望而高兴。因为夏姐说过：“既然公开身份是代课教师，那么，努力把课上好，对学生就有说服力，以后做学生工作也就有资本。”

那些日子，弄堂阁楼上的灯光总是熄得很晚。丁香毫无倦意。当投入到一份新的工作中时，她总是朝气蓬勃，精力特别充沛，而且喜欢把事情做到完美。

忙中偷闲，丁香到圣三一堂去看望嬷嬷。嬷嬷看见丁香意外中带着惊喜，得知女儿已在上海定居，且又去圣约翰大学任教，高兴得脸上笑开了花，在胸口画个“十”字：“我亲爱的主，谢谢您保佑我的丁香！”

嬷嬷问她怎么突然就来上海了？丁香当然不能把底细告诉嬷嬷，就说是一个朋友介绍的，圣约翰这边正好缺一个国文老师，所以就过来应聘代课了。

嬷嬷连连称好，笑道：“我就知道我的丁香将来会有出息的，你看看你的手，钢琴弹得这么出色，做其他事情应该是可以完美的，人生是应该完美的，完美的人生才是美好的。”

嬷嬷说我能为我的丁香做什么吗？圣约翰的神学院里有很多我的朋友。

丁香说没有什么需要的。

嬷嬷说，你是我的女儿，有什么需要就开口，嬷嬷会帮你的。

丁香笑笑说，暂时真的没有。

嬷嬷耸耸肩膀，两手一摊笑了，然后留下一些勉励的话，就心满意足地走了。

苏州这边，阿乐抓紧完成最后的学业，收拾托运行李后，也赶在农历新年前来到上海电信公司报到，做接线员，住员工宿舍。

丁香觉得一切都事遂人愿，生活比想象中的更美好。

用特写镜头看生活，生活是个悲剧；用长镜头看生活，生活则是个喜剧。丁香想，我现在大约是在用长镜头看生活了。

美好的日子总是过得很快，一眨眼，就是农历新年了。

过年了，远远近近传来鞭炮声，空气里弥漫着一股呛人的火药味。

阿乐和丁香难得有闲来外滩转转，他俩站在黄浦江边，吹着略带寒意的江风，看着灯火闪亮的大轮船，还有帆船、两头翘的摇橹小木船在江上来来往往。远处的宽阔江面上依稀可见锚泊的挂着米字旗、星条旗、太阳旗的军舰，像巨大的食人鲨浮在江面上，随时可能张开它的血盆大口。

阿乐指指外国军舰，若有所思："总有一天，我们会把它们赶走。"

"我相信，"丁香肯定地说，"中国这头睡狮会完全醒来的。"

外滩海关大楼的钟声敲了九下。远处"噼噼啪啪"传来鞭炮声。

阿乐关切地说："江边的风大，我们随便走走吧。"

丁香笑着学说几句上海话："阿拉上海人哪能过年，我还没见过呢，走，看看去。"

过年的形式大同小异，但"归账"是老上海过年的特色之一。自清朝乾隆年起，上海不少小店铺形成一种平时吃拿不付钱至年底一并结账的习惯，到了年底，自己去付账的称为"归账"，而由老板去向欠账人索要的称为"讨账"。除夕夜，老板带着伙计打着灯笼往返街市里弄中上门讨账，有时不一定要到欠账。城东的会馆中有一家潮州会馆，在除夕夜演一天的戏，以敬谢天地，躲债人往往挤在其中看戏，要债的人无法挤进去找人讨债。上海人把这些会馆的演戏称之为"躲债戏"。

穷苦人家难以供养一家人，所谓过年反而成为一件苦难之事。俗话说“王小二过年，一年不如一年”，穷人最怕过大年。于是就出现这样的过年景象：

穷人家的妇女在弄堂口摆个摊，帮人缝新衣、做新鞋、补洋袜，挣点小钱。因为过新年，家家都要尽力做几套新衣服、新鞋，穿戴着过大年，尤其是小孩子，市场需求量很大；

有囊中羞涩失意落魄的读书人，为了能混过这个大年，就卷着一卷红纸，在人多的地方摆张条桌，替人写春联赚几个铜板，寒风中露出一脸无可奈何的苦相；

过年也是出卖色相的各等妓女最能赚钱的日子，在老城的北门外，妓女如云，衣着鲜亮，搔首弄姿，接客就在附近里弄的出租屋里；

商贾大户过大年，首要的任务是派员四处追讨欠账，争取在除夕夜之前归账。那些富商也会寄出贺年信函，交由信局寄出或印制年历分送关系户。

走走看看，各地的过年无非都是这样，富人叫“过年”，穷人叫“过年关”。

住在里弄里的小囡开开心心聚在门外燃放鞭炮，其中数东洋进口的“金钱小炮”最响。

转了几条里弄，丁香觉得有点累了，阿乐就送她回海格路去。

子夜，窗外的鞭炮突然密集起来，远远近近响成一片。

两个年轻人相对一击掌，说一声“新年快乐”，然后手挽手站在老虎窗口，遥望着霓彩光怪陆离、闪闪烁烁的夜上海。

丁香不由想起王安石的《元日》，轻轻吟道：“爆竹声中一岁除，春风送暖入屠苏。千门万户曈曈日，总把新桃换旧符。”

阿乐笑道：“屠苏，你知道是什么？考考你。”

“关公面前耍大刀啊，”丁香戳了阿乐一指头，“屠苏是一种药酒；苏，指药草。我在苏州葑门塘里还见过的，是艾蒲叶、苍术籽、芦蒿根。”

阿乐拱拱手：“服了，老百晓，我的丁香。”

第十一章 历练

3月的一天，冷雨淅沥，断断续续，铅灰色的苍穹像一口大锅扣在头顶上。

丁香上了一下午的课，虽然有点疲惫，但自我感觉出乎意料的好。

学生们对这位比自己大不了几岁的代课教师印象非常好，不仅人长得漂亮，有亲和力，而且讲课口齿清晰，有水平。

丁香从学生们的脸上看出了自己的教学效果，心里颇为得意。

丁香拎起包，微笑着与同事再见，撑了把黑伞走出校门。

“丁香！”马路边的屋檐下传来一声呼唤。

丁香回头一看，是夏姐，围了一条黑色丝巾遮住半个脸，神情显得有些紧张：“我被巡捕盯上了，你替我马上去一趟贝当路118号，那儿有家‘亨利’钟表铺。看见修表人，蛮胖的，你问‘几点啦？’他说‘8时没到’。你再问‘过7点半了吗？’他如果说‘过了’，你就把这个蜡丸交给他，听明白了吗？”

丁香紧张地点点头：“明白了。”

夏姐急迫地说：“坐黄包车去，在路口停下来走进去，目标小一些，我去你家等你。”

丁香把蜡丸藏在贴身口袋里，招了一辆黄包车就走了。到贝当路口，她就下了车，匆匆地赶过去。修表人是个胖子，秃顶，脑门光亮，一只眼睛上套了只窥表镜，看见丁香走过来，马上笑眯眯地抬起头：“小姐，修表吗？”

丁香轻声问：“几点啦？”

老板警觉地看看四周，对丁香说：“8时没到。”

“过7点半了吗？”

“过了。”他急忙把丁香让到屋里，带她走进后面一间小屋。

丁香把蜡丸摸出来。

他握了下丁香的手说：“辛苦了，同志！”随即打开蜡丸，匆匆看了看就丢进炉子里烧了，然后从橱柜顶上取下一只写有“亨利修表”的小红灯笼挂在门楣一侧。

丁香匆匆告辞。刚走近路口，就有一个戴鸭舌帽的家伙从旁边走过来，借口问路，电筒光在丁香脸上扫了一下。丁香厌恶地瞪了对方一眼，赶紧招了一辆黄包车回家来。

夏姐已经在房东家坐了一会，见到丁香，才如释重负似地吁了一口气，跟着丁香回到屋里，把门关上，轻声问：“红灯笼挂出去没有？”

丁香笑道：“挂出去了。”

夏姐拍拍丁香的肩头说，我们的同志看见红灯笼就不会去集会地点了。内线今早传来消息，巡捕房和华埠警局今晚开始大搜捕行动，各厂工会负责人集会肯定会有危险，组织上临时通知晚 8 时的集会取消。

丁香说情况是不妙，她看见贝当路上有一些人走来走去的，路口还停了一辆警车。

夏姐说是的，做地下工作多一个心眼还不够，要多几个心眼，因为我们是在敌人眼皮底下活动。你去大学里做共青团工作，也一点不可以疏忽。

丁香说我不怕，但我会特别留神的。

上课之余，丁香主要是在学生中做宣传与共青团发展工作。

据《上海党史资料汇编》记载：自白丁香同志担任青年部工作后，着手恢复和组建了复旦大学、交通大学、同济大学、上海美专、圣约翰大学的学生会。借助读书会、演讲会等公开形式定期展开活动，在青年骨干中秘密传播《觉悟》《觉醒》《革命》等进步书刊。她在进步学生中发展共青团员五十五人，后来转为中共党员的有八人。

在进步青年中传播的那几张摘有《共产党宣言》的油印册页，就是丁香用工整的仿宋体刻印后秘密散发的。巡捕房对笔迹、查人头，查了很久也没查出来。

嬷嬷到底还是有点不放心丁香，抽空就来看她，顺便花三十个大洋让雅乐琴行送来一台二手的德国斯坦梅尔钢琴。她对丁香说："你的一双手是不应该被漠视的，它应该属于神圣而美妙的音乐。"

丁香感激嬷嬷的好意，她已经很长时间没有弹琴了。

嬷嬷笑道："我这就放心了，除了圣约翰的课，你可以在家练练琴，这是多么美妙的生活，上帝站在你一边，你是幸福的。"

丁香掀开琴盖，弹了一曲柴可夫斯基的《钢琴协奏曲》。

"柴可夫斯基，简直太令人陶醉了！"嬷嬷拍拍手，笑着说，"下一次再举办钢琴比赛，你会获得更高的奖项。"

丁香笑笑，不置可否。她现在的心思不在贝多芬、施特劳斯、舒伯特上，她在想圣约翰的读书会还可以更扩大一些，吸收更多的青年进来。

嬷嬷放心地走了，丁香拧亮台灯开始备课。

日子过得平淡却也紧凑，像桌上的座钟指针周而复始地走着。

上课，下课；聚会，散会；出门，回家；练琴，备课。

柳丝绿了，燕子筑巢了，继而是梅子熟了，江南特有的梅雨天来了，生活似乎像波澜不惊的江河缓缓东去，风平浪静。

一天，文学院推荐丁香去南京参加教育部组织的“教师授课观摩”活动。

丁香请示夏姐要不要去？

夏姐说可以去，但注意不要暴露自己的身份。若有记者采访，尽可能回避。

这是借金陵女中的一个班来授课，丁香授课的题目是：诗人屈原的性格特点。

丁香想也就一节课的时间，讲完也就完了，哪知道就丁香讲的屈原性格特点中这个“倔”字引起了不小的争议。各地前来旁听的二十多位老师，有一些人并不赞成丁香给屈原性格所下“倔”的定义，说屈原投江自尽乃是情势所迫，山穷水尽，被逼无奈。丁香以为不然，在课后讨论中表达了自己的观点：

屈原尽管一再被放逐，周围是充满敌意的眼睛，但并非只是死路一条。如果换一种活法，官做不成了，他还可以回到秭归故里，赏田园牧歌，享天伦之乐。屈氏家族是楚国的旧贵族，那里有他当三闾大夫所得的百余顷封地，温饱是不成问题的。若是担心在乡人那里面子挂不住，那他还可以选择去山中隐居，过与世隔绝的生活；或者放下困扰其一生的朝廷大事，远走高飞，另投他乡。单凭他的诗名，天下谁人不识君，处世立身是完全不费事的。

楚襄王二十二年，秦军攻破楚国的巫郡和江南。这时，屈原只要稍稍有点表示，秦国就会派马车来接他去秦国做客卿。事实上，秦国也确实派出密使潜入楚国，企图游说他去秦国，被他严词拒绝了。这就奇怪了，一个人始终爱着并不爱他的朝廷，甚至上下左右都必欲置他于死地，何苦还一往情深地苦恋自己的祖国呢？后汉的儒生贾谊说屈原是太过执着了。执着就是放不下，放不下自己的理想和信仰。在世俗看来便是有点“倔”。一个把“生”看得很重的人，大约都不会像他那么倔，但恰恰是屈原“倔”的性格迫使他不得不走这条路。

这是一个宁为玉碎不为瓦全的屈原，一个不会见风使舵左右周旋的倔强的屈原！

自沉汨罗，是一个宁折不弯的诗人的必然选择和命运归宿。

屈原就是这样一个人，宁为玉碎，不为瓦全，“倔”得真诚、纯洁、惊心动魄！

后世的太史公司马迁不无感叹道：“余读《离骚》《天问》《招魂》《哀郢》，悲其志。适长沙，观屈原所自沉渊，未尝不垂涕，想见其为人……同死生，轻去就，又爽然自失矣。”（《史记·屈原贾生列传》）

丁香的发言滴水不漏，众人叹服，连教育部的官员也对这个“小丫头”刮目相看了，而这正是丁香来南京之前所担忧的，她怕抛头露面引起众人注意，对自己所从事的隐秘工作并无益处。但她的性格决定她有话不能不说，尤其是带有论辩性质的，更不可能退却。

《中央日报》《民国新报》《国民教育》等报刊采访她时，丁香淡然一笑，借口躲开了。

南京之行无疑为丁香在圣约翰的地位打下了一块坚实的基石。校方表示，考虑给其转正，成为圣约翰的正式教师。丁香不无得意，因为公开身份能多涂一点金，对非公开活动是有助推作用的。当学生用一种近乎崇拜的眼光看你时，你说出来的话才能有分量。

过了“处暑”，丁香接到夏姐通知，同去亚尔培路一条弄堂里开紧急会议。

会上，北方局的同志报告了东北出现的异常情况，大有“山雨欲来风满楼”的前兆：

南满的日本关东军正在频繁调动，从本土增调兵力来东北；

日本在东北的拓荒队有近万人都被发放了武器；

日本军舰徘徊在葫芦岛一带海域，从两艘增加到六艘；

日本军机增加了飞行班次，盘旋在东三省的上空；

驻奉天（沈阳）的日本领事馆连续多天在秘密磋商着什么……

种种迹象表示，日本人可能要动手了。如果中日之间爆发战争，共产党的任务就是要团结民众，反对投降，奋起抗日。下一步要做好种种准备工作，如工人夜校、工会的联络工作，共青团的组织发展工作，妇女会的工作等，随时准备投入战斗。

丁香想起过年时在外滩的江面上看见挂有太阳旗的日本军舰，那肆无忌惮、耀武扬威的样子，让她感到这一场硝烟可能是难以避免的。

1931年9月18日晚10时许，日本关东军川岛中队在沈阳北大营南约八百米的柳条湖附近，将南满铁路一段路轨炸毁，谎称是中国军队破坏铁路。日军独立守备队第二大队旋即向中国东北军驻地北大营发动进攻。次日晨4时许，日军独立守备队第五大队从铁岭到达北大营加入战斗。5时半，东北军第七旅退到沈阳东山嘴子，日军占领北大营。

战斗中东北军伤亡三百余人，日军伤亡二十四人，爆发了震惊中外的“九·一八”事变。

东北地方当局和南京政府对日本的进攻采取不抵抗政策。当时，日本关东军不到两万人，东北军有16.5万人，在关内还有近十万人，然而在日军突然袭击面前，除小部分自发抵抗外，其余均不战而退。9月19日上午8时，日军几乎未遭遇任何抵抗就将沈阳全城占领，东北军撤向锦州。此后，东北各地的中国军队继续退让，日军得寸进尺，迅速占领了辽宁、吉林、黑龙江三省。

“九·一八”事变是日本帝国主义长期以来推行对华扩张政策的必然结果，也是企图把中国变为其独占的殖民地而采取的重要步骤。正在民族危急关头，南京政府的态度动摇不定，畏首畏尾，激起了民众的极大愤慨。

丁香马不停蹄转战数校，先后在圣约翰、复旦、交大、同济等学生抗议集会上发表演讲：

日本帝国主义向中国民众举起了屠刀，山河破碎，东北沦陷！

东北军不战而退，南京政府摇摆不定，奇耻大辱！

我们还在等什么？ 等待我们的就是做亡国奴！

我们莘莘学子甘以一腔热血，与上海民众一起共赴国难！

同学们，我们要赴南京请愿！ 要求南京政府对日宣战！ 马上宣战！

11 月 24 日中午，上海地下党青年部组织两百多名学生，由上海北站挤上火车，奔赴南京请愿。 在车厢里，丁香遇见了数百个赴宁请愿的苏州学生。 她站在坐椅上，挥动手臂，情绪激奋地带领学生齐呼口号：“打倒日本帝国主义！”“宁愿站着死，不愿跪着生！”“对日宣战，反对投降！”口号声震耳欲聋，盖过了“哐当哐当”的车轮声。

傍晚，火车缓缓驶入下关车站，南京政府迅速调来五十多辆军用卡车，把请愿学生全部接走，一个不剩，统统安置在中央军官学校圈住。 军警前来传达命令，学生不准上街游行、演讲、散发宣传反日救国的传单。 同学们非常气愤。

第二天，军校派人对丁香等学生代表说蒋委员长要接见来京请愿的学生。

等到第三天，各地来京学生都挤在军校礼堂里等候接见，群情激愤，如同一锅煮沸的水。

丁香站在上海学生队伍的前列。 这时，《中央日报》一名戴眼镜的记者挤过来，手里装模作样地夹个本子和笔，不怀好意地问丁香：

“政府决心抗日，与同学们的请愿诉求是一致的，你们为什么还要弃学不顾而来南京请愿？”

丁香轻蔑一笑：“我至少到今天为止还没有听到南京政府要对日本宣战。”

“政府会有通盘考量，同学们不可操之过急，欲速则不达。”

“东北已经失守，华北危在旦夕，作为中国人怎能不忧心如焚！请问记者先生，您不会是日本籍华人吧？”

周围学生闻之大笑，对方哑口无言，无趣地挤出去了。

“委员长来啦！”门口的学生尖声叫道，礼堂里一时轰动起来。

蒋介石一身戎装，在军人的簇拥下走上讲台。他摆摆手，干笑了几声，算是与学生们打招呼。他一扬手，让大家安静下来，然后做出准备慷慨赴死的样子，用宁波腔很重的口音说：“日本欺我太甚，蒋某与同学们一样忍无可忍，孰不可忍，决心抱定鞠躬尽瘁、死而后已之志，尽力保全国土。国家主权乃蒋某之生命，岂容染指！我是要做岳飞的，不会做秦桧。你们应该相信政府。回校复课，就是最好的抗日。”

丁香举了下手，挤到台前，大声问蒋介石：“请问委员长，政府打算何时对日宣战？”

蒋介石看了她一眼，挥挥手说：“三天后一定派兵抗日，政府正在谋划。”

丁香追问：“委员长说话可算数？”

蒋介石严肃地说：“我是一国之领袖，言必信，行必果。”

接见完毕，军警就用军用卡车将来自上海、苏州、无锡、镇江、杭州等地的学生送往南京下关车站，逼使学生乘车回去。（据《中央日报》1931年11月27日报道）

这场请愿以蒋介石开出的一张空头支票，学生们上当受骗告结。

丁香带学生回到上海，一下火车就看见阿乐挤在出口处的人群里等她了。

阿乐握住丁香的手，急切地问："南京请愿情况怎么样?"

丁香淡淡一笑："老蒋口头上答应抗日，但我看并不乐观。"

阿乐告诉丁香，这一阵军警夜间出动频繁，要格外留神。

这时的阿乐已经秘密参加共青团组织，出于组织纪律，他并没有跟丁香说过。

丁香说我要到学校里去一趟，看看请愿的学生是不是都回来了，我不放心啊。

学生们陆陆续续都回来了，情绪饱满，都说这次请愿大获成功，委员长亲口答应出兵抗日，与日寇决一死战是指日可待的。

三天过去了，十天过去了，半个月过去了，南京政府还是一声不吭。 蒋介石以自己的行动戳穿了自己的谎言，根本没有对日宣战。相反的，要在锦州设立中立区和天津共管的说法满天飞。

所有的幻想都破灭了，请愿学生越想越气。 在全国学联的号召下，丁香秉承上海地委的指示，决定组织学生再次进京请愿。 这次请愿带有示威性质，群情更加激愤。

1931 年 12 月 16 日的《申报》报道："沪上学生赴京请愿，敦促政府抗日，义愤填膺。 学生列队去车站，沿途散发抗日传单，市民纷纷支持，强烈要求政府对日宣战，收复东北。"

17 日中午，先期到达南京的各地学生在中央大学（今东南大学成贤街校区）集合后出发，队伍的排列次序：第一队，南京学生；第二队，上海学生；第三队，苏、锡、常、镇学生；第四队，北平学生；第五队，全国其他城市学生。

这次示威游行规模很大，持续了大半天。

丁香站在第二队前列，一边向聚集在路两边的市民散发传单，一边振臂高呼：

东北沦陷，奇耻大辱！

马上宣战，收复失地！

打倒日本帝国主义!

要抗战,不要投降!

在游行中,第三队中的学生出于义愤,百余人冲向国民党中央党部的传达室和警卫室,与军警发生肢体冲撞。在路经珍珠桥时,捣毁了诋毁学生爱国救亡运动的国民党中央机关报《中央日报》的排字房和编辑部。国民党当局派出大批军警前往弹压,慌乱中有的女生哭喊着四处逃散,有些男生拿起石块予以反击,现场一片混乱。

一个躲在法桐后的军警举枪瞄准冲过来的学生,开枪当场打死学生一人,重伤三十多人,逮捕六十多人,酿成"珍珠桥血案"。

苏州《明报》随即发回电讯:

学生在京示威,冲突流血

中央日报被捣毁,死伤五六人

【南京电】各省市赴京示威学生万余人,17日联合总示威,午间由中央大学出发,沿途高喊口号。中央党部事先接到报告,派多名军警分布四周,严密防范,学生到达时,将大门关上,学生欲从旁门入内,因军警阻止,发生纠纷,传达室被捣毁,拘捕学生多人。

当晚,各地学生代表在中央大学举行联席会议,议决第二天继续举行游行示威。丁香代表上海学生发言说:爱国无罪,抗日有功,我们一定要向南京政府施加压力,迫使其对日宣战。但是第二天一清早,天刚蒙蒙亮,大批军警就包围了学生集中得最多的中央大学,用枪杆子和军用卡车分批押送学生去下关车站,强行推上火车。

上海《申报》即时发回电讯:

在京示威学生被押出境,上海学生有受伤与失踪者

18日晨5时，南京当局派陆军一旅，全副武装，包围中央大学，断绝交通。随后另派近百士兵持枪入内，威令各省市学生即刻离京。各学生迫不得已，济南学生先退出，苏沪皖学生随之，北平学生至午时方退出。学生们高呼各种口号，沿途军警严阵以待，实地监视。上海学生已于当日返回。

在火车上，不少女生掩面而泣："政府太软弱了，东北还有救吗？我煌煌华夏还有救吗？"男生们则愤愤不平，大喊："政府无能！"

丁香的心情很沉重，就像压了一块石头，但她还是相信乌云绝不能遮住太阳，暴风骤雨中自有海燕骄傲飞翔："同学们，我们不要灰心，中国人不再是任人宰割的羔羊，我们还要向南京政府发出我们最后的呼声！"

在青年部的秘密集会上，她听夏姐说过，北方不亮南方亮，黑了西方有东方。中国有共产党在，就一定不会亡。

1931年11月7日，中华苏维埃第一次全国代表大会在江西瑞金召开，中华苏维埃共和国诞生，毛泽东当选为中华苏维埃共和国主席。当时，全国已在231个县、1910万人中建立了县以上的苏维埃政权，苏区建设进入了全盛时期。除赣南闽西的中央苏区，还有鄂豫皖苏区、湘鄂川黔苏区、鄂豫陕苏区、陕甘苏区等，红色政权覆及江西、福建、广东、安徽、湖南、湖北、四川、贵州、河南、陕西等省。苏区的主要支撑力量是中国工农红军，中国共产党是苏区的执政党，有一套相对完全的国家机器。这是苏区和白区最大的区别。

红色苏区，这是中国的希望所在。只要希望的火种在，星火燎原是一定的。

丁香在带领圣约翰学生回校的路上，不停地大声鼓励同学们："我们要做闪电一般的海燕，在暴风雨中搏击，我们的翅膀上系着胜利的希望，希望在前方！"

同学们的情绪稍稍振作起来，不再哭泣沮丧了。

当时有一位叫吴大琨的苏州高中生在赴京示威归来后，伏案疾书，在《苏中校刊》上连续发表3篇文章：《国难中别忘了我们的劣根性》《病的解剖——关于这次我们的请愿运动》《病的解剖——关于我们的求学方面》，对这次热烈得快也冷却得快的学生运动进行深刻反思，鞭挞了青年知识分子容易动摇的劣根性。这些文章称得上是当时的参与者中比较清醒的自我反思。吴大琨后来就读于东吴大学，投身革命，成为有名的现代经济学家。

丁香刚回到学校，刘老师就急急地跟她说：“校长到处找你呢。”

丁香一愣：“找我什么事？”

“可能与你这几天把班里同学拉到南京去请愿有关吧。”刘老师无奈地苦笑了一下，关切地对丁香说，“你还年轻，政治上的事不要去掺和，没有好处的。”

得知丁香回校，校长果然第一时间就把她叫去了：“市党部来人要求校方对学生严加管束，作为教师，你未经校方同意就把学生拉出去，这是不可容忍的。”

丁香撩了下汗湿的短发，回了一句：“学生爱国无罪。”

“东北沦陷，我自然与你们一样忧心忡忡。”校长淡然一笑，继而把脸一沉，严肃地说，“但这是政府考虑的事。我们不可以去做扰乱社会的事情。作为教师就要好好教书，学生就要好好读书。白老师，你上次代表学校参加教育部的授课观摩，给学校赢得了荣誉，我们正在考虑你的转正。所以，我可以原谅你第一次，但下不为例。”

丁香听出了校长话里“最后通谍”的意思，冷冷一笑。

丁香走在回家的路上，心里就像压了一块大石头，沉甸甸的。

路灯亮起来了，眨着诡秘的眼睛。路上行人走得匆匆忙忙。

一辆警车呼啸着飞驰而过。

有轨电车“丁丁当当”滑过来了，铁栅栏门边挤着几张疲惫的面孔。

这时，她忽然很想去找阿乐，跟她说说自己心中的不平、愤懑和无奈，但她知道阿乐要加班，电信公司这一阵好像也特别忙。

回到家里，丁香掀开琴盖，弹着贝多芬的《命运》，借琴抒情。

不管一切如何，你仍然要平静和愉快。生活就是这样，我们也就必须这样对待生活，要勇敢、无畏、含着笑容去面对。

"冬至"刚过，上海少有地飘起了稀稀落落的雪花，石板路上有些湿滑。

丁香撑着伞，一步一滑走着。下午她去了复旦大学读书会，给同学们讲了一课《目前的形势与青年应担承的任务》。同学们很受鼓舞，一改从南京请愿归来后的失望情绪，复又斗志高昂起来。

丁香对同学们说，南京政府没有迅速对日宣战，幻想依靠"国联"调解，这是既可耻又愚蠢的做法。日本帝国主义绝不会善罢干休，得陇望蜀是一定的。所以，同学们要鼓起勇气，准备新的战斗。道路纵有曲折，战斗未有穷期，失望和沮丧不属于我们。

在人生的道路上，所有的人并不站在同一个场所——有的在山前，有的在海边，有的在平原，但是没有一个人能够站着不动，所有的人都得朝前走。

"我们要朝前走，时代青年应该大踏步朝前走！"丁香说着，介绍同学们去读一读鲁迅先生的《野草》。

有同学插话说："我读过《野草》。"

丁香笑问："你能念几句给大家听吗？"

同学尴尬地摇摇头。

"我记得有这样几句，我念给大家听。"丁香的记忆力自小就很棒，《野草》之类富有生命激情的篇章又是她所喜欢的，所以每一句话都记得很牢：

"我自爱我的野草，但我憎恨这以野草作装饰的地面。地火在地下运行，奔突；熔岩一旦喷出，将烧尽一切野草，以及乔木，于是并且无可朽腐。但我坦然，欣然，我将大笑，我将歌唱……"

同学们纷纷鼓掌，为丁香的激情朗读而欢呼。

丁香要的就是这效果：青年的心决不能冷却下来，没有比冷却更悲哀的。

丁香离开复旦后，坐了一段路的有轨电车，下车后就拐进了一条小巷，穿过小巷就是海格路了。就在海格路路口的一家咖啡屋里，有一个人不时朝窗外看，那就是夏姐。她一见丁香，马上走出来，不容丁香开口，就把她拉进咖啡屋里，找了一个僻静的角落坐下。

夏姐要了两杯咖啡，她的神色显然有些不对，看了丁香一眼，压低声音说："你已经被法国巡捕盯上了。据内线传出消息，圣约翰的一名大二学生因携带进步书籍被巡捕查获，供出了读书会，下午巡捕房派人突击搜查了学生宿舍，查出了不少进步书刊，还有印成册页的《共产党宣言》。现在已经有两名学生被巡捕房带走查问。神学院的教师向校方施加压力，责问是谁把这种邪书带进圣约翰的？校方迫于压力已责令文学院自即日起停止你的代课。海格路也不能住了，这两天就要搬走。"

丁香吃了一惊，自从那次校长找她谈话后，虽然她已有所准备，但没想到情况会如此急转直下，就问："我要不要回一趟圣约翰？"

"不用了，会有危险。"夏姐果断地说，"万一有学生供出你的活动，那就麻烦了。你那间阁楼的联络点以后不能用了。我在老西门那里租有一间房子，你晚上收拾一下，明天就搬过去。"

丁香问："下一步，我的工作？"

"组织上会考虑的。"夏姐不容置疑地说，"在敌人眼皮底下活动，确保自己和同志们的安全是第一位的。"

丁香点点头："我服从组织安排。"

夏姐故作轻松地笑了一下："你现在就回家整理一下，明天一早我叫辆黄包车过来搬东西。今晚要特别留意，看看弄堂口有没有陌生人来回游弋，睡觉警醒点，还有明天一早就要把白纱窗帘拉上。"

丁香感激夏姐想得这样周到，她做事总是那么细心。

分手后，丁香的神经骤然绷紧了，不时看看四周。走进弄堂口时，她在一个屋檐下停下来，观察四周有无异常情况。雪稀稀落落飘着，弄堂里空无一人。她快步走进弄堂里，回到家里才如释重负地吁了一口气。

第二天一早，窗户刚泛白，夏姐就上楼来了，帮她一起把装衣物的皮箱抬到黄鱼车上。临走时，把白纱窗帘严密拉上了。

老西门的那间房子在里弄尾部的石库门里，按房子格局是西厢房。一排长窗朝向天井，天井十分宽敞，一侧有个花坛，长满凤仙花、鸡冠花、夜来香花。东厢房房东自住，是个独居老太。这间房子原来是老太的女儿住的，女儿嫁给了南洋的一个商人，房子空关了几年，夏姐就把它租下来了。房间里家具一应俱全，而且是全套红木的，说明老太家底厚实，之所以出租西厢房，无非是为图个人气。

丁香非常满意，抽空又叫上搬运工把钢琴搬了过来。

也就在搬家的同一天上午，圣约翰大学的公告栏里贴出“辞退公告”：“近查文学院代课教师白丁香在学生中散布异端言论和违禁书刊，有悖校规，故辞退，不复任用。”

被圣约翰辞退一事，在丁香看来是迟早的事，她早有思想准备，但在嬷嬷眼里却是大伤面子的事。因为圣约翰神学院与上海总教会关系密切，她又是老资格的神职人员，神学院里的很多教师都与她相熟，她无法向他们解释自己的养女怎么会把《共产党宣言》之类的书籍带进圣约翰大学以亵渎神灵。

嬷嬷憋了一肚子火到处找丁香，不知道丁香搬到哪里去了，就辗转去电信公司找到阿乐，把丁香叫到阿乐的员工宿舍里。她让阿乐出去暂避一会儿。

阿乐偷偷看了一眼丁香，做了个鬼脸，那意思是说这一回真的要“三娘教子”了，反手掩上门出去了。

嬷嬷满脸怒气，开门见山：“我原以为你来到上海，可以换一种生活方式或者说可以静心钻研学问，弹你的钢琴，谁知道你反而变本加厉，居然在圣约翰大学里做这种事。”

丁香不安地看看嬷嬷，回了一句：“我并没有做有违良心的事，更没有做伤天害理的事。”

“神学院的朋友已经告诉我了，”嬷嬷想起来就生气，斜了丁香一眼，“你已经被圣约翰辞退了。辞退，多么令人羞愧的字眼！”

“他们可以辞退我，但我问心无愧，我有我的信仰。”

“信仰？”嬷嬷忽然冷笑了，“唯有上帝才是我们的信仰。”

“你可以信仰《圣经》，我也可以信仰《共产党宣言》，信仰是每个人的自由，不是吗，嬷嬷？”

“你怎么可以把那种东西与《圣经》相提并论！我不想和你争执谁对谁错，从小到大，我和你已经争论过无数次了。我已经厌倦了。天上的星星想起来很美，可是上面没有空气、阳光、水，你根本无法生存；水中的月亮看起来也很美，也很近，可是你永远无法走近它。信仰也一样。丁香，我的女儿，你听懂我的意思吗？”

“我懂你的意思，可是我做不到。”

“你怎么就不能听我劝，哪怕一句话？我真的太失望了，甚至后悔当初……”嬷嬷浑浊的眼睛里流出了眼泪。

丁香也很难过，眼睛里一样噙满泪水：“嬷嬷，你是后悔当初把我抱回来……我知道我真的太伤您的心了，可我有我的人生道路啊。”

嬷嬷抹了下眼泪，神情忽然变得严肃起来：“如果你不肯听我的话，甚至与我的想象完全背道而驰，那我们的母女关系也只能到此为止。我无法容忍一个亵渎上帝的人成为我的亲人，你可以改变吗？”

丁香固执地摇摇头，沉下脸去一声不吭。

嬷嬷怒气冲冲：“你真的不愿意改变你自己，哪怕一点点？”

丁香还是沉默无语，一箭穿心般地疼。

嬷嬷恼怒地撂下一句“你好自为之”后就夺门而出，刚从外面回来的阿乐想拦也拦不住。

阿乐进门一看，丁香已趴在桌子上哭泣了。他知道丁香这时候的内心是极为痛苦的，不是靠几句话就能劝慰的。因为这是两条流向、流速截然不同的河流，很难融和到一起，勉强汇合只能碰撞出更激烈的浪花。人生的每一个脚步都像一片沙滩上爬行的昆虫一样，都留下了痕迹！有许多人，那条路上的痕迹是眼泪滴成的啊。

阿乐深深地叹了一口气，转身拧了把热毛巾递给丁香。

丁香伏在阿乐的肩头失声痛哭。

嬷嬷怒气冲冲地离开，对丁香的打击是沉重的，毕竟这世上嬷嬷是自己最亲的亲人。

丁香抹了下泪眼，看着窗外灰蒙蒙的天。

第十二章
淬火

新年元旦一过，十里洋场的霓彩依然映亮半个夜空，一切似乎又恢复平静了。

生活如同一条河流，总是在起起伏伏中悄然流过。

数周后，经夏姐牵线，丁香进入《时报》当实习记者。这是章太炎参与创办的一家进步报纸，以发表社会新闻和评论为主。

丁香借助记者的合法身份，继续与各大专院校的学联、读书会加紧联系，组织上要求她把青年骨干更紧密地团结在一起，随时准备投入战斗。因为上海的形势好像越来越异样、紧迫，沉闷得好像子弹射出枪膛前的那一刻。

日本浪人在法租界、公共租界的活动不再隐秘，而是公开挑衅，甚至借着酒疯打砸华人开的商铺。锚泊在黄浦江上的日本军舰数量和吨位明显增加了，战争的火药味越来越浓烈。

战争，总需要理由，即便再牵强，也要制造一点出来。一如日本在第二次世界大战中炮制的战争理由，诡谲狡诈且蛮横无理。这时，曾醉心于满洲“复国”的川岛芳子登场了。这个外表漂亮、心肠狠毒的魔女，汉名金碧辉，前清肃亲王的女儿，从小由日本人抚养长大。“九·一八”事变后，她秘密潜往上海。据田中隆吉二战后供称：“当时有个和我亲近的女子叫川岛芳子。我把两万日元交给她，让她在上海弄点事情出来。上海有个三友实业公司的毛巾厂，这个厂是非常共产主义的、排日的，也是排日根据地。我托她巧妙利用这个公司的名义来杀死日莲宗的化缘和尚。她果然这样干了。”

日莲宗为日本佛教一分支，后逐渐右翼化，从事暗杀等活动。战前，日莲宗僧人天崎启升等人以“化缘”为名，在上海刺探情报。天崎启升认识川岛芳子之后，受后者委托，前往三友实业社寻衅滋事。天崎启升压根不知道是川岛芳子怕事情闹得不够大，另雇用日本浪人冒充毛巾厂工人，就在日莲宗僧人造出事端的时候，将天崎启升等人击毙，假手中国人击毙日僧，以引发外交争端。

1932 年 1 月 18 日下午，天崎启升等僧人在三友实业社门口敲鼓打钟，并向工厂投掷石块，引起工人注意并追踪日僧。日僧逃至赵家宅附近，突然出现一群打手，直扑几名日僧，击毙一人，重创天崎启升等日僧。

“日僧事件”后，住在上海的日本侨民群情激愤，仇华心理高涨，纷纷要求严惩中国工人，报复三友实业。20 日凌晨 2 时，六十余名日本浪人乘夜偷袭三友实业，焚烧厂房，厂内纱锭被付之一炬。在焚毁厂房的同时，端着手枪、武士刀的日本浪人在厂区附近监视华人巡捕，其中两名华捕因发现事端而被击毙，一人被刀砍伤后逃回巡捕房。

日本驻华领事要求中国就日僧事件道歉并取缔一切反日活动和组织，对于焚毁三友实业一事，仅口头表示遗憾。日本求和是假，求战是真。“日僧事件”开启了日本发动淞沪之战的序幕，此后十天内一系列紧锣密鼓的布置，完全与日本求和的表象相反。日军在上海的兵力由六七百人骤然增至六千五百人，并有军舰十艘，飞机二十架，装甲车十二辆。急速增兵，足见日军认为机不可失，求战心切。

与日本咄咄逼人的气焰相反，南京政府尽管对日军的动向不无了然，其心态则完全相反，力图以避战为上。22 日，蒋介石、汪精卫等国民党高层召开会议，听取上海市长吴铁城关于上海问题的报告，蒋指示“先安内，后攘外”；23 日，蒋、汪、孙科在宋子文宅邸会晤，再谈上海问题，蒋、汪一致认为“先行安内，方可攘外”，会议决定调防抗日情绪较高的第十九路军，以免产生大规模的军事冲突。

受南京政府影响，上海市政府也转向妥协。26 日，吴铁城接到日本要求道歉的四十八小时最后通牒，当即表示可以接受。尽管南京政府一再退让，却并不能阻止日本的进攻计划。当夜，日军在上海闸北率先开枪，战争如期而至，只不过日军这一次撞上的不是软柿子东北军。

驻守上海的第十九路军奋起反击，“一·二八”抗战就此爆发。

淞沪抗战双方投入的兵力和武器装备相当悬殊，中国军队总数不足五万人，日军有十多万人；中国军队基本上是单一兵种陆军作战，武器装备落后，物资供应不足，日军是海陆空立体作战，武器现代化程度高，物资供应充裕。中国军队作战是非常艰难的，死伤人数很多。从南京政府的态度看，还是采用边抵抗、边交涉的政策，把希望寄托在“国联”的调停上，这种犹豫不定的指导方针，也给前线作战带来了极大的负面作用。

5 月 5 日，在西方国家调停下，中日签订了《淞沪停战协定》，协定中规定：日军返回战前防区（上海公共租界北区、东区），中国军队暂留现驻地（宁沪铁路安亭镇至长江边的浒浦一线），交战区划为非武装地区，实际上是不允许上海驻扎中国军队。

淞沪会战期间，上海人民以各种方式积极参加抗战，支援前线。各界群众都组织了救亡协会，如文艺界救亡协会、学生界救亡协会、上海市纱厂工友救亡协会等，开展战地宣传、募捐、演出、慰劳等活动。全国各界民众积极支援上海抗战。湖南学生战地服务团和福建省民众组织的慰问团，都到前线进行慰劳。海外华侨踊跃捐献，支援祖国抗战，到 10 月 16 日，捐款总额高达三百三十余万元。

当时正好是寒假期间，丁香带领学联的八十多名大学生组成“战地服务团”，帮助医护人员运送伤员，为伤病员换药、洗涤衣物，晚上到大场、闵行前线抬运伤员送上卡车，运到真如伤兵医院抢救。这些初次参加战地服务的青年学生，虽然没有拿起枪和敌人面对面打仗，但也见到了血，嗅到了火药味和血腥味，摆脱了书斋生活，思想上成熟了不少。

有一次，正当日军机飞临上空凶猛投掷炸弹时，丁香等人运来的慰劳物资正好到达现场，她迅速指挥同学们将物资分散，利用街巷有利地形隐蔽。丁香抱了一箱物资钻到山墙背后去，抬头一看，一架军机朝她俯冲过来，机身上画的血色太阳旗看得清清楚楚。丁香急忙躲进屋檐下，趴在箱子上。一颗炸弹就在几十米外落下来炸开了，气浪把她掀翻在地，飞扬的尘土落满一身，她两手抓住箱边用身子紧紧护住这箱物资，一边朝同学们大喊：“隐蔽！”

军机飞远后，丁香数点全部物资无一缺失，被烟熏成半个张飞脸的她顽强地笑了一下。

他们把物资运回仓库里堆放。仓库里的人招呼学生们吃刚送过来的热包子，这时丁香才觉得是真的饿了。

“姑娘，你这里有人手吗？前面有两个重伤员要马上转移。”前方抬着担架的人满头大汗，气喘吁吁地对丁香他们喊道，看得出前面的伤员情况十分紧急。

丁香立刻回应："我们马上去。"她挑选出十来个长得壮实的男生，从救护站找来两副担架，带着他们从坍塌的房子和瓦砾堆中挤过去，快步朝前方赶去。

日军机从头顶再次呼啸而过，轰鸣声摇晃着大地。

丁香大声喊："散开，卧倒！"学生们四散分开，趴伏在地。

军机低低地掠过头顶，耀武扬威地绕了一圈儿就飞走了。

丁香带着学生们扛着担架继续前行。在前方一个临时救助点，看到两个血肉模糊的受伤军人，头上缠满绷带，其中有一个军人的右臂被炸掉了。大家连忙把伤者搬上担架，四人一组，抬起担架就向后方医院走去。

远处，枪炮声又激烈地响起来，像过年时集中燃放的鞭炮声。

重伤员转移到后方医院后，学生们早已大汗淋漓，累得都趴下了。

丁香的两条手臂又酸又麻，浑身没有一点力气。她咬咬牙，还是坚强地笑着，因为她是学生们的精神支柱。

战地的情景是紧张的，也是残酷的。在这期间，丁香天天为《时报》发回战地新闻，还与学生们一起把前线的消息印成传单在市民中散发。战地新闻有时仅有一行字，如"我军闵行出击，毙敌近百人"，"民众同仇敌忾，各界踊跃捐款"，都能给市民带来极大鼓舞。募捐抗战的热潮一浪高过一浪，甚至连一些小学生都举着学校发的小旗子，向同龄人倡议不买糖果，不穿新衣服，把节省下来的钱捐献出来，购买"上海儿童号"飞机去打击敌人。

《时报》上不时发表署名"白言"（即白丁香）的新闻评论。有一则抨击不法商人趁机哄抬物价的小评论《热与冷》在读者中产生很大反响，文中痛斥道："战乱之际，有商人竟不顾廉耻，狼狈为奸，哄抬物价，是可忍孰不可忍也。吾市民捐款为战，其热情可嘉。奸商落井下石，其冷酷可恨。"过了数日，《时报》跟进报道，用两个大字"墨面"作为标题，报道几家昧心商铺被市民堵门封市的消息，市民无不拍手称快。

前方枪炮声渐渐稀落了。一天深夜，突然沉寂下来，静寂得令人恐惧。

丁香刚从临时救护站回来，参加战地救护的学生围上来问她，前方怎么突然沉寂了？

丁香说不知道。她也觉得怪异，那是子弹射出前的沉默还是更大的暴风雨来临前的预兆？

丁香执意要去前面看看。她与另一个女生摸黑从瓦砾和建筑物倒塌的空隙中钻过去，小心翼翼地探路向前。走到一半，就见几个护士抬着担架过来，一见丁香就急着说："让同学们赶紧往后撤，前方阵地失守了，死了很多人，日本人明天一早就可能打过来了！"

丁香旋即拉上女生往回跑，她让大家别慌乱，马上帮着把仓库里的捐赠物资装上板车，一样也不能留给敌人，赶紧撤回后方。大家装运物资，丁香推车来回跑了两趟，把物资全部拖回城里的仓库里。这时，她又饥又渴，实在累得走不动了，一头晕倒在板车旁。

学生们七手八脚地把她抬上车，推着车匆匆往城里的医院跑。

丁香躺在医院走廊里的病床上挂水，等她醒来时，天已经大亮。

消息传来，日军已经占领前方阵地。

丁香挣扎着爬起来，疲惫不堪地去找后方的几个救护点，她心里一直惦记着自己带领的那几十个学生的安危。在后方救护点，她遇到了夏姐带领的"妇救会"一拨人，正在包扎、转移伤员，她要找的那些学生大部分都在这里帮忙，还有些人去仓库里帮着转移物资。

淞沪抗战期间，在通讯要害部门工作的阿乐更是忙得连见丁香一面的机会都很少，国民党市党部派员来监督，要求战时通讯千万不可中断。阿乐已经连续两天一夜在班上，连打个盹的工夫都没有。

丁香自枪炮声一响，就没有回过老西门的家。

靠墙摆的一架钢琴落满了灰尘，窗边的花瓶里插了几枝阿乐买的红玫瑰，叶子虽已蜷曲，花朵却没有掉落，只是颜色变得暗红，血色一般。

战争给十里洋场烙下很大一块伤疤，很长时间难以愈合。

日机轰炸闸北华界，商号被毁 4204 家，房屋被毁 1.97 万户，损失惨重。成片的房屋被炸成瓦砾堆，空气里弥漫着火药味。

几所教堂被炸后燃烧起大火，烟火数天不灭。

商务印书馆及东方图书馆藏书超过三十万册的库房均被炸毁。

吴淞口的江面被日舰完全封锁，中国渔船难以出海捕鱼。

日本浪人在租界区更加耀武扬威，无人敢管。

地下党的活动极为艰难地进行着。

一天深夜，夏姐来找丁香，让她明晚跟着自己去执行一次非同寻常的任务：有三十箱药品要通过“漕帮”的船从青浦走吴江、嘉兴南下运到江西苏区去，她俩的任务就是督运这批药品至嘉兴转交给当地同志。国民党军队围剿苏区，对药品等物资封锁得很严。趁淞沪战事刚停，赶紧要将这批药品运过去。去青浦、吴江的水路上，多处有国民党军警把守。上海内线搞来了上海警备司令部的特别通行证，注明船上装的是嘉兴“太和洋行”的物品。太和洋行是一家日本人开的洋行。嘉兴地下党还弄来了太和洋行的蓝“派司”（证件）。“漕帮”的船老大是自己人。为确保万无一失，组织上还是决定派人督运至嘉兴。

“嘉兴的同志已经来过了，货卸往码头 3 号仓库，那边有人接应。”组织在交代夏姐任务时特别强调这批药品非常重要，交接货时一定要验看这个凭证。夏姐拿过凭证一看是码头上的验货单，只有半张纸，中间有个墨写的“木”字。

“嘉兴接货的同志手里有另外半张纸，也是个‘木’字，拼起来是个‘林’字，那就是接货的同志。”

夏姐把半张纸折叠好小心翼翼地放在黑色小皮箱里。

丁香还是第一次去执行这种将与敌人面对面周旋的重要任务，心里未免紧张，好在有夏姐在身边，她的胆子也大了：“药品要装船吗？”

“药品已经装上船了。明天天黑后，我们坐黄包车同去码头。”夏姐看了一眼丁香，“你从来没有过这样的经历，是不是有点害怕？”

丁香倔强地扬起脸：“我不怕，好钢是用来淬火的嘛。”

夏姐笑笑说：“经历是克服恐惧心理的良药。”

丁香点头称是：“经历也是最好的老师啊。”

第二天，丁香去报社告假两天，吃过午饭就在家里等夏姐。

天擦黑时，夏姐来了。她化了点淡妆，短发特地烫了卷儿，用一条粉色宽丝带束起，穿一身米色呢洋装，看上去像洋行里的高级职员，又有点像日本的新潮女人。她把黑色小皮箱交给丁香，笑着问她：“你看我像不像洋行高级职员？”

丁香笑了，说蛮像的。她找出一件绣荷花边的白衬衣外套一件柠檬黄的夹衫，下穿深蓝色的英国呢薄裙，看上去就是大都市来的大学生。夏姐从手袋里摸出一枚丁香花形的翠色别针，别在丁香的领襟处：“透台莫，卡哇伊耐（日语谐音，你真可爱）！”

“我会几句日本话，自称太和洋行的职员，应该不会出洋相的。”夏姐说着就笑了起来，拍拍丁香的肩头，取出一副茶色墨镜戴上，“走吧。”

夏姐的笑让丁香紧张的心情顿时得以缓解。

她俩出门，雇了两辆黄包车，一前一后向码头走去。

丁香能参加这次行动，是夏姐争取来的。夏姐对组织说，白丁香同志工作有热情，能力强，尤其是对党的事业特别忠诚。组织上说，经过一段时期考察，白丁香同志确是可造之材，可以作为党的后备干部培养。夏姐请求这次任务能让丁香参加，以增强其实际斗争才干。组织上认为丁香是块好钢，好钢要经过淬火的锤炼，于是批准了夏姐的请求。

丁香特别兴奋，还有点紧张，抬头看看夏姐。

走在前面的夏姐回过头，对她摆摆手，笑着大声说了一句：“上海，萨由喔哪啦！（日语谐音，再见）”

坐在后面的丁香笑了，情绪顿时放松下来。

码头上黑得朦胧，一盏路灯闪着昏黄的光，像打瞌睡似的在夜风里摇摇晃晃。空地上到处堆着圆木、黄沙、铁箱等物件。船已经拴在码头上，是一条刚用桐油刷过的新船，隐隐还能闻到甲板、船帮散发出来的桐油香。

船老大是个壮实的中年人，看见夏姐，憨厚地笑笑：“你好，北方同志！货物已安妥在船舱里了。”

“辛苦了，同志！”夏姐取下墨镜，笑着对船老大说。她抓住丁香的手，小心翼翼地跨进船舱，检点了一下三十箱药品，上面都用芦席、油毡等覆盖伪装。

船老大安排她俩坐在后船舱里，那里铺了一条草席，上面垫了一床棉毯，或坐或躺都是舒服的。船梢上三个伙计正在生火做饭。船老大说，吃过饭就开航，走太浦河有一段是上水（逆流而行），伙计要上岸拉纤的，吃饱了好干活。

船出黄浦江，拐进太浦河时，已经是深夜了，水声“哗啦哗啦”擦着船舷滑过去。

丁香直起身，看看舱外，墨黑一片，河边的芦苇丛里，隐隐约约有几点绿莹莹的东西晃来晃去。

“那是萤火虫。”斜靠在舱板上的夏姐看丁香毫无睡意，索性坐起来，跟她聊天，“小时候，我在外婆家住，一到夏天，就会钻进稻田里去抓萤火虫，抓来后放在瓶子里，一到晚上，瓶子一闪一闪好亮啊。嗳，《三字经》里怎么说的？”

丁香想了一下，笑道：“‘如囊萤，如映雪，家虽贫，学不辍’，说的是晋代车胤抓来萤火虫放在纱袋里，借着萤光读书的事。”

夏姐搡了她一下：“不愧是圣约翰的国文老师，佩服。”

丁香笑道：“你别取笑我了，我也就是记性好一点罢了。”

夏姐伸头看了一眼舱外，半个月亮爬上了岸边的柳树梢，四周的一切逐渐有了些亮色。远处的村庄模模糊糊看不清楚。河水“哗啦哗啦”地响着，船有点儿摇摇晃晃。

夏姐若有所思，笑着问丁香：“革命成功了，你打算做什么呢？”

丁香想了想说：“我想去教音乐，弹弹钢琴，教教书，你呢？”

夏姐笑笑：“我喜欢话剧，将来可以写写剧本，演中国版的罗密欧与朱丽叶，题材很多啊，像梁山伯与祝英台、许仙与白娘子、牛郎与织女。”

她俩正说着悄悄话，船“咚”地颠了一下靠岸了。三个伙计松开纤绳，跳上岸去拉纤。船老大在船梢掌舵。水声“哗哗”，船缓缓地向前行驶。

船进大龙荡，忽然听见后面有“扑扑扑”的马达声，一条柴油船追了上来。

船老大对舱里喊：“国民党的稽查船过来了！”

丁香紧张得心“怦怦”跳，透过舱篷的缝隙，看见后面黑咕隆冬的水面上有两只贼眼似的灯快速地追上来。

夏姐握了一下她的手，微微一笑：“别紧张，我来应付。”说罢，她不慌不忙地从手袋里摸出证件，把皮箱交给丁香，带着她钻出船舱。

“停下，检查！”稽查船“刷”地打开大灯，明晃晃地照亮半条河。

两个穿着深灰色警服的稽查队员，其中有一个端着长枪，敏捷地跳上船来，指着船老大问：“哪儿来，去哪儿？”

船老大回答从上海来，去嘉兴。

“船舱里装什么货？”端长枪的家伙用枪把敲敲船帮，大声问站在甲板上的两个女人。

夏姐指了下船舱：“嘉兴太和洋行的货。”

“打开，验货！”另一个家伙说着就钻进船舱。

丁香紧张得手心都出汗了，一掀开毡篷不就糟了，药品在当时是禁止私运的。

夏姐跟着钻进船舱，不慌不忙地对两个家伙说：“太和洋行是日本人开的，还用得着打开检查？”

端枪的家伙晃了下枪杆：“统统要检查！”

夏姐走过去，搬过一只露在外面的木箱，打开盖子，原来里面装的是从日本运过来的塑料玩具。丁香真佩服夏姐，预先就做过伪装的准备了。

“都是玩具？”

“都是。”

“统统开箱检查！”端枪的家伙吼道。

夏姐不慌不忙地从丁香拎的小皮箱里摸出一卷银圆，十个，笑着塞给两个家伙：“深更半夜的，翻箱倒柜多费力费时，误了交货时间我不好向洋行交待啊。两位老总，抬抬手，与人方便，自己方便嘛。”

两个家伙拿过银圆，在手里掂了掂，看了一眼夏姐，挥挥手，就回稽查船上去了。

夏姐对丁香说，稽查船不怕的，无非就是想敲点竹杠。嘉兴同志说，前面过汾湖镇，有卡口，重兵把守，那才不太好对付的。

丁香觉得夏姐的对敌斗争经验比自己丰富多了，处事也沉稳得多。

船被纤绳牵引着继续缓缓前行。拐过一个水道后，就进入顺风顺水了。纤夫上船，扯起了一面帆，船速也快得多了。

船至汾湖镇，天边已经泛出鱼肚白。果然，透过河面上升腾的雾色，看见镇口的河岸上有军人把守的哨所。七八个军人或持长枪或挎短枪站在岸上，见有船过来，马上厉声喝道：“靠岸！快靠岸！”

船帆缓缓收起，靠岸。

夏姐和丁香前后钻出船舱，夏姐取出墨镜戴上。

丁香刚才一路上还有些倦意，这时完全清醒了。

岸上的军人铁板着脸，在挎短枪的长官带领下纷纷跳上船来。

夏姐拿出特别通行证递给长官。

长官把通行证正反掉过来看了几遍，指指舱里："装的什么货，去哪里？"

夏姐从容不迫地说："日本玩具、药品。"

"药品？"长官脸一沉，对夏姐说，"你不知道这是违禁的吗？"

夏姐笑笑，故意学着日本人说的中国话："货物，太和洋行的，我的，哪敢过问哪。"

"统统扣下！"长官脸色阴沉地挥挥手说。

夏姐转过脸看了丁香一眼，叽里咕噜地说了几句日语，丁香转过脸对长官说："扣下太和洋行的货，这不大友善吧？"

"少废话！"一个军人用枪指着丁香，凶狠地说。

丁香脸一扬，冷眼相对。

有个随从模样的军人走过来对长官耳语了几句。

长官看了夏姐一眼，忽然问："你看着好像是日本人？"

夏姐取下墨镜，淡然一笑，故意夹着日语说："我的奥嘎桑（日语谐音，妈妈），日本的。"

长官问丁香："她说什么？"

丁香知道夏姐的意思，就对长官说："她说她的妈妈是日本人，请多关照。"

"妈妈是日本人？"长官狐疑地瞄了夏姐一眼，脸上终于露出一点笑，"日本洋行也要交过路费。"

夏姐早就准备好了，从皮箱里摸出两卷银圆，交给长官。

长官掂了下银圆，沉甸甸的，随后挥挥手让军人离船："日本洋行的，放行。"

夏姐哼了一声，戴上墨镜，拉着丁香就回船舱里去了。

船老大一点竹篙，船离岸，帆支起来，船轻快地朝前行。

夏姐松了一口气。前面就要过嘉善，再走上半天，就可以到嘉兴了，后面应该不会有什么关卡了。

日上三竿，江南的田野充满夏天的景象，细浪般晃动的稻禾泛青了，河边的水车由二三人踩着朝田沟里车水，柳枝上的蝉开始叫夏。远处的村舍像浮在绿浪上的几条大船，黑白相间的房子错落有致，飘起了袅袅炊烟，像种在屋顶上的树。更远处的山像瘦骨嶙峋的老牛趴在地平线上。

丁香蓦然想起王安石《书湖阴先生壁》中的诗句，“一水护田将绿绕，两山排闼送青来”，扭头看看夏姐已经靠着舱板睡着了。夏姐一宿没合眼，实在太累了。

一条乡下的接亲船披红挂彩、吹吹打打，擦肩而过。

船到嘉兴码头已近黄昏，夏姐站在船头上一看，码头上空空荡荡，出奇的静寂。她关照船老大靠岸，把船拴在码头上，带着丁香上了岸。

丁香拎着小皮箱跟在夏姐后面，绕过一些露天堆放的木料、黄沙堆，找到 3 号仓库。

夏姐取下墨镜左右一看，吓了一跳，仓库大门上被警署交叉贴上了封条。她立刻警觉起来，拉住丁香说：“接头点出事了，快走！”

她俩还没走出一丈远，旁边的小门里忽然蹿出来四五个拿枪的军警，为首的瘦高个一身灰军服，束腰皮带上别了一支短枪，神气活现地笑道：“等你们好久了，太和洋行的小姐。”

随后，瘦高个挥挥手吩咐手下：“货物统统扣下，押往城防团的后勤码头。”

三个军警端着枪上了船，喝令船老大马上开船，一直往西。

夏姐在心里直埋怨自己的警觉性太差，怎么会没有看出码头的异常动静呢！这下糟了，撞在敌人的枪口上了。她懊悔不已，但为时已晚，她一下子像落到了冰窖里。

“走吧。”瘦高个挥挥手，得意地一笑。

另一个军警立马过来拿枪押着夏姐和丁香走向码头西侧，那儿停了一辆破旧的美式吉普车。

丁香并不害怕枪口对准自己，而是为一船药品被暂扣而沮丧。

夏姐紧紧握住她的手，用眼神示意她别慌。丁香紧紧地抓着小皮箱。

吉普车一路颠簸，七拐八弯，在城郊一处空旷的码头上停下来。

军警押着她俩走进一间没有窗户的库房，随手把门关上，“哐当”一声上了锁。

库房里黑乎乎的。夏姐攥住丁香微微有点颤抖的手，低声说：“别怕，有我在。”

“我不怕。”丁香不是心慌，而是沮丧，“我在想那一船药品……”

夏姐极为难过：“怪我太大意了，我没有想到嘉兴这边交接点会突然出事。”

说话间，她俩听见库房外有搬运东西的声响，好像还听见船老大的声音：“我们真是太和洋行的，长官，你不能扣押船上的货物啊。”

“药品全部没收！”好像是那个瘦高个在对船老大说，“你可以开船走了。”

“我没法向货主交代啊，”船老大不肯走，“你们不能扣货！”

“少废话，”瘦高个一声断喝，“快走！”

过了一会儿，外面渐渐安静下来。

又过了一会儿，听见吉普车“卡卡卡”发动的声音。

夏姐贴住门缝朝外一看，几个军警匆匆跳上车，车开走了。

这时，听见门外传来脚步声。

有人来开锁。

门拉开后，腰间别着短枪的瘦高个看看四周没人，突然走了进来，一线阳光跟了进来：“两位同志，委屈你们了！”

夏姐、丁香都吃惊不小，一时愣住了，怎么也不会想到这个瘦高个的军官竟是同志！

瘦高个从口袋里摸出半张验货单，交与夏姐看。

夏姐拿出自己的另外半张纸，正好凑成一个“林”字。她喜出望外，一把握住对方的手，激动得不知道说什么好。

瘦高个拧着眉头说，嘉兴这边出了叛徒，3 号仓库的同志被抓走了，情况紧急，所以不得不出此下策，让你俩受惊了。 这批药晚上就会运走。 待会儿吉普车回来，开车的是自己人，我送你们去车站。

夏姐问自己的那条船呢?

瘦高个说打发他们先走了。 他笑着对夏姐和丁香说：“我本来应该尽地主之谊，至少请你们吃几只五芳斋的肉粽子，但情况实在紧急，只能给你们带在路上吃了。”

夏姐笑笑说：“我们顺利完成交接任务，比吃啥都香呢。”

吉普车回来了，瘦高个把她俩送往车站。 到车站后，他从车座后拎出两袋肉粽，给她俩一人一袋：“一路保重，同志！”

夏姐、丁香笑着与他挥手告别。

虚惊一场！

丁香实在佩服嘉兴的同志处理紧急情况的老到，竟想出这么一招，暗度陈仓，在敌人眼皮底下就把药品安全运走了。 对于初次经历这种真刀真枪场面的她来说，这无疑是一次钢的淬火。

丁香笑着告诉夏姐，这次嘉兴之行，我好像孙猴子在太上老君的八卦炉里炼过一样，有点火眼金睛了。

夏姐笑道你不是孙猴子，是白猴子。

丁香乐了，捶了夏姐一下。

第十三章 婚誓

1932 年 4 月末的一天，经中共上海电信公司“特支”批准，阿乐和丁香秘密结婚。

婚房租住在老西门外一户人家的阁楼上。房间不大，但布置得很温馨。

丁香特地买了一束自己最喜欢的红玫瑰插在花瓶里，放在钢琴盖上。

阿乐则抱回一床绣有鸳鸯的红丝被，齐整地叠在床上。因为是秘密结婚，所以既没有宴请亲朋好友，也没有像寻常人家一样在门上、窗上贴红“囍”字。

阿乐说，他们的新房以后也将是“特支”的秘密联络点。

阿乐这时的公开身份是交通部所属的上海无线电总台公报员，后任公报主任，秘密身份是中共上海电信特别支部的宣传委员。直到结婚这一天，丁香才知道阿乐是和自己一样的“革命同志”，阿乐也才知道丁香其实还比自己早半年就加入共产党了。

他们激情相拥时，丁香调皮地戳了一下阿乐的鼻子：“你真能瞒我啊。”

阿乐回了她一个深吻，轻声说：“你还多瞒我半年呢。”

洞房花烛夜，阿乐把灯关了，点燃一支红烛，与丁香相对而坐：“太太，许个愿吧。”

丁香双眼微闭，两手合十，许了一个愿。随后，她笑着对阿乐说：“你也许个愿吧。”

阿乐对着烛火若有所思，虔诚地许了个愿。

丁香笑道：“你许个什么愿呢？”

阿乐反问：“你呢，能告诉我吗？”

丁香从抽屉里抽出两张纸：“我们都把它写下来，记住，对‘组织’必须绝对忠诚！”

小夫妻俩分别写下自己刚才的许愿，一起摆到桌上，互相一看，都惊讶了。

丁香许下一个愿：“共产革命早日胜利！”

阿乐许下一个愿：“中国有光明的未来！”

这对年轻人的愿望如此相近，心灵如此相近，不由得相对一笑，紧紧地拥抱在一起。

阿乐抚摸着丁香柔软的头发，忍不住动情地说：“我终于娶到你了，我的太太，我这辈子都会对你好，永远的好，天长地久的好。”

丁香仰起脸热烈地吻着阿乐，她沉浸在幸福的甜蜜里，幸福的泪水盈盈在眼，滚烫的心就像烛火一样欢跳着。

洞房花烛深深处，慢转铜壶银漏。阿乐的心里被欢乐的情感浪潮涨满了，真希望时间永远停留在这一刻。可惜夜太深沉，不然他真想取下二胡，舒展身手，拉一曲《良宵》。

这是老西门深巷里的一个幸福满满的小阁楼。

这是一场没有他人祝福，却充满了未来祝福的秘密婚礼。

没有拜亲访友，也没有度假蜜月，第二天一早，阿乐就去上班了，临走时俯身吻了吻丁香："你再睡一会儿吧，我走了。"

"我也要起来了，出去买点熟菜，晚上我等你回来。"丁香披衣坐起，笑道，"下午我也要去同济大学参加一个读书会。"

新婚第二天，他俩就忙着各自的事情去了。直到夕阳西下时，丁香才带着一身疲倦归来。路过老西门闹市区时，她买了点熏鱼、酱鸭和一瓶法国红葡萄酒。她要和阿乐好好喝几杯，然后要好好弹一曲《小夜曲》，阿乐一直埋怨丁香没有完整地弹一曲《小夜曲》给他听。

阿乐很晚才回来，一进门就拍了下手，兴奋地告诉丁香："大好事，日本人吃苦头了！"

丁香同样很兴奋："我已经知道了，真是恶有恶报。"

那是 4 月 29 日，日本宣称要在天皇裕仁生日当天在虹口公园举行所谓"淞沪战争胜利祝捷大会"，激起上海民众的强烈愤慨。十九路军成员陈铭枢决定采取破坏行动，把任务交给暗杀集团首领王亚樵，王与大韩民国临时政府人员常有联系。由于中国人不易进入典礼场地，于是王找到了韩国革命党人安昌浩，决定由韩国人乔装成日本人进入会场投掷炸弹。安昌浩把任务交给韩国临时政府中的金九，金九毅然承担任务。他与同伴尹奉吉在太极旗前宣誓后，便装扮成日本侨民混进虹口公园。

"祝捷大会"在 10 时开始，尹奉吉在日人唱国歌时投掷水壶形炸弹，侵沪日军总司令白川义则、居留民团团长河端贞次当场身亡，驻华公使重光葵、上海战役师团长植田谦吉都被炸去一条腿，第三舰队司令野村吉三郎左眼炸瞎，多人被炸伤。金九趁乱逃出会场，尹奉吉当场被捕，后被杀害于日本金泽。事后日军四处搜捕中韩志士，安昌浩被捕至汉城杀害。

大韩民国临时政府因此被迫撤离上海，在中国境内几经迁移后移驻重庆。

南京政府与日本人签订《停战协定》不仅是参战军人想不通，中共也早已表示强烈不满。4月15日，江西苏区临时中央政府曾通电全国，毛泽东代表苏维埃政府发表了《对日宣战训令》，提出“以民族革命战争驱逐日本帝国主义出中国”的主张。

上海地下党立即行动起来，准备组织工人罢工、学生罢课、商人罢市，抗议南京政府签订的屈辱的《停战协定》。

阿乐说，电信公司“特支”下午开了个秘密会议，决定参与上海地委的统一行动，通电全国，反对南京政府与日本人媾和出卖上海。几家大厂，还有我们电信公司准备举行联合罢工。丁香其实也接到了夏姐的指令，酝酿发动大专院校的学生罢课抗议。

“一场大风暴又要卷来了，”阿乐一边倒酒，一边兴致勃勃地说，“让我们为斗争干杯！”

丁香举起酒杯：“为斗争干杯！”

阿乐说明天我们“特支”的同志要在我们家碰个头，商量罢工的具体发动工作。

丁香笑道，我到巷口给你们盯着点，有异常情况就及时回来告知你们，同志们可以从后门口出去。

“你真是我的贤内助，”阿乐爱抚地摸摸丁香的脸，“但愿不出事最好。”

“谁愿意出事啊，”丁香撇了下嘴说，“时刻防着出事，才能不出事嘛。”

丁香忽然想起这里既然是一个联络点，那门口应该设置一个标记，比如门楣上挂个小铃铛，也不显眼，平安无事的话就把它挂出去，这也是为同志们安全考虑。

“聪明！”阿乐说，“是该多想着同志们，毕竟现在是黑暗时期。”

丁香笑道：“除了走过黑暗，就不能到达黎明。”

“真没想到我太太还是诗人嘛！”他放下酒杯，一下把丁香抱了起来，在她脸上亲了一下。

丁香抓起酒瓶，给阿乐倒了半杯酒。

阿乐一饮而尽，挺起身看看窗外，若有所思。

“想什么呢？”丁香笑笑，捏了一下他的鼻子。

阿乐说：“我在想将来我们的孩子最好是女孩，像我太太一样漂亮的女孩。”

“别取笑我。”丁香笑道，“我也喜欢女孩，你教她二胡，我教她弹琴。”

“你想让她长大后当音乐家啊？”

“未必吧。嬷嬷说女孩子总要有点音乐细胞的。”

“还记得在东吴读书时，我们看过的《今日苏联》画报，我希望我们的孩子将来去集体农庄当拖拉机手，中国农村的耕作器具太落后了，有了拖拉机，农民就不用天天面朝黄土背朝天地辛苦劳作了。”

“我想让我们的孩子去做文学家，等我们老了，就一起坐在草地上享受黄昏的夕阳，把我们的故事告诉孩子，让她写成书，让读者知道他们的父辈所做过的事是值得自豪的。”

“这个想法好，”阿乐拍了下手，越说越兴奋，“到那一天，我想我们再不用东躲西藏了，可以堂堂正正地站在阳光下说，‘我是共产党的人’！”

“不管做什么。我们的孩子先要学会做人。”

“说得太对了，做一个心灵干净的人，像我太太这样的人。”

“你坏……”丁香捶了阿乐一下，“尽拿我取笑啊。”

阿乐沉浸在美丽的憧憬中：“等我们的孩子长大了，趁我们还走得动时，就带着孩子出去见识祖国的山山水水。”

丁香拍拍手笑道：“我们去西藏，那儿太美了！”

阿乐说：“好主意，就去西藏。”

小夫妻俩说说笑笑，向往着遥远的西藏，幸福的夜晚充满了欢乐情调。

丁香掀开琴盖，弹了一曲舒伯特的《小夜曲》，那甜蜜而悠长的旋律回旋在阁楼里。

夜依然是宁静的。硝烟散尽，十里洋场的夜晚恢复了灯红酒绿，五光十色的霓彩在暗色中闪闪烁烁。

日子如水一般流去，不急不缓，平淡无奇却也充满激情。

一天，丁香接到夏姐的通知，在亚尔培路的一家药铺的二楼上开个秘密会议，议题与阿乐要开的“特支”会差不多，就是立即组织大规模罢工、罢课、罢市，反对《停战协定》。

丁香赶到药铺时，夏姐已经来了。会议在楼上一间堂屋里召开，一张八仙桌，铺上一块台布，散散落落摆着一副麻将牌。每人面前摆着一叠筹码，泡了一杯茶。这是万一出现情况就可以摆出打牌的样子。

地委妇女部的负责人是“老地下”了，有丰富的革命斗争经历。她简要地介绍了目前形势和党在城市的中心工作，要求克服“和平保守”“消极等待”等畏难情绪，采取主动进攻策略，待条件成熟后举行“城市暴动”，一举夺取全国政权。这次反对“淞沪停战协定”是个千载难逢的机会，要发动全市工人罢工、学生罢课、商人罢市，造成更大声势，给南京政府施加更大的压力。

夏姐具体负责工会一头的联络工作。她说从目前情况看，发动大规模的罢工可能有难度，因为战事刚刚过去，不少工厂因为停工停产，工人收入下降，生活困难，现在刚刚复工，再去鼓动罢工，很多工会领导表示有难度；其次，工人罢工一般要有与其自身利益密切相关的理由，空洞的口号很难激励人。

丁香与夏姐的看法大同小异，学生虽然没有工人的经济诉求，但前一段“会战”有相当多的进步学生参加战地服务，课程耽误很多，再要拉出来罢课，难度也不小。

“老地下”是常州人，口音很重，“我们”说成“我家”，你们说成“倔家”，她斜了两人一眼：“这也难，那也难，我家就不革命了？我的同志妹，越是有困难，就越是要我家去做工作嘛。”

夏姐不无忧虑：“我是担心欲速则不达……”

“担心什么？”“老地下”挥了下手，慷慨陈词，“罢工、罢课，一定要搞；我已组织在南京路、跑马场等人多的地方搞几次‘飞行集会’，显示革命的力量。苏联十月革命就是一夜成功的嘛，革命就要有点大的声势，冒险是值得的。”

夏姐在原则问题上一向是坚持自己的意见：“我不赞成‘飞行集会’，效果不大，还会过早暴露我们自己。”

丁香附和夏姐的意见：“上海的黑暗势力还很强大，我也不赞成搞‘飞行集会’。”

“共产党人怎么可以被反革命吓倒！”“老地下”拍了下桌子，以命令式的口气说，“就这样定了，这是上级的指示，大家分头准备吧。小夏，明天的‘飞行集会’由你负责，声势一定要搞大。小白，你那个青年部要把学生发动起来罢课，越快越好。”

夏姐不再说什么，她尽管可以保留自己的看法，但一旦组织上决定了，那就只有去坚决执行。散会后，她和丁香走在回家的路上，心情有些沉重。天津、武汉、南京等地都搞过“飞行集会”，结果是很快暴露了自己，当地的党组织都遭到了严重的破坏。她早已将自己的生死置之度外，但让许多忠心耿耿的同志被置于极其危险的境地中，她真的于心不忍。

丁香劝夏姐是不是跟组织上再申述一下自己的理由？

夏姐摇摇头，说为时已晚，因为“飞行集会”已经通知下去，有工人骨干三百多人参加，地点选定在南京路永安公司门口。

丁香为夏姐暗暗捏了一把汗，叮嘱她无论如何要注意自身安全。

夏姐淡淡一笑，两手一摊做了个无可奈何的手势。

到了第二天，丁香明显地坐立不安，她实在不放心夏姐，就乘车去南京路。刚过静安寺，就看见南京路西口聚了不少人，大多骑着自行车向永安公司涌去，一路上有人散发传单，人们高呼口号：

反对停战协定！

拥护共产党对日宣战通电！

解散南京政府！

推翻国民党反动统治！

人群潮水般涌向永安公司，来往车辆被堵在两边。

丁香远远看见夏姐站在台阶上，对愤怒的人群喊道："同胞们，南京政府签订的停战协定丧权辱国，我们决不能答应！我们要向日本帝国主义宣战！"

丁香努力往前挤，她虽然知道她的声音在巨大的声浪中很快就被淹没了，但她还是跟着高呼口号。

夏姐继续发表演讲："日军炸毁了我们的火车站，闸北区成片工房都被炸毁了，中国军人死伤那么多，我们怎么能与强盗讲和！我们抗议南京政府……"

夏姐的话还未说完，人群中就有人尖厉地叫道："军警来了！"

从南京路东西两个方向，大队军警、巡捕握着短枪、举着警棍，像狼群一样恶狠狠扑向集会的人群。他们见人就打，逢到手里拿着传单的马上就抓，一时哭喊声四起。参加集会的人纷纷夺路而逃，连自行车都不要了，纸屑、血衣、被踩踏的鞋子丢了一地。

夏姐被别人推搡着，推到一条狭窄的里弄里。丁香紧张得心怦怦跳，顾不上危险，从外围挤过去，跑到里弄里，拉起夏姐就从一户人家的后门口跑了出去。

警笛声还在到处肆虐，空气里飘散着血腥味儿。

这场"飞行集会"前后持续不到半小时，有五十多人被军警打伤，十多人被巡捕抓走，其中有两个是主要组织者。据《上海党史资料·民国卷》记载，这次在南京路举行"飞行集会"的教训是沉痛的，有三个厂的党组织被完全摧毁，主要组织者中一人叛变，一人失踪，还有一人逃离。

逃离的那个人就是夏姐，因为身份已经完全暴露，组织上秘密送她去了江西苏区。

丁香与夏姐最后一次见面就在当天夜里。

夏姐告诉她，自己已经完全暴露了，不得不马上离开上海。

这是丁香意料中的事，但从情感上说，她对夏姐更多的是依依不舍。她在夜色中默默地陪着夏姐走了很长一段路。临别时，她紧紧握住夏姐的手，带着哭泣的声音说："没想到这么快就分别了。"

夏姐很难过，搂住丁香，拍拍她的后背说："别伤心，我会回来的。"

"我相信你一定会回来的。"丁香抹了下眼睛，动情地说，"一路珍重，夏姐。"

傍晚飘起了毛毛雨，路边的法桐枝叶上滴落着伤心的泪。

夏姐撑一把小伞匆匆走进了苍茫的夜色之中。之后，丁香再也没有见过她。

原来设想中的大罢工、大罢课、大罢市的计划因叛徒告密而破产了。

事情的发展比丁香想象得更糟糕。半夜里，忽然有人来敲阁楼的门，阿乐开门一看，是电台的老林同志。老林气喘吁吁地说："出事了，参加'飞行集会'的小盛被警局带走了，'特支'通知你赶快转移！"

阿乐大吃一惊，小盛是新发展的党员，尽管不清楚他在警局表现怎样，但以防万一，他知道这个地方，当是不能联络点再用了。阿乐果断决定："老林，你马上去通知'特支'的同志，明晚的碰头会取消，大家暂时不要联系。"

阿乐对丁香说，准备一下，我们连夜走，去我的老家太仓躲一躲。

丁香焦急地问："深更半夜怎么去啊？"

阿乐说我们去十六铺码头上雇一条小船，坐船去，一早就能到太仓了。

阿乐花了五个大洋，谎称家母急病，雇了一条带篷的渔船，催促船家连夜开船。

阿乐坐在船舱里，很有些歉意地抚着丁香的肩头说：“人家做新娘子，跟着丈夫漂洋过海去度蜜月，可你跟着我却要一路颠簸。”

丁香轻轻一笑说：“谁让我们是干这一行的呢，今天的颠簸就是为着明天的不再颠簸。哪一天我可能也有危险，你也要有心理准备啊。”

阿乐用手捂了下丁香的嘴巴：“不许瞎说，我不能让我的太太有危险。”

渔船从黄浦江转道浏江，摇摇晃晃地颠簸在无边的夜色中，雨蒙蒙，情切切。

在太仓待了几天，丁香先回上海，去老西门的巷子里打探，发现没什么异常情况。后来她去电信公司找到老林，老林悄悄告诉她，小盛的身份暂时没有暴露，警局只是把他当作“飞行集会”普通参加者叫去讯问，关了两天，就由家人保释出来了。

老林说雨过天晴，让丁香叫阿乐放心回来。

第十四章 使命

夏姐临走时，给丁香交代了一件事：在被日军轰炸的闸北区有一家华丰搪瓷厂，成品仓库里藏着一个木箱，里面有宣传资料及一些银票、银圆。她让丁香等局势安定后，去找看仓库的老李同志，就说是“北方”让你来拿的，然后把它交给工会部。

丁香说夏姐放心，我一定完成任务。

过了些日子，丁香借口出去采访，坐黄包车去了闸北。那里被日本飞机炸毁的低矮平房已经清理干净，楼房则还千疮百孔地裸露着战争的伤痕。车夫识路，直接把她拉到了搪瓷厂。门卫听说是来找看仓库的老李，就对丁香说老李做不动了，得了一个头字的病（癌）早就回家了。丁香急忙问他老李的家在哪儿？门卫说好像是在普善路那边，具体哪条弄堂不清楚，哦，想起来了，弄堂口有一家馄饨店，进弄堂问老李邻居都晓得。

按照门卫的指点，丁香又雇一辆黄包车找去。她来上海有半年多了，可是对上海纵横交错如蛛丝网的街巷还是一头雾水。所以，她出门尽可能叫三轮车或黄包车，省去走冤枉路。

黄包车夫问了几个讯，好不容易找到那里，弄堂口果然有家馄饨店。问邻居搪瓷厂的老李住在哪里，邻居领着丁香来到一个亭子间里。那是楼梯拐弯处一个很小的贮藏间，老李就租住在里面。亭子间里黑乎乎的，搁了一张单人床、一张小桌子和几把椅子就转不过身来了。

老李疲惫不堪地靠在床上，看样子病得不轻，看见丁香走进来，只能勉强坐起半个身子，对她点点头算是打招呼了。

丁香走近老李身边，轻声说："我是'北方'派来的。"

"哦，小同志！"老李勉强一笑，挣扎着想爬起来，丁香赶紧扶他靠在床架上。

"我终于等到'北方'派人来了。"老李伸出枯瘦的手握住丁香的手说着，费力地指指床下，"床底下有个木箱，是'北方'存在我这儿的，上面的封条没有破吧？我冒着危险半夜里从厂里搬回来的，你把它交给'北方'同志。"

丁香从床底下搬出木箱，那是一只装肥皂的木箱，有点沉。

"你告诉'北方'，我完成使命了。"老李喘了几口气，脸上竭力地挤出一点笑，"我一直在盼着'北方'什么时候来取这个箱子，今天我终于盼到了。"

丁香看看老李，不由得动情地握住老李的手："谢谢您，老同志！"

“小同志，”老李似乎还有话要说，喘了几口气，竭力地笑了一下，“我老了，过不了几天了，你转告‘北方’同志，我没有做对不起党的事。”

丁香噙着眼泪点点头，安慰老李：“您要好好养病，我以后还会来看您的。”

“我等不到那一天了，你和‘北方’都还年轻，还有很多事要做……”说着，老李指指墙角的竹壳热水瓶，对丁香说，“麻烦你帮我倒杯水，我吃两片止痛药。”

丁香倒水时看看小桌上，半碗吃剩的菜面，还有一碟咸菜：“老同志，你吃得太苦了。”

“我吃不下。”老李从枕头下摸出两个银元，颤抖着手交给丁香，“替我转交‘北方’，我的党费。”

丁香心里极为感动，眼里噙着泪，竭力安慰老人好好养病，然后抱起箱子往外走。她招来一辆黄包车，把箱子搁在座位下，回头深情地看了一眼弄堂口就走了。

回家后，丁香打开箱子清点了一下，里面有宣传材料五扎，银圆四十三枚，还有交通银行的百元银票三张，纸币八十一元七角二分。丁香把全部东西放回箱子里，在物品上写上一纸条“北方存交”，一周后找机会交给了组织。

夏姐走后，丁香一时觉得心里空落落的，但她想起梅姐曾经说过的话，“我们可能被打败，但我们决不会认输”，信仰是用来坚信的，理想是用来追求的。

不要彷徨，不要胆怯，
我的热量，我的温度，
来自太阳永恒的热，
来自黑暗中的苦苦探索。
流淌在冰雪消融的泉溪，

闪烁在绿色的阡陌，

每一片绿叶上，有我热情的微笑；

每一颗露珠上，有我虔诚的祝福。

死水一般的日子过得很慢，也很沉闷。

江南的梅雨天一过，天气立刻就变得闷热起来。

丁香的心里一直放不下的是寄娘，她在紫金庵里还好吗？ 她想她无论如何要去看看寄娘。 阿乐非常赞成丁香的想法，就说趁星期天休息，我们一早坐车去苏州，然后到城南坐马车去光福，这样赶得及坐夜班车回上海。

星期天一早，丁香拎着隔夜买来的上海糕点、糖果，还有寄娘最喜欢嚼的上海老城隍庙的奶油五香豆，坐早班车去苏州。 同车的旅客告诉他俩，车站一侧就有马车去光福、东山的。 他俩一听意外高兴，出站后就坐马车走了。

那是两匹马拉的马车，车厢里可以相对坐四个人，去光福的车费是每人半个银圆。 马车出石路，过横塘，转过木渎，冒着暑热跑了近两个小时才到光福镇上。

丁香拎着装奶油五香豆的牛皮纸包，阿乐提着糕点、糖果，兴冲冲赶往紫金庵。

紫金庵还是老样子，杏黄色的墙壁上写有“南无阿弥陀佛”几个字，漆皮剥落的两扇门，有一扇虚掩着。 进门是院子，院子里积了一些隔年的枯败枝叶，树枝上有知了在叫。

丁香喊了一声：“寄娘！”

没人回应，院子里死一般静寂。

阿乐重重地叫了一声：“寄娘，我们来看您啦！”

这时从殿堂里姗姗走出一位老尼，想必是庵里的师太了，左手挽了一串佛珠。

丁香趋前双手合十致礼：“敢问师傅，我的寄娘在吗？”

师太眯缝着眼睛看看丁香，又看看阿乐，漠无表情地说：“她走了，早埋了。”

“啊！”犹如晴天霹雳，一下子把丁香打蒙了，好半天才回过神来，颤颤地问：“埋在哪儿？”

“阿弥陀佛！”师太双手合十，念了一声佛号，然后带丁香出来，用手指指庵堂背后的那一片坟地，“就埋在那儿，给她烧点纸吧，真是个可怜人哪！”

丁香和阿乐在坟地里找到寄娘的坟，坟上已长满杂草，一截短小的石碑上依稀刻有“陈吴氏之墓”——中国的劳动妇女到死也还没有自己的名字——丁香心如刀绞，极为难过，关照阿乐赶快去镇上买些锡箔、黄表纸来，供供寄娘，为老人家烧一点纸。

丁香躬下腰拔着寄娘坟前的荒草，荒草已经没膝高了。寄娘活着时孤孤单单，死去后还是孤孤单单，无人送她上路，也无人来扫祭，想到这里，眼泪就忍不住淌下来，自言自语地说：“寄娘，不孝的丁香看您来啦……寄娘，您听见丁香在说话吗……我的好寄娘……”

树顶上的乌鸦“呱——呱——”叫了两声。

阿乐买回一堆锡箔、黄表纸，丁香跑去村民家借来火柴，在寄娘坟前点燃了锡箔纸，一边烧纸，一边流泪倾诉：“寄娘，丁香来看您老人家了……”

燃尽的锡箔纸呈灰白色，微风吹过，一片片飞起来，就像灰白色的蝴蝶绕着坟头飞舞。

从寄娘的坟前归来，丁香的心情久久难以平静。她悲伤，她哀痛，心里好像压着一块沉重的石头。

回到上海的家里后，她还没有缓过神来，默默打开琴盖，弹着贝多芬的《悲怆奏鸣曲》，一边弹一边流眼泪。

第二天，丁香的眼睛有些红肿，化了点淡妆，就匆匆去上班了。

报社在一座木结构小楼上，楼前是一方池塘。正是盛夏时节，池塘里的荷花开得正兴旺，树上的蝉与青蛙不知疲倦似的叫个不停，让人听了头脑发涨。池塘边的柳树根下，蚂蚁特别多，雷雨前往往成群结队爬出来。

丁香缓缓上楼，刚坐下，还没来得及泡杯茶，坐在靠窗一侧的“眼镜”就拿了一份稿件走过来，往桌上一放，指指稿件：“读者爆料，明星影片公司一个女演员不堪凌辱服毒自杀，你去核实一下，在第三页上。”

说罢，“眼镜”铁板着脸回到自己座位去了。

丁香来报社后，感觉“眼镜”是个特别奇怪的人。他戴了副深度近视眼镜，好像总是铁板着脸，很少笑，也很少与同事说话。上班来了，一头就埋在稿件堆里；下班了，拎上他的皮包就走，他的皮包一根拎襻断了，就用细麻绳勉强系住，也不与同事说声“再见”自顾就走了。在编辑部里，他就像一个影子，有他不多，没他不少。

丁香第一天来上班时，看到墙上的白板上写了“宓，去印刷厂校稿”一行字，知道“眼镜”原来姓宓，百家姓中比较稀少的姓。据说是上古时伏羲氏后代的一个分支，所以，“宓”也通“伏”。“眼镜”回来后，她主动跟他打招呼，介绍自己：“宓先生好！我姓白，白丁香。”

“眼镜”不冷不热地看了她一眼，淡然一笑，回自己座位上去了，弄得丁香一脸尴尬。

看来“眼镜”的性格有点“角别”（上海话，特殊，有个性的意思）的。丁香抬起脸看了他一眼，“眼镜”则好像根本没在意她，把一张消瘦的脸埋在稿件堆里。

丁香轻轻一笑，翻开“眼镜”送过来的稿件，翻到第三页，她大吃一惊，里面夹了一条半指宽的纸，上面写了一行正规的仿宋字：“章，不是自己人！”

丁香看后，立即把纸条撕成碎片，扔进字纸篓。

章小姐坐在丁香对面，比丁香小一岁，是一个热情的姑娘，思想也很激进，不时还能从包里翻出一本《觉悟》或者《新时代》之类的进步刊物，丁香把她当作自己的妹妹看，甚至还想过要把她拉到读书会里来。“不是自己人”是什么意思？“自己人”又是指谁？奇怪的是这半指宽的纸条，是谁写下的，“眼镜”还是其他人？

丁香又一次看看“眼镜”，“眼镜”的目光一直就没离开过稿件，好像刚才的事与他无关。

正在丁香疑惑不解时，章小姐像一只快乐的小鸟一样飞进来了，一进门，就把一颗巧克力扔在丁香桌上：“吃糖，嗳，说定了，今天你要带我去复旦的哟。”

丁香答应过她，今天带她去复旦“读书会”与同学们见面，可是那张半指宽的纸条让丁香不能不多长一个心眼。于是，丁香淡淡地笑了一下说：“今天我有一个‘读者爆料’要去调查。”

章小姐好奇地问：“爆料什么？”

“一个女影星服毒自杀。”

“这社会太黑暗了，总是逼得我们女人无路可走啊，白小姐，你说是不是？”

丁香淡然一笑，没接她的话。

章小姐讨了个没趣，也就回自己座位上去了。

丁香把那份“读者爆料”塞进包里，然后在搪瓷小白板上写下“白，去明星公司核实材料”就走了。这是总编立下的规矩，编辑、记者每天的去向要留在白板上备考。

丁香今天去明星公司是次要的，更重要的是要去复旦参加读书会，还要与其他学校学生会的负责人开个碰头会，商量各校扩大读书会、加强联络的事。

丁香坐在黄包车上就在想，若不是那张纸条的及时提醒，章小姐跟她去复旦，那结果可能会很糟糕。她不由得吓出一身冷汗。她想起夏姐反复跟自己说过的话，“做地下工作，多长一个心眼还不够，要多长几个心眼”，不由得敲了一下自己的脑门，“丁香啊丁香，你差点酿成大错！”

她到现在还是不知道，这纸条到底是不是“眼镜”写的，看他那漠无表情的样子，实在很难相信是他写的，那又会是谁呢?

丁香忙完读者爆料的事，在路边的小吃店吃了一碗菜肉大馄饨，就匆匆赶往复旦大学。她找到学生会的联系人，对方急促地告诉她，下午的读书会不能举办了，警方已经来人，通知校方学生不能聚会，好像他们已经嗅到了什么。

丁香吃了一惊，她很快联想到早上见到的那张半指宽的纸条，还有“眼镜”、章小姐、写纸条的那个人……她的心里像塞了一团乱麻。以前碰到这种事，她可以去问夏姐，现在她只能独立思考。人总是要在独立思考中逐渐成熟起来。

回到家里，丁香把前前后后的疑点跟阿乐一说，阿乐想了一下，分析说那半指宽的纸条极有可能是“眼镜”所为，但千万不能去说穿，这也是组织纪律；复旦校方禁止学生集会与警方的压力有关，警方提前得到消息与泄密有关，那么谁与泄密有关……

阿乐说纸条上提醒“章，不是自己人”，他让丁香留心身边的章小姐，《聊斋》里披着美女画皮的就是一个嗜血恶魔。

丁香点头称是，说雷雨前最先出洞的是蚂蚁，是应该引起警觉的一种预兆。

那一阵，丁香进出都特别留神。

上班下班，采访写稿，日子过得貌似平静，其实平静中潜伏着危机，也有转机。她盘点这一阵所做的事情，还是有点成就感的：

在地下党青年部的指导下，各大学的共青团支部都建立起来并秘密开展活动，读书会的成员几乎翻了一倍；

丁香跑来的新闻多次受到总编的嘉奖，尤其是一篇署名“白眼”（白丁香）的《从上海到海上》所反映的中国渔民出海捕鱼，遭遇外国军舰撞击的突发新闻稿，配上小言论，“中国领海，中国渔船不得入内，何故？洋人军舰，反客为主横行霸道，可恨！”在同行中引起一阵小小轰动，称赞记者捕捉热点新闻，眼光敏锐，观点犀利；

丁香这个月的“例假”拖了好几天没来，她担心是不是怀孕了？她希望与阿乐有一个孩子，但在这种艰难日子里，她又实在害怕有孩子。

今天，丁香一走进编辑部，总编就急着来找她，指名让她去跑一条突发新闻：大老板严裕棠遭人绑架！

总编要求丁香尽快把内幕挖点出来，报纸会在第一时间向读者披露。

严裕棠（1880—1958），上海滩上举足轻重的民族资本家，上海的大隆机器厂、苏州的苏纶纱厂都是他开办的，在上海还拥有大楼二十余幢、地皮一百五十八亩。他与英国洋行、日本洋行都有生意往来。那天，他像往常一样，坐着他的黑色“奥斯汀”轿车去光裕公司上班。出门前，他在门口的石阶上磕了一下膝盖，家人劝他就别去了。严裕棠笑笑说不关事的，公司董事会有个会议，他作为董事长不去不好。

车快到江西路55号公司门口时，突然从弄堂里蹿出三个持枪的歹徒，“呼啦”一下拦住车子，顺手拉开车门，两个壮实的汉子扑到严裕棠身边，用枪顶住他的脑门，拿出事先备好的黑布袋往他头上一套，另一个家伙拿枪逼着司机：“识相点，往南开，到爱多路（今延安东路）！”

司机惊魂未定，不敢声张，怕歹徒伤害东家，就按他们指的方向往南驶去。

严裕棠被闷在布袋里，开始还有些惊慌，但他很快镇定下来，因为从歹徒的口气中他听出这伙人不是日本浪人，充其量就是上海滩上的小混混，想敲几个钱而已，料他们不敢把自己怎么样。他闭上眼睛，静待事态变化。

当“奥斯汀”开到爱多路口，司机被推下车，另一个家伙操起方向盘，东拐西弯，把车开到一座花园洋房楼下停下来。两人夹住严裕棠走上二楼，把他推进朝北一间小屋里，门“砰”地关上了，“当啷”加了一把锁。

严裕棠无意间发现墙角里有一个铅笔头，就从衬衫上撕下一条布，匆匆写上“严裕棠被绑于此”几个字，把铅笔头包进去扔出了窗外，他希望有人能捡到这布条。

严裕棠遭人绑架后，严宅上下顿时乱了套，逃回去的司机如此这般一说，更把大家吓得不轻。有人说赶快报巡捕房，捉拿凶手；有人说去请杜月笙先生想想办法，杜先生与老爷是有交情的，杜先生出面，上海滩上没有摆不平的事；也有人说等绑匪开条件过来，还是“私了”为好，老爷的性命至关重要。几套方案同时进行。

当天夜里，果然严宅的电话铃声响了，绑匪开出的条件是五千元现洋。严家人稍稍松了一口气，想这绑匪可能也就是“蟹脚”（小角色），为区区一点小钱居然敢绑人！严家马上答应，对方要求严家人把五千元现洋放在布袋里，拎在右手，马上送到恒丰路恒福里，会有人接钱，钱到放人。

当严家人拎了满满一袋现洋赶到恒福里，还没站停，背后就跑过来两个人，夺过布袋就逃。严家人还没回过神来，那边的巡捕房其实已经找到藏匿严裕棠的花园洋房，破门而入，把严大老板解救出来了。之后，三个绑匪全部落网。

对于这起绑票案，坊间有三种说法：一说绑匪头目是上海滩上流氓头子黄金荣的徒弟，“绑票”目的不是图财，而是想吓唬一下姓严的：做生意别“野豁豁”，给别人也留一条生路；一说是严的死对头三星钢铁厂的老板雇人行凶，目的是杀杀严的嚣张气焰；一说是几个地产大亨的恶作剧，因为严家的地产生意咄咄逼人。

哪一种说法更接近实际或者兼而有之？丁香走访了三天，连光裕公司烧锅炉的学徒都问了，也就是上面这些材料。她以“白言”为笔名，连夜赶写了一篇题为《严家上下一夜惊魂毫发未损　三个绑匪束手就擒分文不得》的社会新闻，披露上述细节，登了满满一版。当天报纸发行量猛增，连发行量最大的《申报》都叹服记者“挖料极深，文章精彩”。

总编喜不自胜，当即关照账房付给丁香二十个大洋作为奖励。

丁香很开心，当晚请阿乐在“红房子”西餐厅里吃了一顿法式西餐。

阿乐笑道我是沾太太的光了。

丁香笑着说你以后要加倍偿还我的。

阿乐说那是一定的，五倍、十倍。

盛夏已近尾声，天不再闷热难耐，风渐渐凉快起来。

报社底楼墙根下的蟋蟀在高一声低一声叫秋了。

这天，丁香照例早早来到编辑部，一眼就看见“眼镜”已经端坐在那里。

“眼镜”看见丁香，又把一份稿件放在她面前，手指特地在稿纸上点了一下：“第五页，好好看看。”说罢，铁板着脸就回自己的座位上去了。

丁香迅即拿起稿件，翻到第五页，又见一张半指宽的纸条：“晚7时，天蟾大戏院门口，有人找你。”

丁香抬头看看“眼镜”，想多问几句，“眼镜”用《时报》挡住了自己的脸。

晚上，丁香坐黄包车来到天蟾大戏院，刚跳下车，就看见“眼镜”从台阶上跑过来。他看看四周，照例是铁板着脸：“那边有个茶室，我们去坐一会儿。”

丁香跟着“眼镜”来到茶室。茶室里除了伙计，没有茶客。门外，人来车往，一片嘈杂。

“眼镜”要了两杯“龙井”，破天荒地对丁香笑了一下，轻声说：“白丁香同志，你好！”

丁香听到“眼镜”称自己“同志”吓了一跳，继而有点激动：“‘眼镜’，哦不，老宓同志，您好！”

“眼镜”笑笑，故意让气氛轻松一点，然后悄悄告诉丁香，“你已经被华埠警署盯上了，上了他们的黑名单。据内线密报，他们之所以没有动手，是在撒一张大网，要把上海共青团组织一网打尽。你现在的处境非常危险，组织上考虑让你离开上海暂避一段时间。我们驻北平的联络站上个月被破坏了，有两个同志逃散了。组织上准备派你去重建联络站，不知你的意愿如何？”

丁香对自己所处的险境并不感到意外，淡淡一笑，随后坚定地说：“我服从组织安排。”

“我代表组织谢谢你！”“眼镜”握了下丁香的手，然后从包里摸出一张交通银行的银票交给丁香，特别慎重地交代，“这里是两百元活动经费。到北平后，你到隆福寺找一家‘龙凤’珠宝行，老板是自己人，叫蒯德宝，他会安排你在北平的生活。记住了吗？”

丁香点点头：“记住了，隆福寺，龙凤珠宝行，蒯德宝。”

“眼镜”看看四周，关切地对丁香说：“到北平后，你要特别注意自身安全。”

“我不怕，我会警觉的。”丁香态度坚决，“我一定完成组织交给我的任务。”

“到北平后，你要去找代号叫‘黑皮’的站长，他姓唐，叫唐觉民，北平的内线已经与他见过一面，他藏在卧佛寺的客房里，在等待上海来人去接头。这是我们这边与北平联络站的联络记号，只有站长知道。”说着，“眼镜”警觉地扫了一眼四周，从贴身口袋里摸出半枚铜钱，是锯成一半的“康熙通宝”铜钱，“还有一半在站长手里，见到这个，他就知道你是家里派去的人了。你去找他，不要告诉任何人。千万记住，不能告诉任何人。”

丁香把半枚铜钱攥在手心里，就像攥住了一项神圣而重大的使命。

“祝你顺利，白丁香同志！”“眼镜”站起来，指指门外，“我们分头走。”走了几步，看看四周没人，他又折回来，追上丁香，“报社里那个姓章的女人是国民党派来的，她一直在盯着你。”

丁香对姓章的其实也已经产生怀疑。那天，圣约翰学生在学生宿舍里集会，她事先跟姓章的说起过，那天，她因为在同济的活动刚结束，赶过来时已经晚了。只见宿舍区周围布满军警、巡捕，对学生宿舍逐一搜查。她一直怀疑是被姓章的出卖了。然而第二天，她上班时见到对面的女人，她竟什么事也没有或者说你根本看不出她昨晚做过什么事，还告诉丁香昨晚去天蟾大戏院看了一场越剧折子戏《楼台会》，一招一式，演得真好。

丁香敷衍地笑了一下。

蚂蚁上树，毒蛇出洞，暴风骤雨来临前的凶险随时会扑来。

上个月，阿乐去闸北区一工厂组织工人罢工，不想遭到军警突然袭击，数名工人师傅被捕，阿乐侥幸翻墙逃脱。回到家里，阿乐惊魂未定。他默坐了一会儿，才悲愤交加地取来二胡，憋足全身的力量拉着，直到把心爱的马尾弓都拉断了。

一旁的丁香默默地为他将一根根弓丝接上，提醒他要留意平静中的暗流涌动。

现在，丁香要远行了，阿乐非常担心："到北平去，你更要格外留神啊。"

丁香仰起美丽的脸庞，"嗯"了一声。

阿乐关切地问："什么时候走？"

"我想明天整理一下东西，坐后天的车走。"丁香说，"组织上希望我早点把那边的联络站建起来。"

这时，巷口外又有警笛声急促地响过，尖厉而恐怖。

丁香看看窗外，那是一片闪着诡异灯影的暗色。

她忽然扬起脸，指指自己的肚子，欣喜地低声告诉阿乐："我……我可能有了！"

"真的？"阿乐兴奋莫名，孩子似的跳起身来转了一圈，抱住妻子亲了一口，随后却更加担忧，"那边环境严酷，我不在你身边，你要保护好你自己，还有我们的孩子。"

第二天傍晚，阿乐下班回家时，特地买了很多卤菜，还有一瓶红酒，为妻子践行。

阿乐从口袋里掏出一个翡翠麒麟，放在丁香的箱子里，神秘兮兮地说："我们都是共产党员，无神论者，不过我还是忍不住跑到老城隍庙请了一个麒麟回来，我要你带上，保佑你平安如意。"

丁香打趣说："麒麟还有别的寓意吗？"

"麒麟还象征坚定、美好的意思，"阿乐笑道，"它是按中国人的思维方式复合构思所创造出来的动物。从其外部形状上看，麇身，牛尾，马蹄，鱼鳞皮，角端有肉，黄色。这种造型是许多动物的新复合体，它把那些备受人们珍爱的动物所具备的优点全部集中在麒麟这一幻想中的神兽上，充分体现了中国人的'集美'思想。我的丁香是最美的，完全配得上它。"

丁香禁不住"咯咯咯"笑起来，笑着笑着，一下扑倒在阿乐的怀里。

第十五章 秋寒

初秋的北平，天高气爽，天蓝得就像用水反复擦洗过的镜面。

北海一角的湖面平静得就像一块微微皱褶的绸缎，涟漪荡漾，倒映着天上几朵蘑菇状的云朵。游船像鱼儿般聚集在码头上。

高过屋脊的槐树往往孤独地站在四合院的里面或者外面的角落里，风吹过，飘下一些像花而又不是花的落蕊，铺满一地，像铺了一层泥黄色的薄毡。扫街的老头在树影下扫着落蕊，灰土上留下来一条条扫过的痕迹，细腻得如同指尖上的腡纹。

槐树上有喜鹊或乌鸦的巢，悬在树梢的高处，看似岌岌可危，但纵然风吹雨打、霜寒冰冻，那些巢还顽强地悬在那里，巢里的生命欢快地叫唤着。

故都的秋色总是清寂而耐人寻味。丁香这时没有闲情去欣赏这样的秋意，她急着要找到龙凤珠宝行的蒯老板，尽早把被破坏的联络站建起来。她一出前门车站，就叫来一辆像骆驼祥子拉的洋车（即黄包车），直奔位于内城东面的隆福寺。

隆福寺始建于明代景泰三年（1452），清代改成了喇嘛庙，与坐落在西面的护国寺遥遥相对，一个俗称"东庙"，一个俗称"西庙"。由于隆福寺曾是朝廷的香火院，香火一向极盛。再加之这里离南方客商运粮常走的朝阳门不远，他们经常把随身货物拿到这儿来卖。久而久之，隆福寺发展成为北平内城首屈一指的大庙市。

据《日下旧闻考》记载，隆福寺"每月之九、十有庙市，百货骈阗，为庙市之冠"。花鸟鱼虫，绫罗绸缎，字画古玩，饮食百货云集；星卜杂耍、民间绝活无所不有。每逢市日，这里人山人海。《北平竹枝词》曾用"一日能消百万钱"来描绘隆福寺的兴盛景象。可惜1901年隆福寺里的喇嘛用火不慎，把隆福寺烧毁了。庙虽然没了，但庙市依然火爆，有上千家商铺聚集于此。

蒯德宝开的龙凤珠宝行就坐落在隆福寺西侧，门面不大，两边镶嵌着镂空雕花板，顶上搁了块金字店招，布置得古色古香，颇有情调。

丁香一眼就看到了龙凤珠宝行，她从门前走过，用眼角扫了一下店铺里面，确定没有可疑迹象，然后才折回来。她站在店门口左右打量一番后径直走进店铺，向站在柜台后的伙计打听："请问蒯老板在吗？"

伙计看看丁香，回头对里屋喊："东家，有人找。"

一个精瘦的中年人摇着折扇走出来，其实已经秋凉，手里拿把折扇可能就是想显示一点雅致的风度。他的左额有一块很深的胎记，有半个铜板大。丁香第一眼就记住了对方的外貌特征。

中年人收起折扇，看看丁香，谦卑地笑道：“鄙人姓蒯，蒯德宝，请问小姐是？”

丁香微微一笑：“老家来的，我姓白。”

蒯德宝像机敏的松鼠一出洞就会习惯性地看看四周一样，马上把丁香引进内堂，语气显得异常激动：“上海老家终于来人了！ 你，一个人来的？”

丁香点点头，下意识地看看四周。 这是一间收拾得相当雅致的客堂，墙上挂了几幅齐白石的花卉立轴，靠墙是一列博古架，摆了些瓷瓶、瓦罐、仿青铜鼎之类物件。

蒯德宝给丁香泡了一杯茉莉花茶，然后显得很沉痛的样子，缓了一口气，对丁香说起联络站被警局捣毁的事：“那天夜里，我们五个人正在站里开会，商量在工人中发展党团员的事。 会议开到一半，忽然听到外面传来嘈杂的脚步声，我扒窗一看，坏了，灰狗子（警察）端着枪就跑进来了。 我急忙关灯，让大家赶快散开，从后门逃走。 我们有一位同志当场被枪杀，一位同志受伤被捕，站长同志翻墙逃走，至今下落不明。 我是从后门趁乱逃走的。”

“后来警局没找过你麻烦？”丁香无意间问了一句。

“没有，我们都是单线联系，跟我联系的人已经被枪杀了。”蒯德宝表情显得极为痛苦，若有所思地摇摇头，“做地下工作的就是把脑袋别在裤腰带上了，随时会有生命危险，今天不知道明天。 革命嘛，哪有轻轻松松的，白小姐，你说对不？”

丁香预感到北平的形势是极为严酷的。 她在珠宝行吃了便饭，蒯德宝安排她暂住在钱粮胡同的一个四合院东面一间房里。 他说西面一间是伙计住的。 他让丁香先住下来，歇息几天，然后再来商量建站的事。

丁香想客随主便，趁这几天也好把周围环境熟悉一下。

对这条钱粮胡同，丁香曾经在《申报》上读到过它的传奇故事。那是 1913 年—1916 年间，国学大师章太炎被袁世凯软禁在钱粮胡同的一座四合院中。袁世凯每个月发给章太炎五百个银圆，算是给章太炎一笔数目不小的“囚粮”。在钱粮胡同被囚禁的日子里，章太炎身边的厨师、仆人全都是袁世凯的眼线和亲信。章太炎遭囚禁的三年间，心情非常压抑，曾在很大的一张宣纸上写下“速死”两个字，放到自己的堂屋里。1916年的一天，他趁人不备想要外逃，结果又被袁世凯给抓了回来。直到几十天以后，袁世凯的皇帝梦匆匆结束忧愤而死，章太炎才被释放出来。

丁香傻傻地想自己住的这个四合院不会是章太炎先生的幽禁地吧?

蒯德宝很热情，说给她派个伙计带带路。伙计是个女的，就住在她对门，本地人，熟门熟路，照顾起来应该方便些。

丁香见蒯老板这般热心，不好推辞，就答应了。

丁香住的四合院不大，却打扫得非常干净。房间里搁了一张床、一张榉木方桌，几张条凳，收拾得也很整洁。她很满意，这一夜睡得就很踏实。

第二天一早，对门的女伙计过来与她打招呼，咧着嘴笑得特别夸张。

丁香看看这女人，大概比自己大几岁，也是短发，穿了一身深咖啡色紧身洋装，显得既新潮又干练。那白皙的肤色，勾勒的眉眼，纤细的手指，怎么看都不像个打工的伙计。

“叫我小郑吧。”女人落落大方地握了下丁香伸过来的手，“这几天，我当你的北平向导，有什么你尽管吩咐啊。”

丁香笑笑：“那就有劳小郑了。”

丁香站在院子里，院子里好像没有其他邻居，很清静，方砖地上已经落了一些黄叶。早起的鸽子在蓝天上飞来飞去，甩下一声声“嘘——嘘——”的鸽哨。

大清早，胡同口就传来高一阵低一阵的吆喝声：“大米粥呀，油炸果！”

卖青菜和卖花儿的，挑着篮子，也是一路的好嗓子，杂七杂八的吆喝声此起彼落：

“花儿香来青菜儿鲜。”

“馄饨喂——开锅！”

“硬面！”

小郑问丁香要不要来一碗豆汁儿。丁香说随便。小郑从巷口买回来两碗豆汁，丁香尝了一口，差点吐出来，那味儿实在太难吃了。小郑在一旁大笑，端起碗喝得稀里呼噜的。

小郑带着丁香去了北海公园，说这个公园才开放没几年。在明代，北海是皇宫的后花园，称为西苑。后来开掘南海，堆土东岸，将团城和犀山台与陆地连接起来，并建“金鳌玉栋桥”，使之成为一个整体。清代，在广寒殿遗址上建塔立寺，称“白塔寺”，琼华岛也叫“白塔山”。清光绪二十六年（1900），八国联军侵入北京，北海惨遭践踏。北岸的澄观堂设立了联军司令部，万佛楼的一万多个金佛及园内其他宝物被洗劫一空。1925年经整修后重新向民众开放。

丁香笑道，你知道的真不少啊。

小郑“嘿嘿嘿”笑了，说我当你的向导，事先不做点功课哪成啊。

小郑租了条小船，与丁香一起在湖上泛舟。

秋到北海，蓝天白云，碧水清波，近的绿树，远的枫色，构成了一幅宜人的秋色图。

丁香此刻却毫无赏秋的雅兴，她想着这几天无论如何要独自去一趟卧佛寺，找到自己的同志，尽早把联络站恢复起来。

小郑悠悠地摇着桨，似是无意却有意地问：“白小姐在上海是教书的？”

丁香吃了一惊，她怎么知道我曾经在圣约翰教过书呢，或许是听蒯老板说的？于是，淡然一笑：“教过国文，临时代课的。”

“国文好哇，”小郑划了几下桨，停下，居然发起了人生感慨，“我最喜欢曹孟德的诗句，豪迈大气，‘对酒当歌，人生几何；譬如朝露，去日苦多’，像我们女人，一眨眼青春就过去了，再一眨眼，就人老珠黄了。”

丁香实在不相信眼前这个女人是店铺里的伙计，可又拿不出证据证明自己的想法，于是随口附和道：“曹操的诗我也很喜欢，不过，我更喜欢‘老骥伏枥，志在千里；烈士暮年，壮心不已’。”

“白小姐不愧是干事业的人。据我所知，大凡事业要成功，总得找一些志同道合的合作者，不知你到北平来要找哪些人？”

“我是个寻常女子，干不了什么事业。”丁香心里的疑问越多，说话就越发谨慎，“你们东家比我能干得多啊。”

“我最佩服你们这些人，南来北往，锲而不舍。”

“我充其量就是跑个龙套而已。”

小郑“哈哈哈”大笑，一指丁香：“不说实话。”

丁香溜了一眼小郑，也“咯咯咯”笑起来，笑得小船儿在湖心打转转。

丁香随口问：“听说北平的卧佛寺很有名的，距此地远吗？”

小郑想了一下，说：“远着呢，坐洋车去复兴门，那儿有马车，要坐上大约两个钟头才能到西山，卧佛寺就在西山那边。你要去卧佛寺？”

丁香笑着摇摇手：“不去，只是随便问问。”

这一天，小郑陪着丁香玩了北海、景山、故宫等处，傍晚时又去王府井逛了逛，然后回家。分手时，丁香对小郑说明天你不用陪我了，我想在家门口随便转转。小郑愣了一下，随后说那也好吧。

第二天，槐树上的乌鸦还没出巢，丁香就起来了。出门前，她看见小郑在窗口闪了一下人影，她的猜疑不由得更重了。她猛然想起报社老宓同志跟她讲过的话，去北平建联络站的事，对谁也不能说，这或许包括蒯老板？应该是这样的，这是做党的地下工作必须遵守的纪律。

她想应该去找一处更隐蔽的住处。“狡兔三窟”，她不知怎么就想到这句成语，自己也忍不住笑了。

出胡同口，丁香招招手要了辆洋车。

车夫问去哪?

丁香说朝南走吧，随便走走。

车夫笑笑，就拉着她一路缓缓朝南走，有一搭没一搭地跟丁香聊天:“看小姐样子，不是咱北平人吧?”

“不是。”

“来北平玩儿?”

“要住一阵子。”

“住哪?”

“没找到租房呢。”

“前面有一条史家胡同，里面有几户大人家挂牌出租房子呢。”

“过去看看。”

“好嘞!”

史家胡同在东单附近，清代属镶白旗，是“正三旗”。按《大清律》，史家胡同里的房子属官房，旗民按官级居住，只有居住权，当什么官分配什么样规格的住房，犯了罪降了官，房产被收回，另行分配给他人居住。史家胡同里有十几套三进大四合院，至少是三品官员官邸。

满清被推翻后，满人居住的房子，无论是王府还是八旗底层旗人的小平房均成为私宅，房产可以自由买卖。破落的旗人随后就纷纷变卖房产。胡同里的大中型四合院都卖给了有钱的汉人居住，买房子的有商人、律师、私人医生等。

史家胡同里的四合院，在丁香看来是比较规整、干净的，更主要的是虽位于城中心，却闹中取静，租一间做联络站颇为合适。

一个脸色枯黑、瘦得像抽大烟的中年男子靠着墙根远远站着，眼睛却盯着丁香，他的手里托了只鸟笼子，笼子里画眉“雀雀雀”地叫着上下窜跳。丁香在胡同里看见过这样的闲人，听北平人说那叫“玩主”，玩鸟的，玩蟋蟀的，玩鱼的，玩掌心球的，看去无所事事的样子。满清垮掉了，留下的八旗子弟中玩主就不少。

丁香走进一家门口挂有“本宅租房”木牌的四合院，问了下房东老太，相当宽敞的一间北房月租才七个银圆，西面一间房更便宜才五个银圆。丁香看看房子十分满意，想等找到北平联络站的同志后就搬过来住。

丁香出来时看见托鸟笼的男子还站在原处，眼睛依然贼溜溜地看着自己，还流里流气地冲她吹了几声口哨，顿时像吞了一只苍蝇一样恶心。她横了男子一眼，掉头就走。出胡同口，再穿过一条胡同，就到了王府井北口。

丁香无意间看见路对面出现一个熟悉的影子，是对门的小郑！怎么又是她，这个女人怎么总跟着自己，简直就是一条甩不掉的尾巴。

丁香的心里疑窦丛生，遂跳上路边停着的一辆洋车，挥挥手去前门，让车夫快走。她知道前门大栅栏的人多，那儿的胡同曲里拐弯，商铺也特别多，从这头进那头出，容易甩掉尾巴。果然，一回头就看不见这个讨厌的女人了。

等她转了一圈回到钱粮胡同住处时，居然发现小郑正笑眯眯站在西屋的门口。她想刚才在王府井北口是不是看错人了，或者这个女人抢先一步回家了？不管怎样，自己对这个女人要格外留神，多长几个心眼才行。

丁香不由得瞄了小郑一眼就回屋里去了。

过了一天，丁香起个大早，从窗户里偷偷朝外一看，对门的小郑出门去了。

丁香挎个小包也出门。在胡同口，她看见小郑在买豆汁、煎饼果子。

小郑笑着问她要去哪？

丁香淡淡一笑说随便转转。

她走过几条胡同后，立马招了辆洋车直奔复兴门。车夫说到复兴门坐车去西山卧佛寺更方便。去西山的马车是两匹马拉的，也有三匹马拉的。马车的座位包着皮革，坐上去很柔软。马车“卡拉卡拉”地跑起来很快，一个半钟头就到了卧佛寺山门前。

卧佛寺，唐贞观年间（627—649）建造，原名兜率寺。兜率是梵文的译音，意译为“妙足”“知足”。卧佛寺坐北朝南，由三组并列院落组成。寺前有一座木牌坊额题“智光重明”，牌坊过后是长百余米的坡道，两侧有参天古柏。主要建筑有琉璃牌坊、山门殿、天王殿、三世佛殿、卧佛殿和藏经楼等建筑，围以廊庑、配殿、客堂和方丈室，把前后三座院落联结成一个整体。

卧佛于元至治元年（1321）铸，佛身长 5 米，用铜 2.5 万公斤。铜佛作睡卧式，头西面南，左手自然地平放在腿上，右手曲肱托头。卧佛后面围坐着十二个圆觉菩萨，他们面部表情沉重，构成一幅释迦牟尼涅盘于婆罗树下，向十二个弟子嘱咐后事的情景。

一个小和尚在山门前不紧不慢地扫着地上隔年的枯枝败叶。

丁香趋前，双手合十：“请问师父，客房在哪里？”

小和尚合十还礼，然后用手指指东边第二进院落：“那就是客房。”

丁香谢过，快步向客房走去。

客房早已残破不堪，几扇窗户有窗没玻璃，两扇门有一扇已经歪倒在一边，透过门窗看进去像是很久没住人了。墙角里长满蛛网，满地的灰尘，印了几行脚印。

丁香朝客房里探了一眼，大声问：“有人吗？”

无人应声，门楣上几坨灰尘“扑扑扑”地掉下来。

丁香跨过门槛，又喊了一声：“有人在吗？”

话音刚落，凭直觉她感到背后有人，回头一看，一个身穿黑色茄克衫的壮汉操了一根铁棍凶狠地盯着她：“你找谁？”

丁香想此人可能就是自己要找的人，于是不慌不忙地说：“我找唐先生。”

“唐先生不在，”壮汉看丁香手里没家伙，就把铁棍扔在一边，“你走吧。”

丁香微微一笑：“我是家里人。”

壮汉一愣，狐疑地盯了她一眼，又回头向门外看了看，对丁香说：“叫我老唐吧。”

丁香从包里摸出半枚铜钱，放在掌心里：“老唐，您看这个。”

壮汉也从贴身口袋里摸出另一半铜钱，合二为一，他忽然激动得流出眼泪：“我……我终于等来家里人了！ 联络站被叛徒出卖了！”

丁香说我知道，自己这次来的主要任务就是要把联络站尽快恢复起来。

老唐说联络站被反动派捣毁了，太可惜了。 没关系，我们可以重建。 我们在天津、唐山，还有好多同志，到北平来都是找我这儿的联络站。 他问丁香怎么找到这儿来的。 丁香如此这般一说。 老唐忽然警觉起来，问：“你出门时真撞见对门那个女人了？”

丁香说是的，她是蒯老板珠宝行里的伙计，一早出门买早点去的。

“我很怀疑啊，”老唐若有所思地说，“姓蒯的有很多疑点，以后我再跟你慢慢说。”

丁香感到问题有点严重了，自己的对敌斗争经验真不如老同志。

老唐警觉得像一只受伤的兔子，跑出客房外朝山门口看了好一会儿，显然有些神色紧张地对丁香说：“这里不能待了，我们从边门出去后分开走。 你马上回城里，随时离开钱粮胡同。 如果不出事，明天晚上 6 时，我们在北平东站（即前门火车站）碰头，乘夜车去天津，那儿有我们的联络站，我很担心那里同志的安全。”

丁香跟着老唐从边门，严格地说就是墙上凿出的一个大窟窿里钻了出去。

老唐对丁香说我们分头走，你往南走，绕过寺前的停车场，千万不要在卧佛寺坐车，到前面去找车。 我从北面的树林背后走。

丁香跟老唐分手后，沿着田间小路向南跑，跑出数公里后才去寻找回城的马车。

丁香并不知道，就在她和老唐出走不到一个小时，七八个便衣就揣着短枪直奔卧佛寺，把里里外外搜了一遍。

丁香回到钱粮胡同，已经是黄昏时分。

黄昏的北平最多的就是乌鸦，黑压压的一片，在天空中移来移去，发出“喔喔喔”的瘆人叫声。在空中大规模游行一阵后，就纷纷下落到郊外荒废的塔寺、枯疏的林子里，也有的乌鸦就栖息在城里的香樟树、大槐树、枣树上。丁香住的四合院里那棵槐树树梢上就有一只乌鸦巢，仰头看活像一只可怖的大眼睛盯着地上的一切。

“回来啦，”对门的小郑像有特异功能似的，丁香一进院子，她就出现在门口了，“上哪转悠去了？”

丁香淡淡一笑：“随便转转。”

小郑提醒丁香，这一阵警局到处抓人，夜里出去会有危险的。

丁香说知道了，就回屋里去了，反手把门带上。她在想明天晚上出门，无论如何要摆脱对门的纠缠。

第二天，丁香一整天把自己关在屋里，故意拿出一本书装作静静地看。

小郑不时过来敲敲门，一会儿问她要吃点什么，一会儿问要不要陪她出去办事。

丁香回答不用了，自己带着饼干呢，就想好好歇息。

小郑无趣地笑笑就回屋里去了，一整天她也没有出门。

到了乌鸦归巢的时候，丁香开门出来，刚走到院子门口，就听小郑在背后问：“去哪呢？”

“去大号。”丁香回头一笑，拖长声音说，“茅房。”

小郑尴尬地笑笑，回屋里去了。

丁香一出门，迅捷地朝巷口走去，回头看看，小郑没有跟过来。她一招手，急急地跳上洋车直奔前门。

老唐已经在拱形候车室门口等她了，见到丁香，宽心一笑：“谢天谢地，总算没事，没事就好。票我买好了，马上走。”

去天津的夜班车坐的人不多，座位大多空着。这一节与那一节的连接处，斜靠着两个人，一个叼了根烟，一个不时朝丁香这边看。老唐发觉情况有些异常，压低声音对丁香说：“情况不妙！你坐这儿别动，我到前面的车厢里去转转，下车后在出口处见。”

丁香这时也注意到车厢连接处的这两个人了，明明车厢里的空座位不少，他俩偏偏不坐，而且眼神一直朝自己这边溜，自己应该是被盯上了。她担心老唐出事，北平警局正在到处搜捕他。

车近廊坊，老唐匆匆走过来，低声对丁香说：“我在前面下车，你到天津后马上回上海，一刻也不要耽搁，我们已经被盯上了。”

老唐说罢就走。他在哪儿下车，丁香不知道。情况来得这么突然，她有点紧张了，两手捏的都是汗。一到天津，她在出口处游晃了一会儿，远远就看到在火车上碰见的那两个人，一个叼着烟卷，一个用眼睛贼溜溜地盯着自己。

丁香想一定要想办法摆脱这两个家伙。老唐说回北平太危险了，还是想办法搭船回上海。丁香心说不行，党交给自己的任务八字还没一撇，我怎么可以临阵脱逃！回北平去，见机行事，无论如何要完成任务。蒯德宝没有暴露，事情应该还有转机。

丁香没再多想，挤到售票窗口，买了一张返回北平的车票。

丁香走进车厢，发现那两个家伙早就坐在她后面不远的座位上了，她的心里一阵阵紧张。

一到北平，从前门站出来，她不急于回家，而是雇一辆黄包车去了闹市王府井，小跑着钻进了大市场。她回头望望，那两个人终于没再出现。她暗暗庆幸自己甩掉了“尾巴”。于是，走进一家小吃铺，要了一碗炸酱面。她坐了好长时间，等夜色深了，才匆匆坐上黄包车回钱粮胡同。她准备拿上自己的东西立即离开那里，先找一家栈房住下。

胡同里一片死静。高过院落的槐树上，偶尔传来乌鸦的夜啼声，沉闷而凄厉，听了让人心惊。丁香走进院子，看见自己的屋里竟亮着灯，门虚掩着。她不由得一愣，推门进去，更是大吃一惊，对门的小郑竟穿了一身警服斜坐在她的床上！

这女人的旁边站了两个佩枪的警察，一脸的凶神恶煞，其中一个就是丁香在史家胡同见过的那个托鸟笼了的家伙。

“戏可以落幕了，白小姐，”这个可恶的女人得意地狞笑着，嘲讽地看了一眼丁香，“你也可以卸妆了吧？”

丁香早就做好了出事的准备，这时反倒镇静下来，不屑地横了对方一眼。

这时蒯老板觍着谄媚的笑从外面走进来，问那个女人：“我那边可以撤了吧？”

“不行！”那女人凶狠地说，“只要我们的网张开着，上海那边就有鱼会游进来，可能还会有更大的鱼，北平那个老对手还没抓住。”

蒯老板点头哈腰，一脸奴才相：“是是是。”

丁香厌恶地瞪了他一眼，就像看见一只苍蝇：“可耻！”

那女人忽然一阵怪笑：“生活就像一台戏，长短无关紧要，好坏就看演技。”

“你的演技够出色的了。”丁香冷冷地瞅了她一眼，扭过头去。

“白小姐年纪还轻，迷途知返，应该不晚。”那女人得意地笑道，“还记得我在北海的船上对你讲过的话吗？”

丁香蔑视地横了她一眼。她在心里牵挂着老唐，从那女人的话里，她听出老唐一定机智脱身了，所以，脸上不由得掠过一丝冷笑。

那女人见丁香冷笑，不由得恼羞成怒，拍拍床铺喊道：“带走！”

丁香被反手铐上，被军警推搡着出门。

警车早就停在胡同口外了。她被押上南下的火车，连夜解送南京，三个军警随车押送。

丁香被关在装行李的那节车厢里，一只手被铐在铁环上。听着

“哐当哐当”的车轮声，她不由得百感交集，五味杂陈：自己没有完成组织上交给的任务，内心深感悔恨；一定要想办法告知组织“蒯德宝叛变了”，以免再有同志掉入敌人的陷阱；北平的老唐同志应该脱离危险了，他定然会承担起重建联络站的重任……

我们可能被打败，但我们决不会认输。

丁香在黑暗中看着车门缝里不时掠过的一线灯影，梳理着丝丝往事，被铐在铁环上的那只手还是握紧了拳头。

这是1932年9月28日的深夜。

第十六章 炼狱

“进去吧！”监狱的铁门在丁香的身后重重地拉上了。

丁香被关进南京江苏省第一监狱。这个监狱有监房二百二十间，可关押犯人八百人。因地处老虎桥，当地人称其为“老虎桥监狱”，主要收押政治犯。据 1932 年底省一监档案资料显示，关在狱中的六百四十八名囚犯中，有五百九十五人为政治犯。

丁香被关在女监的一个单间里，特别的 4 号囚室。说其“特别”，是因为它紧靠着审讯室，从下午到深夜，常常能听见隔壁传来用刑的叱责声、咒骂声、皮鞭声、惨叫声。丁香刚开始听见这些类似地狱里才有的撕心裂肺的声音，未免有些心惊肉跳，从小到大毕竟是第一次听见这种残暴的声音，令人心碎！但她逐渐平静下来，心想自己肯定会面临这一关，一定要咬紧牙关挺过去。我已经走进地狱的大门，考验共产党人铁的意志的时候就要到了！

丁香环视了一下整个囚室，靠里墙是一张单人木板床，铺了一条草席，上面叠了一条薄薄的破棉被。墙角拉一帘子，内设便桶。墙皮剥落的墙上，隐约可辨有指甲划过的一道道痕迹，可能是前任狱友用来记日子的。一扇装有铁栅栏的小窗对着过道，过道里有一缕灯光漏进来，在牢房地上划下一个奇怪的交叉光影，好像古代衙门里用来夹十根手指的刑具。

丁香被监押的第二天就被提审了。她被一男一女两个狱警押着，走过隔开两边牢房的通道，来到一间挂有“反省室”木牌的屋子里。

屋子里空空荡荡，只有两张桌子和几只木椅。

丁香被推进去后，被按在一张带扶手的椅子里，椅子前的挡板“卡嚓”卡住了。

她的对面坐着两个提审官，精瘦得像两只猢狲，其中一个戴着金丝边眼镜，好像很斯文的样子。

开始程式化的提审：

“姓名？”

“白丁香。”

“年龄？”

“二十二岁。”

“籍贯？”

“苏州。”

“毕业学校？”

“东吴大学法学院。”

“曾在何地从事过何种职业？”

“在上海教过书，做过记者。”

“何时入狱？”

“昨天。”

“所犯何事？”

“不知道。”

“你犯了颠覆国民政府的罪！”另一个提审官怒气冲冲地拍了下桌子，指着丁香恶狠狠地说。

丁香淡淡一笑，轻蔑地横了对方一眼。

“年纪轻轻就已经有两年的共产党党龄了，你不简单嘛。”戴眼镜的提审官讥讽地笑笑，手指在桌子上弹了一下，“依我看政治这东西真不是你们这些年轻姑娘应该去做的事情，比如你在圣约翰大学教书多好，在《时报》当记者也好，十里洋场，既体面又风光，可你偏要从上海跑到北平，不遗余力去做危害政府的事情，我都替你感到惋惜。”

丁香眉毛一扬，冷冷一笑。

“看在你还年轻，初犯，主要是受共党蛊惑，我们就给你一个悔过的机会。”

“我不会悔过的，我也没什么过错。”

“你已落到这个地步，还有什么可幻想的？ 年轻人不要抱幻想，这里是牢狱，没有幻想，老老实实把所做的一切统统讲出来，以求得政府宽大处理。”

“我没什么好讲的。”

“姑娘，你看你长得那么聪明美丽，又那么年轻，你怎么就执迷不悟，难道你愿意为不切实际的幻想去丢掉一切，甚至生命？”

“我准备好了。”

“只要你告诉我们谁派你去北平的，你就可以自由了。”

“无可奉告。”丁香冷笑了一声，不予理睬。

“身陷牢狱，你真的一点也不怕？”

“我不怕！”

“我劝你回去好好想想，与政府合作，对你有好处。”戴眼镜的提审官与旁边的人耳语了几句，对丁香说，“今天你不肯交代也没关系，回去想通了，我们随时可以对话。识时务者为俊杰，我相信你会幡然醒悟的。”

“带下去！”旁边的提审官气势汹汹地拍着桌子命令道。

两个狱警押着丁香回牢房。

丁香今天已经做好了受刑的准备。她听夏姐说过国民党监狱里的刑具是五花八门的，像上老虎凳、灌辣椒水、烙铁烫、反手吊环、梅花针等，既然身陷牢狱，就总要挺过这一关的，迟过早过反正总得过。敌人想从自己嘴里掏出点什么，这是绝对不可能的！

丁香被押回 4 号囚室，她没想到就这样放回来了：敌人在搞什么鬼？

一连两天，监狱都没有提审白丁香。

丁香盘腿坐在板床上，微闭着眼，好像在静心养神，准备迎来新的考验。

时空交错、黑白颠倒，过往的记忆和现实的地狱，所有的思绪都像潮水一样涨起来，一浪又一浪地翻卷在她二十二年的人生经历中，再坚固的牢狱也锁不住自由的思想。

丁香从挎包里取出笔记本，本子上写满字的纸页被狱方撕走了，剩下一半是空白页。她取出从未见面的外婆在自己十岁生日时送的派克金笔，她一直带在身边，这时忽然想写点什么，用文字来梳理自己的心绪。

一只天牛扬起两根触须从潮湿的墙根往上爬，爬到铁窗口，挣扎着往外爬，它几次跌落下来，几次挣扎着攀上墙壁，它总也不甘心囚笼里的生活，倔强地向往着绿风吹拂的田野。

丁香有感而发，在笔记本上留下了一段话：

生命对于自由的渴望是锲而不舍的，冰冷的铁窗锁不住思想的攀登。

越过铁窗，到阳光下去，勇敢者是到处有路可走的！

也许最终你难以逃脱这牢笼，黑暗将吞噬你倔强的触须，但我相信你的沉默，当你合上飞翔的双翼，你的心里充满灿烂阳光。

我与你为了阳光的重生，不得不走向阴冷的地狱，可怜的躯壳化作尘埃，但我们的信念定然会在阳光下重生。

丁香写罢蜗牛，觉得还有话要写，又想起南宋诗人陆游的《卜算子·咏梅》，于是掀过一页，复抄录于后：

驿外断桥边，寂寞开无主。已是黄昏独自愁，更著风和雨。
无意苦争春，一任群芳妒。零落成泥碾作尘，只有香如故。

在录诗的旁边，丁香添了两句以表心志：“人生自古谁无死？留取丹心照汗青。”她在“香如故”和“丹心”下画了几个圈。

“开饭啰！”铁门外传来一声叫喊，接着是碗盆汤勺发出的丁当声，狱厨老头在两个女警的看护下，逐个给铁窗里的囚犯舀饭菜。一份饭，一份菜，红烧萝卜、炒卷心菜、咸菜毛豆，偶尔也有几片肉。

“4号，把碗拿出来。”门外的狱警拍拍铁门上方的一扇方形小窗。

丁香把两个搪瓷碗从小窗口递出去，取回饭菜，搁在板床上吃。

过道里，传来“当啷当啷”的脚镣拖地的声音。丁香从铁门的小窗户里看见一个头发盘成一个髻、眼神特别坚毅的中年妇女傲然走向隔壁的审讯室，她的步态从容而自信，从她那清秀而苍白的脸上丝毫看不出一丝的怯懦，反而还带着一种傲然特立的气质。

丁香向这个倔强的女人投去敬佩的目光。

在狱中，白天和黑夜很难完全隔开，失去自由的起始几天，脑子里大多混混沌沌的，过些日子也就慢慢适应了。每天上午8时、9时，牢狱会分成两批放风，男的一批，女的一批。所谓“放风”，就是到牢房外面的操场上去晒晒太阳，松松筋骨。旁边有狱警看守，互相之间是不能交谈的。

到了第四天，丁香才被准许出来放风。她来到操场上，猛然看到眩目的阳光，两眼都睁不开来，轻轻揉一下，才勉强睁开来。她终于看清这是一片有篮球场大的空地，四周是阴森的高墙，类似铁板似的崖壁，连一丝苔色都不长。墙脊四周有带尖刺的铁网围着，东西各有一个岗亭，架一挺机枪居高临下地对着下面。

空地一侧有一些简陋的活动器具，如单杠、双杠、吊环之类。

丁香活动了一下手臂，深深地吸了一口铁窗外的空气，然后沿着墙根缓缓地走圈。

一只黑翅蝴蝶翻越高墙飞进来了，丁香想伸手去抓它，但跑了几步就停下了。黑蝴蝶是自由的，让自由的翅膀永远属于自由吧。她淡淡一笑，复又沿着墙根缓缓走步。走一圈大约是九百八十步，丁香在心里默默计算过。

丁香又看见了那个脑后盘一个发髻的中年女人，被同牢的囚犯搀扶着，仰起脸看着天空。她的手背上明显地挂着伤痕，左腿一瘸一瘸的，肯定伤得不轻，但她的神情还是那样倔强而不可凌辱，就像被猎人捕获的黑天鹅，脚上虽然拴着绳子，但它那高傲的头颅始终不肯低下。

“打倒列强，除军阀，齐努力，国民革命成功……”一个疯女人披头散发地贴着墙根慢慢地跑着，一边跑一边摇着手臂唱歌。走到丁香身边，忽然停下，歪着脸看看她，冲她“嘿嘿”一笑，然后手臂摇动着，继续贴着墙根转圈：“打倒列强，除军阀……”

丁香叹了口气，心想牢狱毕竟是炼狱，能把人变成鬼，把精神正常的人变成疯子。

放风时间到，狱警的哨声“瞿——瞿——”尖厉地吹响，女囚们各自回自己的牢房里去。

又是分不清白天和黑夜的一天开始了。

过道里的灯昏黄地照着。每间囚室里有一盏灯，装在人手不可触及的屋顶上，灯光于是显得愈发的昏暗，鬼火一般。

丁香靠着墙壁，坐在床板上闭目养神。

难挨的时光死气沉沉，只有放飞思想，才能使它变得鲜活起来。

所有的往事忽然都挤进她的脑海里来了，就像扬起一张张小帆的船驶过来了。

她推算着日子，今天大约是礼拜天，自己最思念的人在做什么呢，她猜想——

阿乐：肯定又是加班。在没有丁香的日子里，他会把全部心思放到工作中去，以此打发寂寞的时光。阿乐不会打麻将，也不会去泡舞场，对跑马场的赌马更没兴趣，如果不在电信台加班，那么一定是与他的同志在一起商量着什么，或者待在家里拉二胡。阿乐说自己这把二胡是苏州琴师制作的，琴杆、琴筒、琴马都是精挑细选的，琴弓的马尾也是来自蒙古种的马。阿乐特别钟爱这把二胡，最喜爱拉的那几首曲子，像《良宵》《听松》《空山鸟语》《病中吟》《寒春风曲》等，丁香都烂熟于心，能在黑白两键上表现出来。于是，一个拉二胡，一个钢琴伴奏，小屋里充满和谐的音律。

"开饭啰！"狱厨挑着饭桶、菜桶过来了，挨个给铁窗派饭。

饭盆"丁丁当当"敲了一阵。

"不许喧哗！"狱警挥动警棍，向几个囚室吼道。

"4号，拿碗！"狱警冲着囚室喊。

丁香从床板上下来，把碗从门窗口递了出去，转身把饭菜搁在床板上。

嬷嬷：今天照例是礼拜日。嬷嬷一定会穿上牧师的宽袍，虔诚地祷告，眼神里充满"尊崇、敬畏、钦佩"之意。她是发自内心地崇敬上帝，并通过俯伏敬拜、跪拜等仪态表现出来。对上帝的敬拜，在旧约时代主要表现在献祭上；但到基督耶稣在十字架上为人类献上永远赎罪祭的新约时代，礼拜时废除了献祭牛、羊、雏鸽等供物习俗，人们不再献祭，从仪式转向了灵性，以心灵诚实来敬拜上帝。

丁香小时候被嬷嬷带去“礼拜”，她最喜欢的是唱赞美诗，那些唱诗班的教友献唱，嗓音特别柔美。他们主要负责以歌唱带领会众崇拜主，是整个崇拜的表率。赞美诗一般都谱有高音、中音、次中音和低音四部，可供四部合唱之用。其内容多是根据《圣经》和基督徒的灵性经验写出来的赞美诗歌，表达对上帝和耶稣的称颂、感谢及祈求等。

这一天，嬷嬷会在讲台上读读《圣经》。讲台位置在教堂前端的中央或前端的一旁，为能使信众更容易听到。讲台都是设置于高台之上，这种布置象征着上帝话语的重要，显示了基督教对讲道的重视，也是教堂里最具象征作用的。

这一天，嬷嬷总是让她穿戴整洁，即便是盛夏也要穿宽体的教袍，教友也不能穿超短裙和拖鞋进教堂。到了冬天，在进教堂时，嬷嬷就会叫丁香把帽子和围巾取下来放在门后的衣橱里。在礼拜日，也有一些教友带小孩来的，丁香就和他们一起到外面的草地上玩儿，礼拜堂里是不可以哭闹和随便走动的。

隔壁审讯室传来狱警的吼叫声，皮鞭抽打声，受刑人的惨叫声。

两个狱警押着新来的女犯走过去，随后传来打开铁门的“当啷”声。

“肃静！”狱警在牢房通道里边走边指着囚室喊道。

狱警养在牢房外的几条狼狗忽然狂吠起来。

寄娘：初秋的紫金庵里该是一地落叶吧？寄娘如果还活着，她准会去清扫那些落叶，礼拜天也不肯歇着。她特别爱干净，自己小时候住在丁香巷里时，寄娘的手里就断不了扫帚和抹布，东扫扫，西抹抹，见不得一点灰尘。傍晚，她会坐在蒲团上念《圣经》或者叫自己过去给她捶捶腰背。寄娘老得太快了，老得像深秋时节即将掉落下来的一张黄叶。

在紫金庵里第一次看到寄娘的眼神，留在丁香记忆里的是痛苦而呆滞的，全无一点活气，与自己小时候熟悉的寄娘的眼神完全判若两人，寄娘的命运为什么会是这样？

丁香至今也不能完全想明白，她的内心隐隐地有着伤心、后悔、歉疚、不安……

"16号，出来！"几个狱警拉开铁门，给女囚戴上脚镣，拖到监狱外面去。

监狱外传来尖厉的警笛声，像是示威，像是催命。

有一个囚室里传来"嘤嘤"的啜泣声。

"哭丧啊！"狱警跑过去，大声喝斥，"不许哭！"

梅姐：梅姐的生活应该是阳光的。她在苏联列宁格勒革命学院快毕业了吧？丁香记得在东吴大学生物系"北方·南方"的研究会上，她读过一本《苏联画报》。想象中的苏联是一个特别美丽的地方，那儿覆盖着草皮的灰土地带分布着大片的松林，周边有许多沼泽地。无边的森林里有各种野兽，像麋、野猪、鹿、狐狸、白鼬、猞猁、貂、兔子，还有各种各样的飞禽。贝加尔湖明澈得像一面镜子，伏尔加河则像一条玉带缓缓流淌。

梅姐去看过芭蕾舞《天鹅湖》吗？今天是礼拜天，她可能会去看的。丁香和她在一起时，她就向往着有一天能去上海看芭蕾舞剧《天鹅湖》。

"四小天鹅舞"是《天鹅湖》中最受欢迎的舞曲之一，音乐轻松活泼，节奏干净利落，描绘出了小天鹅在湖畔嬉游的情景。根据其改编的钢琴曲，丁香还会弹呢。不过，有几个滑音她总是弹得不怎么连贯，自己可能再没有机会去练琴了。

丁香不由得看看自己的手指，细长的手指，嬷嬷说这是天生的一双弹钢琴的手。

几个狱警举着警棍匆匆地跑过通道，不知前面发生了什么事。

监狱门外传来卡车发动的“卡卡”声。

忙乱的脚步声，急促的喊声：“快上车！”

夏姐：她一定顺利到达苏区了，那里是红区，工人农民的天下，我们可以堂堂正正地说“我是共产党员”了，丁香为她感到高兴。早就听梅姐说过，夏姐在复旦上学时就是学生话剧团的女一号，到了苏区，逢上礼拜天，她会去演话剧吗？记得夏姐说过苏区的话剧是很兴盛的。1928年在苏区演出的独幕话剧《收谷》，以真实的生活场景表现了地主对农民的残酷剥削，轰动一时。后来又陆续演出过《二七惨案》《豪绅末路》等。

丁香想象中的夏姐一定会用她那颗纯善的心去演戏，她在话剧舞台上的形象，定然更光彩照人。

丁香想着，不由得轻轻笑了。

“4号，拿碗！”狱警在门外喊。

大概是黄昏了，开晚饭了。

铁窗外传来碗盆敲打声，夹杂着狱警“不要喧哗”的怒喝声。

隔壁突然爆出凄厉的叫声：“痛……痛哇……”

虎狼般的吼叫声：“我看你的嘴硬，还是我的老虎凳硬！”

“哇！”又是一声惨叫，继而死一般寂静。

“哗——”泼水声。

“说不说！”随着发疯一样的吼叫，传来刑具的撞击声。

带着哭腔的求饶声："不要……我……我说……"

丁香咬了下嘴唇，两手堵住自己的耳朵。

丁香觉得奇怪，他们对自己的案子既不复审，又没有用刑，敌人在打什么算盘？

过了半个月，终于有狱警在门外喊："4号，提审啰！"

狱警过来打开牢门。两个狱警押着她不是去隔壁的审讯室，而是到了上次的"反省室"里。这次提审她的有上次那个貌似斯文的戴金丝边眼镜的人，还来了一个肥胖的军人，一个身材高挑的女记录员也穿着军服坐在一侧，女人"噼里啪啦"地敲击英文打字机的字键做记录。

戴眼镜的家伙仍然是主审官，开始发问："白丁香，我们已经给你十天时间来反省，有没有想通了？"

丁香扬起脸看了他一眼："我想得很多，但没有你们想要的'反省'。"

"青年人思想激进，我是可以理解的，但你应该听从规劝，还是上次说过的话，'迷途知返，悬崖勒马'，一条道走到黑，对你没有什么好处。"

"我认为我所做的一切是正义的。"

"正义？哈哈哈……"主审官忽然大笑起来，问旁边坐的那两位，"何谓'正义'，何谓'非正义'？有一把尺子可以衡量其长短吗？"

那两人附和地笑笑，摇摇头。

"道不同，不相为谋。"丁香冷冷地回应道。

对方拍了下桌子："姑娘，我劝你还是要面对现实。"

丁香蔑视了他一眼，倔强地把脸转过去。

"好啦，我不同你多费口舌了，就想问你一个简单的问题：谁派你去北平的？"

"不知道。"

"你真的打算与政府对抗到底了吗？"

“我有我的原则和信仰。”

“你要为你的原则和信仰付出沉重代价，你考虑过没有？”

“我准备好了。”

“恕你年轻，我还是要奉劝你一句：苦海无边，回头是岸。”

“我既然到了这里，就没打算回头！”丁香断然地说。

“苦口婆心你不听，那我们只能换一种方式与你交流了。”提审官有些恼怒，气急败坏地拍着桌子，大声喝道，“押下去！”

丁香想这一回敌人真要对自己动刑了。丁香啊丁香，你可要挺住，你是共产党员，你的信仰可以战胜一切！孟子说：“生亦我所欲也，义亦我所欲也；二者不可得兼，舍生而取义者也。”我取共产党人的大“义”，我甘愿受苦，无所畏惧！人在逆境里比在顺境里要能坚持不屈，遭厄运时比交好运时更要抬起自己尊贵的头颅。

完全出乎丁香意料的是，狱警又是押着她直接回囚室里去了。

隔壁复又传来动刑的皮鞭声和惨叫声，一声比一声惨烈。

丁香纳闷了。她心里的这个疑团一直到数月后嬷嬷第一次来探监才揭晓。原来嬷嬷知道丁香被关押在南京后，心焦如焚，随即通过上海基督教会向南京政府提出探监的请求，后又通过美国驻沪领事馆知会南京政府，请求给予政治犯白丁香以人道待遇，准许其美籍养母探监；审案记录务请抄送一份给领事馆。

南京政府迫于美国驻沪领事馆的压力，所以将白丁香案件作为“特别案件”处理，由中央党部直接派员审讯，并用英文做审讯记录。那个戴眼镜的提审官就是党部派来的，他关照狱方暂不予动刑。

丁香这时完全被蒙在鼓里，不过她随时准备着挺过进入地狱的那一道关口。

又到了放风时间，牢门“哐当”一声打开，丁香缓缓地走向操场。

今天没有太阳，被囚禁的一角天空涂满浓重的灰色。风挤进来，有了明显的凉意。

几絮芦花飘过高墙落下来。丁香捡起来看看，不由得轻轻吟起范仲淹的《渔家傲·秋思》，在狱中她经常背诵自己熟悉的古诗文以度过漫漫长夜："塞下秋来风景异，衡阳雁去无留意。四面边声连角起，千嶂里，长烟落日孤城闭。浊酒一杯家万里，燕然未勒归无计。羌管悠悠霜满地，人不寐，将军白发征夫泪。"

一行大雁"咕咕"地叫着掠过头顶，坚定地朝着一个目标飞去，给这个地狱般死气沉沉的囚笼瞬间带来了生命的羽音。

天空不留痕迹，但鸟儿毕竟飞过。

丁香舒展了一下胳膊，缓缓走着，默默数着步数。

那个盘着发髻的女人站在一角的阳光里，用一只手遮住阳光，傲然地扬起脸看着蓝天。看见丁香，居然对她笑了一下，那笑优雅而高贵。

疯女人披头散发，边跑边唱，手舞足蹈："打倒列强，除军阀……"

丁香深深地呼吸了一口户外的空气，空气里夹杂着迟桂花的甜香。

第三次提审与第二次提审仅相隔一天，而且这回提审不仅换了人，还来了两个《中央日报》的记者，其中一个举着镁光相机。

审讯照例在"反省室"里进行。

丁香知道这一次提审可能是用于宣传的目的，所以保持沉默是最好的应付手段。

她用一只手不时去遮挡自己的脸面。

果然，提审官自我夸耀："国民政府是最人道的，即使对共党要犯，也不会实施刑讯逼供，白丁香，你说是不是？"

丁香斜了他一眼，头一低，默不作声。

"你年纪尚轻，思想单纯，容易受人蛊惑，我们是可以原谅的，但你不能不对自己的犯罪行为进行反省！政府再三给你机会，你也不能视为儿戏。我们还是那句话，'自我反省，迷途知返'。"

丁香抬起头，傲然一个冷笑。

"我知道你曾经是东吴大学法学院的高材生，又是上海圣约翰大学文学院的骨干教师，你的养母是来中国多年的美国传教士，家庭条件和自身的条件都很优秀，为什么你就会一条道走到黑，偏要去相信共产党的那一套理论？”

“我是个弃儿，我从小就痛恨这个人剥削人、人压迫人、人吃人的黑暗社会！”丁香慨然答道，“我要推翻它——这是我的信仰！”

“据狱医说，你已有数月的身孕，一个要做母亲的人，最好还是多为自己未来的孩子着想，孩子总是无辜的吧，你不能因为自己的固执己见就不顾孩子的生死吧？”

“我不想死，我的孩子更不想死，可你们会放我一条生路吗？”丁香横了对方一眼，把头转向一边。

对方笑了，那笑声比猫头鹰的叫声还可怕：“我们早就给你预备了一条生路，只要你在反省悔过书上签名，你就可以自由了。”

丁香冷冷一笑：“走你们预备的生路，只能让我走向屈辱和羞愧。”

对方急了：“你到底说不说！”

丁香默不作声。

“你不说话，你为什么不说话，说！”终于，狼外婆的獠牙露出来了，提审官恼怒地把桌子拍得砰砰响，两眼凶狠地逼视着丁香。

丁香看着对方穷凶极恶的样子，反倒淡淡地笑了。

蔑视的冷笑，也许是最好的回答。

狱警押着丁香回牢房。

牢房里一片昏暗。

数月后，白美丽被准许前往探监。

当丁香被带进临时接待室里，她和嬷嬷看到对方同时都惊呆了：

丁香看见嬷嬷好像突然苍老了许多，原先的黑发已经杂白，额上的皱纹深了许多，眼睛里一片浑浊，人消瘦得就像深秋池塘里的枯荷。嬷嬷的手颤抖着，努力地抬起来，在胸口画着“十”字。

嬷嬷看见丁香，头发散乱着，整个脸瘦了一圈，脸色苍白，没有了往日的红晕，勉强一笑也失去了原来的青春活力。

“怎么会这样，为什么会变成这样！”嬷嬷神情悲伤，激动得要走过去抱抱自己的丁香。

“坐下！”站在一旁的狱警毫无表情地说，“请您遵守狱规。”

“我抗议！”白美丽大叫道，“我强烈抗议！”她指着两个狱警，“请你们出去！”

白美丽的大声嚷叫惊动了狱方，狱方怕事情闹僵，就答应撤掉两个狱警，只安排一个女狱警担任会谈记录。

白美丽无可奈何地耸耸肩膀，她很清楚这里是监狱，是关闭自由的地方。她仔仔细细地看着丁香，眼泪直流：“为什么会是这样，我的孩子！我多少次跟你说过，不要参与政治，可你偏不信，看见你现在这样，我心里非常难过。”

丁香的眼泪噙在眼眶里，心情异常沉重：“嬷嬷，别难过，您要相信您的女儿，她并没有做错什么。”

“这一切难道不可以改变吗？”白美丽摇摇头，叹了口气，“上帝是允许他的孩子忏悔的呀，忏悔了，灵魂才能纯洁。”

丁香沉吟了一下，决然地说：“我没有什么可以忏悔的。”

白美丽痛苦地摇摇头：“你为什么还这样固执呢，为什么？”

丁香沉吟了一下：“我不会放弃我的信仰。”

“我会跟当局去说，”白美丽看了一眼丁香，“孩子，你无论如何不要做傻事啊。”

丁香揉了下泪眼，苦苦一笑，对嬷嬷说：“我知道嬷嬷对我的好，可是您别去这样做，真的没用的。”

“为什么不可以改变呢？”嬷嬷咬了下嘴唇说，“阿乐告诉我，你已经怀孕了，是吗？你不知道我听到这个消息有多么高兴！对一个怀孕的女人，我相信政府也会宽恕的。”

嬷嬷的性格有时是很倔强的，拿定了主意，她肯定会去做，不顾一切地去做。

丁香知道嬷嬷的脾气，但看看她过早衰老的神态，她实在不忍心嬷嬷再为自己去奔忙。

嬷嬷眉头紧皱，抚了下杂白的头发，执意地说："我要跟中国当局去说，无论如何我要去说的。"

丁香不想再去违拂嬷嬷的好意，只是非常痛苦地摇摇头。

"会见时间已到。"做记录的女狱警漠无表情地说。

嬷嬷缓缓站起来，似乎摇摇晃晃站不稳，赶紧撑住桌面，对丁香说："你一定要等着我，千万别想不开，我相信上帝是允许我的孩子忏悔的。"

丁香被门外进来的狱警押回牢房。

嬷嬷想跟过去看看牢房，被旁边的女狱警挡住了："对不起，这是中国法律所不允许的。"

嬷嬷回上海后马上行动，多方联系。她在神学界的很多朋友也出来帮忙，其中还有上海滩上的著名律师。她以为有两条理由足以说服中国当局，一条是丁香有孕在身，从人道的角度考量应予保释；另一条是丁香年轻，属初犯，并且不具有直接对抗的暴力行为。最后，上海基督教总会也被完全说服了，答应马上与美国驻沪领事馆再度沟通。

南京这边的监狱里第四次提审开始，还是由中央党部直接派员审理，主审官也还是初次来过的戴金丝边眼睛的家伙，提审时一旁有人做记录。

主审官：我们已经前后提审过你三次了，该说的话已经说完，留给你的机会也已经不多了，你到底服不服罪？

丁香：我没有罪。

主审官：有罪无罪是政府判定的。年轻人，你不要再自以为是了。

丁香：我有我的主见。

主审官：你其实并不是共产党的高官，你咬住不说的那点机密其实你的那些所谓“同志”已经和盘托出。（说着，从档案袋里摸出一张交通银行两百元银票，这是丁香被捕后从她的箱子里搜到的。）这就是共党给你的活动经费，证据俱在。之所以我们要你自己坦白，无非是想给你一个悔过的机会。你让我们完全失望了。政府念及你尚年轻，受了共党的蛊惑，误入歧途。今天给你最后一个机会，你只要在这张“反省悔过书”上签个名，即使你什么都不想说，我们也立即释放你。

丁香：我拒绝签名。

提审官：你不想为自己留最后一条后路?

丁香：我别无选择。

主审官：你不要头脑发热，我们再给你一周时间反省，想通了就来签名。

提审结束后，丁香再度被押回牢房。

上海那边，嬷嬷的行动有了结果，美国驻沪领事馆得知白丁香已有三个月身孕，大为惊讶，破例在签证人未到场的情况下给予入美签证，而且考虑到其养母是美国人，收养弃婴在十五年以上，可以认可白丁香以后办理美国国籍。

两份申请文件须由白丁香亲笔签名后即生效。其中一份文件上，有统一印制的加入美国国籍的宣誓词，其中有这样的话：

我完全放弃我对以前所属任何外国亲王、君主、国家或主权之公民资格及忠诚。

我将真诚地效忠美国。当法律要求时，我愿为保卫美国拿起武器；当法律要求时，我会为美国做非战斗性之军事服务；当法律要求时，我会在政府官员指挥下为国家做重要工作。

我将支持及护卫美利坚合众国宪法和法律，对抗国内和国外所有的敌人。

我在此自由宣誓，绝无任何心智障碍、借口或保留。请上帝保佑我。

美国驻沪领事馆同时照会南京政府，陈述上述做法完全是基于人道主义的考量和维护美国公民的尊严。

南京政府三日后回复美国驻沪领事馆，强调上述做法必须基于“驱逐出境”的考量。

白美丽从领事馆拿来文件后，非常开心，因为无论是“自由出境”还是“驱逐出境”，毕竟都是“出境”了，我的养女丁香有救了。她可以跟自己一起去美国，开始新的生活。

白美丽马上向南京政府申请再度探监，她要把这一好消息亲自告知丁香。

11月25日，丽日晴空，暖阳高照，白美丽兴冲冲再度探监。她这次来感到狱方好像客气了不少，甚至允许丁香与自己坐在同一张长沙发上，便于母女俩的感情交流。

白美丽拿出美国驻沪领事馆的两份文件，喜滋滋地递给丁香：“你马上就可以自由了，我的女儿，‘自由’，多么美好的字眼！”

丁香拿起文件匆匆浏览一遍，缓缓放下，咬了下嘴唇：“我不会签字的。”

白美丽惊讶得眼睛瞪大了：“为什么？你疯了吗？你马上可以自由了，你马上可以离开这里跟我去美国了。”

丁香深深地叹了一口气，然后坚定地说：“我是中国人，我不会跟你去美国的。”

“你……”白美丽万万没有想到丁香是这样不容置疑的态度，又气又急，眼泪一下涌了出来，“你即使不为自己着想，你也应该为你未来的孩子着想啊。”

丁香沉默了。突然站起来，艰难地转过身去，面对墙壁沉默了好一阵。当她转回身来时，白美丽看见丁香满面是泪。但是，丁香还是非常坚决地摇了摇头：“我有一百条理由可以走，但只有一条理由不可以走。”

“什么理由？”

“我的信仰。”

“信仰难道可以比自由更重要吗？ 这里是地狱，知道吗，地狱！”

“我注定要下地狱了。”

“上帝会拯救你，只要你不固执己见，自由的空气、幸福的阳光都可以属于你的。”

“我知道……但我不会签字的。”

“你为什么要拒绝？ 为什么？！”白美丽心如刀绞，一下子伏在桌上，捂住脸哭泣起来。

等她再抬起头来时，丁香已经义无反顾地回牢房里去了。

白美丽发疯似的敲击着门窗喊道：“丁香，我的女儿，啊，上帝……”

申请入美的文书滑落一地。

丁香诀别般地匆匆走了，回到牢房里大哭了一场，她不忍心再看见嬷嬷的泪眼，嬷嬷为自己伤透了心，连头发都白了，腰背也驼了……

风萧萧兮易水寒，壮士一去兮不复还。

在撕心裂肺的悲痛中，丁香决然地抹了一下泪眼，好像又听到了自己在激情朗诵《我是地火》——

我渴望：
每一条路上都不再有荆棘和坎坷，
光明洒满所有的道路。
我渴望：
每一个人都不再需要仰视或匍匐，
所有人都有尊严地活着。

12 月 3 日，一个寒冷肃杀的冬夜。

一辆军绿色的全封闭囚车停在老虎桥监狱的大门口，旁边一辆卡车上站着十多个全副武装的军警，行刑官行色匆匆，如临大敌。 据

《民国监狱档案》记载，执行这次秘密任务的并非是省一监的法警，而是从位于小营的陆军监狱抽调过来的军警。当时由于关押政治犯的省一监人满为患，南京政府遂于1928年8月在前小营陆军看守所旧址上改建成南京陆军第一监狱，任监狱长的是蒋介石的表兄王震南。

当天下午，在反省室里，中央党部的提审官最后一次对白丁香说："政府对你已经仁至义尽，如你还是顽固不化，那我们也无能为力了。"

丁香斜了对方一眼，平静地说："我准备好了。"

丁香知道可能是自己最后的时刻到了，反正这结果是不可避免迟早要来的，她反倒平静下来，轻轻地抚了一下短发，冷冷一笑，扭过脸去。

"你签个名就可以获得自由，可以跟着你的养母去美国了。退一步说，对于你的组织来说，你并没有出卖什么秘密，做什么对不起他们的事，所以并不存在背叛，可你为什么拒绝？"

"我是中国人，我不愿意离开中国！"丁香决然地回答，"我假如背叛了我的信仰，这不是最大的背叛吗！"

"你中毒太深，无可救药，我深表遗憾。"提审官大概万万没有想到对手竟会这样强硬，无奈地苦笑了一下，"你连死都不怕？"

"我不怕！"丁香傲然一笑，"宁为玉碎，不为瓦全！"

"给你最后的机会你不要，有什么话你就留下吧。"提审官气得脸色都变了，用手指着丁香，"太顽固了，你！押下去！"

丁香坦然地转过身，神态平静地走回牢房里去。

分不清白天黑夜的囚室里，头顶上亮着一盏昏黄的灯，好像荒野里的鬼火。

晚餐加了几个菜，狱警送进铁窗时，还特地说了一句话："多吃点，上路。"

丁香心里清楚，这可能是自己最后的晚餐了。她吃了两口，实在吃不下去，就看着墙壁发愣，一时间思绪翻滚，好像所有做过的事、走过的路都急匆匆涌进脑海里来：绿树蓊郁的景海校园，童年的丁香巷，空气活跃的乐益女校，无名书屋的灯光，潮流般的游行队伍，工人夜校里的那些紫酱色的憨厚的脸，梅姐那慷慨激昂的演说，夏姐一脸亲和的微笑，寄娘亲切呼唤“丁香”的声音，阿乐那把二胡拉出的悠扬琴声，嬷嬷哭泣着离去的悲情……

丁香换上一件天青色的薄呢旗袍，外罩一款自己喜欢的白色针织对襟衫，把夏姐送给自己的丁香花形的翠色别针别在领襟处。她从包里取出笔记本，前面写过字的纸页又被狱方撕走了，拿出派克金笔，要给嬷嬷写下一点最后的话。她把被褥掀起一角，趴在床铺上写着，一笔一画，每一个字都很沉重。

生命的时光在一点一点流逝。能将自己的生命寄托于他人的记忆中，生命也就加长了一些；光荣在于我们的灵魂历经炼狱，其可珍可贵，实不下于天赋的生命。

深夜 9 时许，狱警凶神恶煞地跑过来：“4 号，出来！”

丁香不应。

狱警大声喊：“出来，4 号！”

丁香平静地说：“我叫白丁香，我不是 4 号。”

狱警改口：“白丁香出来！”

丁香起身，几个狱警走进来，取出冰冷的手铐。

这是最后的时刻了！丁香想着，对狱警说，等一下，我要梳头。

丁香回到板床前，从枕头下摸出木梳轻轻梳理着短发，就像小时候寄娘和嬷嬷给自己梳过的那样，就像梅姐和夏姐给自己梳过的那样，她用一根宽发带把短发朝后束起，然后又摸出阿乐在自己去北平前赠予的玉麒麟挂在脖子里。

狱警给丁香戴上脚镣，厉声说：“上路吧。”

丁香看看囚室，然后轻轻一笑，凛然地扬起脸，从容不迫地向牢房外走去。

按省一监历来的规矩，当时在雨花台处决政治犯一般都在下午 4

时至8时之间，选择深夜秘密枪杀是不多见的。行刑现场一般也允许国民党管辖的《中央日报》等报纸记者报道，所以第二天报纸版面上大多会出现“共党要犯某某某被处决”之类消息。丁香被枪杀，选择在深夜行刑，禁止所有无关人员接近，秘而不宣，足见当局心里有鬼，生怕美国驻沪领事馆知晓后节外生枝。

丁香被两个军警推上了铁皮囚车，前后警车夹持，警笛尖厉呼啸而去。

丁香站在雨花台下的旷地上，恐怖的车灯投下一个死神的光环。数十米外是四个头戴钢盔、端着卡宾枪的行刑兵，如临大敌，凶神恶煞地站成一排。

丁香看看墨黑的夜空，轻轻地抚了一下被寒风吹乱的头发。

丁香拒绝蒙上眼罩，而是毅然地高昂着头颅，直面凶残的枪口，像一尊神圣的雕像伫立着，傲然而不可凌辱；又像荒地上的松树孤独而坚强地挺立着。

丁香最后看了一眼这个世界：无边的黑暗，沉重的黑暗，远处似有星光闪烁。

一颗拖着闪耀光尾的流星滑过无限的苍穹。

丁香树下落满一地伤心的花瓣。

第十七章 花魂

丁香牺牲一周后，老虎桥监狱把她的两封遗书通过美国驻沪领事馆转交给白美丽，花魂不泯，花香悠远：

亲爱的妈妈：

请允许我最后一次叫您“妈妈”!

我注定是这个罪恶世界的“罪人”,无药可救。

我注定是不能上天堂了,但我决不忏悔。

我是一个共产党员,但我首先是一个中国人;我不愿放弃我的国籍而跟您去美国。

我一生光明磊落，没有做违背自己良心的事，更没有做对不起我的国家的事。

我即将远行，请让我再叫您一声“妈妈”！

我恳求您在上帝面前为我的孩子祈祷，愿他能早上天国。

我此生不能尽孝，这是我最大的遗憾，深感内疚。

如果有来生，让我好好报答您的养育之恩！

永远深爱您的女儿　丁香

可怜的孩子：

你还未睁眼看看这个世界，就要跟随妈妈去很远很远的地方，走上一条不归路。

对不起，孩子！你本该像其他孩子一样，在妈妈的怀抱里撒娇，在草地上学步，在阳光下欢笑，可是你不幸随我来到这地狱，再也看不见阳光，听不见欢笑——想到这里，妈妈不由百感交集、肝肠寸断！

孩子，妈妈有一百条理由可以活下去，可以走出这牢狱，可以跟着你外婆一起去美国；但只有一条理由让我不能这样做，我的信仰、我的理想不让我这样做。

孩子，妈妈曾经庄严地承诺过：为我们这片土地和生活在土地上的绝大多数人而奋斗！

孩子，你不要责怪妈妈，这是妈妈一生的选择，为此妈妈自豪不已。

孩子，你就要跟随我上路了，走向无边的黑暗——别哭，我的孩子，紧紧地抱住妈妈。

去地狱的路很黑，孩子，别怕，妈妈在你身边……

妈妈泣书

二十三年后，两鬓斑白的白美丽著文《我的中国养女白丁香》（原载美《基督教科学箴言报》1955 年 12 月 4 日至 12 日），深切怀念自己的养女，文中深情地说：

我们信仰不同，有过很多的争论。很多时候，我并不喜欢她的自以为是和固执己见。

我最痛恨的是有一次她竟把那本邪书（指《共产党宣言》——著者注）带进圣约翰大学，偷偷拿给学生们去看，以亵渎我们的神灵。

她常常不肯听我的话，非要坚持她以为真理的东西，她为她的倔强付出了太多太多。

我想：她本来可以幸福得像小鸟一样，但是她顽固地拒绝幸福；她本来可以像我一样享受俄亥俄州的阳光，但是她宁愿走向黑暗的地狱。

但，毫无疑问的是，我的养女丁香在我的眼里始终是一个单纯而干净的人，一个信仰坚定的理想主义者，一个圣洁得像水晶一样透明的人。

她更像一束带着淡淡紫色的丁香花，即使是在凛冽的寒风中也依然芬芳。她的眼神最后流露出紫色的忧郁，但她始终不愿放弃——我至今也不明白她为什么要为自己所认定的信仰愿意献出一切，甚至生命。

信仰是一种生活方式，更是一种完全的生命形态。

一个为自己的信仰和理想活着的人是最干净的，也是令人崇敬的。

耶稣背负沉重的十字架，忍受着人世间的全部痛苦，他的灵魂始终没有屈服，也许这是一条必须趟血走过的炼狱之路。

人生如同贝多芬的《命运》，每一奏章中都听不出一丝颓唐和无可奈何。

这是哲学家和社会学家去思考的问题，而我只是无法忘却我的丁香。

很多年过去了，我还是不能在心里放下她，院子里丁香花开的时候，我就会想起她，在梦里也会梦见她。她的微笑还是那样真诚。她给我的遗书，还有她写给未来的孩子的信，我不知道读过多少遍，每读一遍，我都会流泪，我不知道流过多少眼泪。

我的上帝是仁慈的。上帝不会把我的丁香、一个不愿忏悔的人拒之门外。

我最希望有一天能在天国里与我的丁香，还有我那才三个多月的未出世的外孙见面。

当年包裹弃婴丁香的那块蓝底碎花的土布，我一直藏在身边，那是我一生的爱的寄托。

我天天这样祈祷着。

数日后，白美丽向上海基督教总会提出辞呈。

那天，稀稀落落飘了点雪。白美丽披了一件银灰色的短呢大衣，坐早班车来到熟悉的古城，来到城东的那条熟悉的与养女同名的丁香巷里，来到那个熟悉的丁家门口，来来回回徘徊了很久，不忍离去。

物是人非，她却好像还能听到小丁香那"咯咯咯"的笑声，好像还能看到女儿放飞的那只自己与她一起裱糊的纸风筝落在巷口的一棵大树上，也好像还能闻到院墙内丁香花开那淡淡的幽香……

雪落无声。

白美丽结束在中国的传教生涯，神色黯然地返回了美国。

数周后，电信"特支"悄悄告知阿乐："白丁香同志牺牲了……"

阿乐如雷轰顶，悲痛欲绝，一下跌坐在地上。他努力地摇摇晃晃站起来，摇摇晃晃走回家去。当夜，他抚摸着丁香弹过的钢琴，眼泪忍不住涌出来。他取下二胡，拉起了忧伤的《随想曲》，从深夜到天明。

天色是苍白的，雨夹雪越下越大。阿乐实在难抑悲伤的情绪，竟不顾暴露身份立刻乘车去南京。他身披蓑衣，冒雨来到雨花台丁香就义处，双膝跪地，仰起脸对着苍天大声呼喊：

丁香何罪！

丁香无罪！

你这黑暗的世界！

你这杀人的魔鬼！

你这反动的统治！

冷雨浇身，冷雨锥心。满眼凄凉无限事，付与丁香愁结。

阿乐满面是泪，对着铅灰色的天空，立下了"情眷眷，唯将不息斗争，兼人劳作，鞠躬尽瘁，偿汝遗愿”的誓言。

阿乐重返这里，是在五十年后的12月3日。他在雨花台烈士群雕的东侧栽下了一棵丁香树，如今已长成蓊蓊郁郁的一棵大树。之后，每年春季来临时，他都要去雨花台为丁香树培土，而且每次去之前都一定要理发，整装一新，好像虔诚的信教徒参加神圣的朝拜一样。

1993年，阿乐去世一周年，春寒料峭，冷雨霏霏，唯有丁香花开，花浓枝俏。

阿乐的女儿乐丁香和母亲一道捧着父亲的骨灰来到雨花台，埋在父亲亲手栽种的丁香树下。经历了近一个世纪风雨洗炼的灵魂，最终与丁香一起长眠在这片英雄的土地上。

花开两枝，花香永远，血与火之歌没有休止符。

从南京冒雨哭祭丁香后返回上海，阿乐还没来得及整理丁香的遗物，组织上就派人连夜赶来通知他立刻转移去青岛，因为他的身份已经暴露，国民党警局密探正在到处追踪他。

那是1933年年初的一天，阿乐悄悄登上一艘英国邮轮去了青岛，担任共青团山东省临时工委宣传部长。1935年9月，他被叛徒出卖被捕入狱，面对敌人的严刑拷打，他毫无畏惧，慷慨激昂写下自己的誓言：“丁香是我的至爱，丁香花虽然凋谢了，但她的精神永存。”“情眷眷，唯将不息斗争，兼人劳作，鞠躬尽瘁，偿汝遗愿。”

国民党当局希望他能在“悔过书”上签名，网开一面，可以马上释放他。

阿乐冷冷一笑，毫不犹豫地予以拒绝：“我的灵魂里有白丁香的坚强，决不会苟且偷生！”

1937年，中日战争全面爆发。在国共合作无条件释放政治犯的大气候下，阿乐于同年9月获释出狱。次年春末，他奔赴河南竹沟加入新四军四师，彭雪峰是师长兼政委。当时在他们战斗的淮北地区人人皆知的四师有三件宝——骑兵团、拂晓剧团和《拂晓报》，阿乐就是《拂晓报》的三元老之一。采访、编辑、刻写、印刷、发行统统由他们包办，而且是在作战与行军中进行的。毛泽东曾为其题词“坚持游击战”，并给彭雪峰写亲笔信，夸奖《拂晓报》办得好。《拂晓报》不仅是军中的读物，也成为根据地广大群众的读物，是抗战期间很有影响的一份报纸。后来还在莫斯科、巴黎展出过，受到国际友人的夸赞，称其为“拂晓的号角”。

行军途中、作战间隙，高高瘦瘦的阿乐就独自坐在村头河边拉二胡，那琴音含有一点忧伤的情感，他一定想起了与丁香在一起的那些幸福的日子，那些紧张而又充满欢乐的日子。彭雪峰与阿乐年龄相仿，都是参加过学生运动的进步青年，关系极为密切。他对阿乐的遭遇非常同情，也深深地被阿乐和丁香的真挚爱情所感动。1941 年 10 月，彭雪枫为阿乐写下一首自由体诗：“长子，一个单薄的朋友，十年前失去他的爱人……如今啊，何所寄托，寄托在琴声里头，寄托在阶级斗争里头……”这首富有感情的诗充满了战友情、同志爱，阿乐一直把它珍藏在身边，带着它穿越腥风血雨的漫漫长夜，终于走进新中国的黎明。

1950 年 1 月的一天，华东局突然转来中央军委电报，调令阿乐回十八军。而后他又收到张国华军长、谭冠三政委的来信，点将要他西去准备进藏。他们既是阿乐的领导，又是同在十八军经历炮火硝烟锤炼的亲密战友。阿乐毫不留恋大城市的安逸，立刻收拾行装，又一次慨然离开江南故土，投身到和平解放西藏的伟大事业中去。

那是 1950 年，阿乐随进藏部队来到了雪域高原。

一踏上西藏的土地，阿乐不顾“高海拔地区不宜大声喊叫”的规劝，还是忍不住举起双臂，朝向蓝得没有一丝云彩的天空呼喊：“丁香，还有我们的孩子，我终于带你们来了！”

阿乐在结婚那天曾经与丁香相约，在共产革命胜利后，带着孩子一同去西藏走走看看。

这是一片神奇的土地，对丁香来说充满诱惑力。她曾经在公共租界的英国报廊里见过几张英国人拍摄的西藏黑白老照片，从此，在她心里，西藏就是一个遥远而美丽的梦。

雪山、草地、天池、经幡、藏羚羊、喇嘛庙、酥油灯、呢玛堆……无数次，她想象远方高海拔的巍峨和红墙金顶的神圣；无数次，她翻开《民国地图》，日光不由得落在位于祖国西南部的雪域高原上。

遥远的过去，在走向布达拉宫的雪域小路上，或是匍匐着历尽艰辛远道而来的朝圣者，或是山间铃响马帮来驮着茶和盐巴，或是赶着牦牛翻山越岭的放牧者。

遇上风雪天，天似乎都被大雪覆盖了，满眼皆白。

唐古拉山口封闭了，雅鲁藏布江的渡口封闭了，所有进出藏区的道路都封闭了。

险峻的山道上，驮着盐巴和茶砖的马帮已经远去，浅浅的马蹄印早已被高原上的棘棘草埋没；被称为“神湖”的纳木措，清冽的湖水倒映着在湖边喝水的藏羚羊的倩影；蓝得惊心动魄的天沉在湖底，湖面上飘过蘑菇状的云朵……

幽暗、纯净、肃穆、神秘，角落里红衣喇嘛沉默着。

布达拉宫的膜拜，哲蚌寺的虔诚，罗布林卡的恍惚，大昭寺的阳光闪了眼睛。

虔诚的藏胞摇着转经筒，沿着挂满经幡的呢玛堆转圈，祈祷冰消雪融，大路通天。

远方落满了雪，远方挂满了经幡，远方都是祈祷的转经筒。

远方有多远？脚无法丈量出的距离，心最先到达了。

那是1950年1月，阿乐终于站在这一片神奇的土地上。之前，他几次向组织请求，投身解放西藏的伟大事业。但在重庆体检时，西南军政委员会卫生部长钱信忠亲自做出诊断：“阿乐同志，你的肺部经X光透视及照片证明一侧已经萎缩，因之不能过于劳累及长途行军。”

阿乐再三向组织请求：“我要求进藏。”

组织上担心他的身体不适应高原气候，劝他晚些进藏，阿乐坦然一笑说：“没事，我扛得住。”他的心里有一个埋了整整十八年的秘密，那就是他要代替丁香实现去远方的梦。

熟知这段历史的人都说，阿乐是带着半个肺进藏的。

进藏后，阿乐带领二十多位西藏问题的研究学者，通过各种渠道对西藏的社会历史、宗教文化、百姓生活、入藏路线等做全面调查，很快给西藏工委写出了第一份报告，全面、准确、翔实的资料为以后中央的决策及入藏后开展工作提供了依据，也为今天的西藏史研究留下了珍贵资料。

阿乐几乎走遍了青藏高原，路过集镇、村庄、牧人的帐篷，但凡有藏胞的地方，最常见的莫过于经幡和牛粪了。方正的藏家房屋的墙上，院落的围墙，都整齐地贴着一排排圆圆的牛粪饼，围墙的墙头也都密密地码放着三五层牛粪棒，房前屋后、牧人的帐篷旁或是荒原的牧场上，多见牛粪饼、牛粪棒垒积成的一座座壮观的小山。

在雅鲁藏布江沿岸海拔相对较低的宽阔谷地和一些地势较为平缓的低海拔地区，藏家人依水而居，半牧半农；而高海拔高原上，藏家人则冬夏辗转，以放牧为生。在缺少燃料的高原上，牛粪和羊粪蛋蛋都成为生存的重要保障之一。藏家人尤其是农人和牧民，偏爱用牛粪做燃料。牛粪煮沸的酥油茶，带着草原的味道和高原的粗犷，甘醇悠香，深深地镌刻在阿乐的记忆里。

阿乐总是在想，要是丁香还活着，她一定会端起牛粪煮沸的酥油茶，喝得眉开眼笑的。记得结婚那天，阿乐问过丁香，以后最想去哪里畅游？丁香毫不犹豫地说：“西藏。”“高原的阳光会把你的脸晒黑的，还有酥油茶你喝得惯吗？”“我不怕，最多回上海时，我变成半个非洲人吧。”

整整十八年了，阿乐无时不在忆念新婚即永别的妻子，到了高原，思念尤甚。

军中的战友曾给他介绍对象，都被他婉言谢绝了。他的心里被丁香的笑容装满了。

说也奇了，就在1950年9月，阿乐随十八军进人甘孜。昌都战役胜利后，10月26日军直机关召开形势报告会，阿乐主持会议。会后他突然发现担任会议记录的军政治部通讯报道员——一个十九岁的女兵，圆圆的脸庞，梳着油黑的短发，活脱脱像极了丁香！

阿乐悄悄问旁人，这女兵叫什么名字？

旁人告诉他女兵叫时钟曼。

阿乐怦然心动，记住了这个女兵的名字。

半个世纪后，阿乐的二女儿乐迈说："在雨花台烈士纪念馆里，白丁香烈士的简介旁原来只配了一张画像，因为一直找不着她的照片。那张画像，其实是根据我妈妈中学时的照片当模本画出来的。直到几年前，姑姑家老房子拆迁，整理东西时竟然整理出父亲留下的一些老照片，其中有一张是丁香坐在钢琴前的侧影。当时我看到丁香，与我的生母真是太像了。"

这个"像极了"丁香的女子打动了阿乐的心，他那封闭十八年的感情大门终于缓缓开启了。

事隔四十年后，妻子时钟曼深情回忆当时这段刻骨铭心的感情时说：

"当时我在十八军宣传部，负责宣传报道。阿乐当时是个名人，我和不少姑娘都听说过他和丁香的故事。十八年不娶，这样的男人真是太重感情了。有时看着他瘦高单薄的背影，不知道为什么，我竟产生了一种怜惜之情。就凭他对丁香的一往情深，我觉得这是一个可以托付终身的男人。"

1954年5月，这对军旅恋人在雪域高原上结为伴侣。

阿乐没有片刻淡忘白丁香，不管是在西藏，在安徽，还是后来去东北支援工业建设，他在家中始终摆放着一盆五彩的雨花石和一枝丁香花，还根据回忆绘制了一幅丁香的画像。画像中，丁香那秀美的脸庞，婉约的气质，散发着江南女子那特有的韵致……妻子时钟曼非常理解丈夫对丁香的那份情感，每年的 12 月 3 日，丁香的殉难日，她都会为之备瓶好酒，取出二胡，让阿乐尽情地抒发自己的思念。

一年后，他俩的第一个女儿出生了。

“当时阿乐对我说，我想给女儿取名叫丁香，但不知道你是否能同意。”时钟曼回忆道，“很多人以为我不能容下丈夫对另一个女人的怀念，但事实并非如此。丁香在我心中，是一位非常伟大的女性。正是因为丁香，我和阿乐才结缘。也正是因为丁香，我们的爱情才坚若磐石。我和阿乐一样崇敬丁香。”

她最终同意为女儿起名“乐丁香”，并努力做通了母亲的思想工作。

阿乐在西藏有了一个新的幸福的家。他与很多藏人也成为好朋友，其中就有阿沛·阿旺晋美、平措旺阶等。1951 年 4 月 22 日，西藏代表团到达北京，周恩来总理、朱德总司令等到车站迎接。29 日西藏和谈在北京市军管会交际厅正式开始，阿乐和平措旺阶列席会议。经过二十天的反复磋商，顺利达成《中央人民政府和西藏地方政府关于和平解放西藏办法的协议》。

5 月 23 日，在中南海勤政殿举行签字仪式。签字仪式后，毛泽东主席接见了班禅、阿沛·阿旺晋美等全体西藏代表。接见结束后，毛主席又留下阿乐和平措旺阶，详细询问了他们的姓名、职务和革命经历，询问他们在西藏的所见所闻。毛主席非常认真地听，不时点点头。当天晚上，毛主席在怀仁堂宴请参加和谈的全体代表。随后，阿乐随中央代表张经武等经香港、印度、锡金到亚东与达赖会面，一一拜会拉萨的上层人士，向他们宣传十七条协议。阿乐奔波于民众之间，在西藏统战工作中发挥了重要的作用。

电视剧《西藏风云》第十五集中有一个画面：1952 年春，西藏反动分子集聚闹事。室外，枪声阵阵；室内，阿乐神态稳定，取下心爱的二胡，激情满怀地拉起刘天华的二胡曲《光明行》，激越悠扬的琴声压倒了刺耳的枪声。在拉萨，阿乐当时堪称是一个家喻户晓的人物。

即使桑榆已晚，阿乐还常常站在阳台上，远眺西南方向，说着他的雪域高原的故事——那里的雪山、圣湖、金顶、经幡、青稞、牦牛，都是阿乐在心里想给丁香描绘的一切。

阿乐离开西藏时，不忘带上一撮高原的褐黄色的土，与江南的土掺和在一起，撒在他栽种的丁香树下。

阿乐万万没有想到的是，他的生命中三分之一的时间，几乎被一只牛皮纸口袋压得透不过气来！

个人档案，厚厚的一只牛皮纸口袋，你看不见它，它却形影不离地跟着你；一些人因它上了天堂，一些人因它下了地狱，更多时候它则像一块冰冷的石头，上面长不出生命的苔色。

阿乐就因为档案中有这么一个查无实证、似是而非的结论而长期倍受精神的、肉体的折磨。那是1959年庐山会议后，组织部门根据中央部署普查干部，鉴于阿乐1935年曾被捕过，疑有投敌自首之嫌，故做出“（一）对乐于泓被捕问题的审查结论；（二）对乐于泓的限制使用问题”等两个决定。它如同两道硕大的封条交叉一贴，将阿乐的上升通道堵死了。

“我不怕，我尽力了，因为我相信党。”这是丁香对他说过的话，在他身处逆境的那些欲哭无泪的日子里，成为他的信念之灯，照亮了无数个泪眼婆娑的暗夜。

在“十年浩劫”中，一个写着“叛徒”的大牌子吊在阿乐的脖子里，使他直不起腰来。

大女儿乐丁香去探望父亲，痛哭失声地责问他：“你是叛徒吗？！”

阿乐长久不语，目光中流露着无奈，他跟女儿丁香再一次讲起发妻丁香的故事，含着泪十分激动地说：“我没有做对不起党的事，更没有做对不起丁香的事。”最后他决然地说：“我相信党！”

在那场劫难中，他一次次被游街、批斗，以致蹲牛棚、去干校，最后被发配到贫穷山乡。无论多么艰难的日子，多么漫长的黑夜，他总是坚信党不会冤枉自己的儿女。

1977 年深秋的一个傍晚，只见阿乐一反常态地独自坐在暮色笼罩的窗前。家人立刻有一种不祥之兆，预感到发生了什么事情，赶紧打开灯快步来到他身边。女儿发现他四肢冰凉、头冒冷汗、神色黯然，赶快拿来药和水喂他吃下。阿乐缓过神来后，就给家人讲起今天下午发生的事情：省委组织部门来了两个人，通知他以前做的历史结论不再更改并劝退出党。阿乐听后，如雷轰顶，情绪极为激动："我是一个有近五十年党龄的人，离开党就会像断奶的婴儿，活不下去啊！"

阿乐的泣诉让其中一位女同志流泪了，他们同意阿乐拒绝签字、保留意见、上访中央组织部重新审查的要求。

"退党?！"这个结论对阿乐来说无疑是个致命的打击，如同一个熬过漫漫长夜的人，即将迎来黎明曙光之际，却被当头一棍子打倒。即使在这样几乎绝望的时候，他仍是那句话："我不怕。我相信党。"

那是 1935 年，阿乐在青岛从事地下党工作时，因叛徒出卖被捕入狱。在狱中，他宁折不弯，坚持斗争。后来，抗战爆发，国共再度合作，阿乐作为政治犯被无条件释放出狱。

当一切尘埃落定，还原其历史真实时，阿乐已经是步履蹒跚、白发苍苍的老人了。

每当他看到卧室墙上常年挂着一幅为丁香烈士写的诗文字画，书架上摆放一盘清水泡的雨花石时，他常常对女儿说：丁香、还有无数的英烈先我而去了，我能活到今天，应该知足了，就像丁香说的，"一个共产党人为劳苦大众而终身奋斗，并不是为着要得到什么，而是随时准备失去什么。"——这是阿乐和丁香这一代革命者共同的信仰，至死也不会改变。

阿乐是 1992 年去世的，临走那天，他吃力地抬起手臂，指指墙上，声音极为微弱，但女儿乐丁香还是听清了："丁香……丁……香……"

女儿不知道老父亲是在遥忆梦中的丁香还是呼唤站在床前的丁香。

院子里的丁香花烂漫如霞，俏立枝头，一朵朵，一簇簇，紫的、白的、红的。

后　记

丁香巷，位于苏州城东的一条极为寻常的小巷。

灰白相间的老房子挤压着数尺宽的小巷，一人多高的围墙上横七竖八地爬满“鬼馒头”藤叶，在阳光里闪着油绿的光斑。院墙里丁香花开了，粉的、紫的、白的，俏立枝头，飘来淡淡的清香，丝丝缕缕，弥漫在墙里墙外。

据说丁香的根和叶子是苦的，然而花香却是清幽而悠远的。

一个春雨霏霏的日子，撑一顶墨色小伞，我行走在不长的小巷里，不由得想起一个世纪前曾经住在丁香巷里的那个名叫白丁香的姑娘。她那开朗的笑声、活泼的歌声、声调不高但有理有据的激辩声，尽管岁月已经如烟云般远去，犹有花枝俏，“丁香”这个名字如丁香花香恒久地留在尘封的档案里和鲜活在现代越剧《丁香》的舞台上。

儿时读《红岩》《星火燎原》《永不消逝的电波》，总以为那不过是介于虚构与非虚构之间的故事，今天面对许多真实的人物和尘封已久的纸质泛黄的珍贵史料，始信前辈深刻的脚印曾经真实地留在大地上。他们匆忙地奔波在百年前古城的大街小巷里，为着一个共同的理想而奋勉，而苦斗，而在所不惜。

可以毫不夸张地说，这些上下求索、前仆后继的人，他们活着并不是为着想要得到什么，恰恰是随时准备失去什么；他们活着是为着让绝大多数人更好地活，恰恰留给自己的是艰辛和苦难——这是生命的淬火，这是信念的坚固。

想起了屠格涅夫《门槛》中描述的那位俄罗斯女革命家，经历淬火后的坚定信仰：

正面一道窄门大开着，门里一片阴暗的浓雾。高高的门槛外面站着一个女郎，一个俄罗斯女郎。

浓雾里吹着带雪的风，从那建筑的深处透出一股寒气，同时还有一个缓慢、重浊的声音问着：“啊，你想跨进这门槛来做什么？你知道里面有什么东西在等着你？”

“我知道。”女郎这样回答。

“寒冷、饥饿、憎恨、嘲笑、轻视、侮辱、监狱、疾病，甚至于死亡。”

“我知道。”

“跟人们的疏远，完全的孤独。”

“我知道，我准备好了。我愿意忍受一切的痛苦，一切的打击……”

英灵远去了，现在已经很少有人说得清丁香随着寄娘、吴师母究竟住在丁香巷哪一户人家的哪一扇门里，也已经很少有人说得清那遥远的眼神究竟闪烁过怎样美丽而刚毅的光芒。但是雨花潇潇，忠魂未泯，纪念馆的墙上依然挂着丁香永恒而坚定的微笑，启迪着一代又一代后来者。

以丁香名字命名的丁香植物园是2013年建成的，位于雨花台风景名胜区的东南面，紧邻忠魂亭广场。园内由丁香树、汉白玉涌泉及顺势而建的木栈道组成，植有二十二株丁香树，象征二十二岁的丁香壮烈的一生。

更寓含深意的是，丁香树按1910年—1932年的时间顺序排列分布于绿色草坪中，以其春荣秋落，夏盛冬谢的自然生长过程来象征烈士精神生生不息、永久传承。二十二株丁香树簇拥着的汉白玉涌泉，由九十三块汉白玉板及喷薄而出的涌泉组成，象征战争年代留在大地上的弹孔洞，以此表现无数革命烈士大无畏的牺牲精神，涌泉汩汩而出则寓意精神永远、思念恒久。

我们的时代并不缺少英雄，缺少的是对英雄精神的崇拜；我们的时代也并不缺少"崇拜"，缺少的是对理想主义的崇拜。

深刻是因为我们反思，惭愧是因为我们遗忘，铭记是因为我们传承。

铭记那些曾经在黑暗中苦苦寻找光明的人们，那些为自己的信仰而奋不顾身的堪称民族脊梁的人们，那些始终不忘初心、脚踏实地为中国人民的解放事业和幸福生活而贡献出一切的人们——我们的灵魂将如凤凰在火中涅槃。

孙毅俊

2018年2月

参考文献

1. 《中国共产党历史》　中央文献出版社
2. 《毛泽东选集》(第一卷)　中央文献出版社
3. 《张闻天文集》　中央党史出版社
4. 《五卅运动》　复旦大学出版社
5. 《九一八事变研究》　辽宁人民出版社
6. 《民国经世文编（上海卷）》　北京图书馆出版社
7. 《上海工人运动史》　上海人民出版社
8. 《古城火种》　上海文艺出版社
9. 《葑溪贾客》　苏州大学出版社
10. 《百年鸿生》　苏州大学出版社
11. 《新青年》(卷二—卷六)
12. 《申报》影印本（1925—1931）
13. 《全国政协资料汇编》(1952—1953)
14. 《民国监狱档案选编》
15. 《上海市政协文史资料》
16. 《上海圣约翰大学校史资料汇编》
17. 《东吴大学校史资料汇编》
18. 《沧浪区志·革命烈士篇》
19. 《我的中国养女白丁香》
20. 【美】《基督教科学箴言报》(1955 年 12 月 4 日—12 日)